J. M. DILLARD

AUF DER FLUCHT

Roman

Nach einem Drehbuch von Jeb Stuart und David Twohy.
Idee: David Twohy; Charaktere: Roy Huggins

Deutsche Erstausgabe

WILHELM HEYNE VERLAG
MÜNCHEN

HEYNE ALLGEMEINE REIHE
Nr. 01/8936

Für S.

Titel der Originalausgabe
THE FUGITIVE
Aus dem Englischen von Martin Eides

2. Auflage

Redaktion: Rainer-Michael Rahn

Printed in Germany 1993
Umschlagillustration: © 1993 Warner Bros.
Umschlaggestaltung: Atelier Ingrid Schütz, München
Satz: Compusatz GmbH, München
Druck und Bindung: Ebner Ulm

ISBN 3-453-07376-2

1

An dem Tag, als Dr. Richard Kimbles Welt zum zweiten Mal zusammenbrach, war er ohne Pause unterwegs gewesen: von seinem Haus zum Hospital, dann in den OP, anschließend auf Visite, und das alles, ohne zu essen oder einen Moment Luft zu holen. Er war daran gewöhnt und spürte keinerlei Müdigkeit, auch wenn der Tag besonders hektisch gewesen war – an diesem Tag war es ihm recht so, denn an diesem Tag lief er vor einer Erinnerung davon. Und das war ihm bis dahin ganz gut gelungen.

Als er jedoch aus dem Taxi kletterte, hinaus in die Eiseskälte auf dem Gehsteig, blieb Kimble einen Moment stehen, um hinauf in den Nachthimmel über Chicago zu blicken. Der Wind trieb Gardinen aus Schnee zwischen die Hochhäuser; vor dem Licht der Straßenlaternen schwebten die Flocken herunter, leise, silbern schimmernd, unablässig. Der Anblick erinnerte ihn an ein paar Zeilen aus einer Erzählung von Joyce, der davon sprach, wie die Lebenden sich langsam auflösen, ins Nichts fallen wie der Schnee, wenn sie einer nach dem anderen in den Tod hinübergleiten, um Erinnerungen zu werden. Gegen seinen Willen stellte Kimble sich vor, wie der Schnee auf Josh' kleines Grab rieselte und den von zwei Cherubim flankierten Grabstein aus rosa Marmor mit einer weißen Decke überzog.

Schneeflocken, weich und kalt, küßten sein Gesicht, seine Hände und schmolzen auf der Stelle, waren so vergänglich wie Josh – nur für eine kurze Weile kann man sie halten und bewundern, bevor sie sich für immer den Blicken entziehen. Jetzt endlich hielt Kimble einen Moment lang inne und ergab sich der Erinnerung.

Auf den Tag genau vor drei Jahren, am 20. Januar, war der vierjährige Josh im beheizten Hallenbad des Fitneßcenters schwimmen gegangen, während seine Mutter ein paar Einkäufe erledigt hatte. Kimble war an diesem Morgen vom

Nachtdienst in der Chirurgie nach Hause gekommen und schlief, als der Anruf kam.

Die Erklärung war einfach, logisch und hätte eigentlich keine Rätsel aufgeben sollen. Kimble hatte sie sich viele Male anhören müssen, und genausooft hatte er sie sich selbst wiederholt, und doch war es ihm nie so recht gelungen, sie ganz zu verstehen: Ein anderes Kind war auf dem nassen Beton hingefallen und hatte sich die Lippe aufgeschlagen. Soviel Blut und Geschrei, da war der Bademeister zu sehr abgelenkt gewesen und hatte nicht gemerkt, daß Josh am Ende des Schwimmbeckens – wo das Wasser tief war – die Füße über die Kante baumeln ließ. Und ohnehin wäre das noch kein Grund zur Beunruhigung gewesen. Josh war ein guter Schwimmer, er war für diesen Sport geboren, wie sein Vater; er wollte sogar schon das Tauchen lernen. Aber er hatte den Halt verloren und war abgerutscht; er war ins Wasser gerutscht, und dabei hatte er sich den Kopf angeschlagen.

Abgerutscht und zu einer Erinnerung dahingeschmolzen, wie eine Schneeflocke.

Der Anruf hatte Kimble aus einem tiefen Schlaf in eine unerträgliche Realität gerissen. Helen war nirgends zu erreichen gewesen, also war er allein ins Krankenhaus gefahren, wo sie ihm erlaubt hatten, Josh in den Arm zu nehmen, seinen Jungen, der immer noch in der feuchten Badehose steckte. Die Lippen und die Fingernägel hatten sich blau verfärbt, die Haut war so weich und so kalt. Als Kimble schließlich auf den Flur hinaustrat, kam Helen gerade angelaufen. Als sie sein Gesicht sah, fing sie zu schreien an.

Kimble zwang sich zurück in die Gegenwart und setzte sich wieder in Bewegung. Vorsichtig arbeitete er sich über den vereisten Gehsteig vorwärts bis zur matschigen, mit Salz bestreuten Hotelzufahrt. Mit zackigem Gruß öffnete der Portier ihm die Glastür. Kimble nickte ihm kurz zu und wurde drinnen von einem Schwall warmer Luft empfangen, die auch die letzten Schneeflocken auf Haar und Mantel sofort dahinschmelzen ließ. Er ließ den Aufzug links liegen und rannte die Treppe hinauf, immer zwei Stufen auf einmal nehmend. Bevor er den Ballsaal betrat, gab er an der Garderobe seinen Mantel ab.

Es war so laut da drinnen, daß man weder die Musik noch den Ansager richtig hörte, so rappelvoll, daß man von den Mannequins auf dem Laufsteg nur noch so eben die Köpfe sehen konnte. Aber das Transparent über dem Podium war deutlich zu sehen:

GESELLSCHAFT FÜR DIE ERFORSCHUNG
VON KINDERKRANKHEITEN:

Kimble versuchte, die bittere Ironie zu ignorieren, die in diesem Transparent steckte, an Josh' drittem Todestag; er mußte sich dazu ermahnen, sich selbst keine Vorwürfe zu machen, weil er dabei half, andere Leben zu retten, während er seinen Sohn nicht retten konnte.

Ein Kellner drückte ihm ein Glas Champagner in die Hand. Kimble setzte es, ohne getrunken zu haben, auf das erste vorbeischwebende Tablett und reckte den Hals, um den Blick über das Gedränge schweifen zu lassen. Helen hier zu entdecken, erschien ihm hoffnungslos.

»Richard...!« rief eine tiefe Stimme, während ihn eine Hand am Ellenbogen faßte.

Er schaute in Jake Roberts' rotes, grinsendes Gesicht und mußte husten, als er eine Wolke Zigarrenqualm einatmete. Jake war ein freundlicher Bär von einem Mann, ein Chirurg, der das Klischee vom pedantischen, kleinkarierten Einzelgänger sprengte. Er schaffte es jedesmal wieder, zerknittert auszusehen, selbst an seinen besten Tagen; die Hose hing tief unter dem hervorstehenden Bauch und rutschte jedesmal, wenn er sich vorbeugte, ein Stückchen nach unten, um einen Streifen käsigen weißen Fleisches sehen zu lassen. Selbst im Smoking sah er noch wie ein Klempner aus, aber keiner seiner Kollegen stieß sich daran: Jake Roberts war einer der besten Kinderchirurgen im ganzen Land. Kimble hatte nie verstanden, wie solche riesigen Pranken mit derartigem Geschick an solch kleinen Körpern arbeiten konnten.

Wenn jemand wie Jake am Pool gewesen wäre, als Josh... Nein. Jetzt nicht daran denken!

Jake formte die Worte um die Zigarre herum, die er sich

zwischen die Zähne gesteckt hatte, aber die Sätze wurden vom Lärm der Menge verschluckt. Kimble lehnte sich zu ihm hinüber, um ihn besser verstehen zu können.

»...Cancun«, beendete Jake gerade einen Satz, während er mit Kimble auf eine Gruppe von Kollegen zusteuerte. Schwaden von Zigarrenrauch schwebten träge über den Köpfen der Männer. »Nat hat einfach jeden dazu überredet...«

Nat Stein, Vertreter für Krankenhauseinrichtungen, hielt mitten in einem Trinkspruch inne und bot Kimble eine Zigarre an. Nat war ein eleganter Typ mit schnellen Bewegungen, wahrscheinlich der glatteste Mensch, den Kimble je kennengelernt hatte.

Kimble schüttelte den Kopf, seine Lippen kräuselten sich zu einem ironischen Lächeln. »Also, was macht das schon? Das Krankenhaus kauft zehn neue...«

»Nein, nein, nein...« Mit großen Augen und gespielter Seriosität hob Nat eine Hand, als wollte er diese Unterstellung zurückweisen. »Da ist kein Haken dabei, Dr. Kimble. Die industrielle Ausrüstung eines Krankenhauses verträgt keine Hintergedanken.«

Jake Roberts brach in schallendes Gelächter aus.

Kimble deutete auf die Bar. »Auf Kosten des Hauses?«

Nat nickte heftig.

»Tonic Water mit Zitrone«, bestellte Kimble beim Barkeeper, dann räusperte er sich und sagte mit schneidender Stimme: »Ich werde niemals meine Seele für eine dieser krummen Touren verkaufen.«

Schweigen. Die anderen schauten ihn ein wenig beklommen an. Mit steinerner Miene nahm Kimble seinen Drink, trank einen Schluck, dann drehte er sich um und zwinkerte dem Vertreter zu: »Aber wenn Sie mal wieder Karten für die Bulls haben, Nat, dann rufen Sie mich an.«

Die Gruppe brach in erleichtertes Lachen aus. Nat lachte am lautesten von allen. Kimble fühlte sich gut: Er war witzig und schlagfertig, amüsierte sich und dachte nicht an Josh. Er nahm die Gelegenheit wahr, sich wieder unter die Leute zu mischen und wurde um ein Haar von der weit ausholenden

Trockenübung eines Golfers erwischt; nur eine flinke Reaktion bewahrte ihn davor, sich das Tonic Water über den Smoking zu kippen. Der passionierte Golfer war Dave Austin, einer der Internen, die am Krankenhaus eine Fachausbildung erhielten.

»Sie schneiden ihn zu sehr an, Dave«, sagte Kimble zu ihm. »Und die Hüfte nicht so rausstrecken.«

Dave wandte den Kopf und grinste. »Danke für den Tip, Richard.«

Ein paar Meter weiter erkannte er Kathy Wahlund. Sie stand auf den Zehenspitzen und beobachtete den Laufsteg. Sie hatte ihm den Rücken zugewandt, aber er erkannte sie an der zerschlissenen Lederjacke, die sie immer trug. Sie drehte sich kurz um, ohne ihn zu sehen, und er mußte lächeln, als er ihr Grateful Dead-T-Shirt sah. Kathy war Doktor der Medizin, aber weil sie nun mal eine Außenseiterin war, hatte sie sich gegen die ärztliche Praxis und für das Labor entschieden; sie weigerte sich, einen Kittel über Lederjacke und T-Shirt zu ziehen, sie rebellierte gegen jede Art von Etikette, und doch wurde ihr Verhalten toleriert, weil sie hervorragende Arbeit leistete. Kimble mochte sie, weil sie ehrlich war und ihre Überzeugungen leidenschaftlich verteidigte. Ihm war seit langem klar, daß ihre scharfe Zunge und das rebellische Verhalten nichts anderes waren als Wälle, die sie errichtete, um ihre überaus empfindliche Seele zu schützen. Nach dem Tod seines Sohnes war sie als erste der Kollegen in seinem Haus gewesen, und als einzige hatte sie ihn und Helen umarmt und aufrichtig mit ihnen geweint.

Aber du wirst heute abend nicht an Josh denken. Du bist hier, um dich zu amüsieren...

Kimble versteckte sich links hinter ihr, streckte den Arm aus und tippte ihr auf die rechte Schulter. Dann zog er den Arm schnell zurück, so daß sie nichts von ihm sehen konnte, als sie sich umdrehte. Sie begriff jedoch sehr schnell, wandte sich so abrupt zur anderen Seite, daß die Haare ihr um den Kopf flogen, und schnalzte verärgert mit der Zunge, als sie ihn sah. Es gelang ihr nicht ganz, ein flüchtiges Grinsen zu unterdrücken.

»Ach was bin ich froh, daß du mich überredet hast, herzukommen, Richard.« Aus ihrer Stimme triefte die Ironie. Mit unverhohlenem Mißfallen wandte sie sich wieder dem Laufsteg zu. »Da oben kann ich mir die Garderobe für meine Kreuzzüge aussuchen.«

Kimbles Lippen verzogen sich zu einem schmalen Lächeln. Mit den meisten Leuten im Krankenhaus kam Kath aus dem einen oder anderen Grund nicht zurecht, und die größte Abneigung hatte sie gegen Nat Stein. Bei ihrer ersten Begegnung hatte sie ihn einen unmoralischen Schleimer genannt und mit einer Akte nach ihm geworfen. Seitdem vergaß Nat regelmäßig, Kundenbesuche bei ihr zu machen.

Kimble gab ihr einen aufmunternden Klaps auf die Schulter. »Es ist für eine gute Sache, Kath. Du solltest übrigens öfter mal die Nase aus deinem Labor stecken, mein Kind. Du wirst ja schon ganz braun von deinem Elektronenmikroskop.«

Sie zog eine Grimasse, die wohl ein Lächeln sein sollte.

Kimble ging weiter, suchte die Menge mit den Blicken ab. Immer noch keine Helen, aber ein paar Köpfe weiter hatte er einen guten Freund entdeckt. »Hey, Charlie!«

Doktor Charles Nichols, Leiter der Pathologie des Chicago Memorial Hospital, drehte sich um. Er war wie Kimble Mitte Vierzig, aber immer noch jungenhaft, schlank und durchtrainiert. Er grinste. Makellose weiße Zähne blitzten aus einem braungebranntem Gesicht. Kathy Wahlund verachtete ihn als geldgierigen Opportunisten und zog Kimble ständig damit auf, daß er mit ihm befreundet war. Sicher, Nichols hatte Freude daran, sich mit Konsumgütern einzudecken: Sein Auto, seine Jacht und alle die anderen Spielzeuge. Aber Nichols war wenigstens ehrlich und gab zu, daß diese Dinge ihm Spaß machten. Es war eine beinahe kindliche Freude daran, und die Art und Weise, wie er sich dieses Laster eingestand, ließ Kimble über diese kleine Schwäche hinwegsehen. Ansonsten war Nichols ein geschickter Verwaltungsmann, dessen Energie und Begeisterung das Krankenhaus von einer finanziell dahinvegitierenden Institution in ein blühendes Unternehmen verwandelt hatten.

»Richard!« Nichols streckte Kimble seine Hand entgegen. »Ich hab gerade mit jemandem gesprochen, der dich kennenlernen möchte...«

Er hörte kaum noch auf Nichols' Worte. Er hatte Helen in der Menge entdeckt. Warum war das bloß so schwer gewesen? Für ihn war sie die Schönste von allen, viel schöner als die Mannequins da oben auf dem Laufsteg, auch ohne deren schmückendes Beiwerk. In ihrem schlichten schwarzen Abendkleid mit der schmalen Perlenkette, die sie sich um den blassen, zarten Hals gelegt hatte, stand sie inmitten einer Gruppe von Männern, die offensichtlich Feuer und Flamme für sie waren, ohne daß sie dieses Interesse erwiderte. Sie schien den Blick des Ehemanns zu spüren, hob den Kopf und lächelte ihm entgegen. Kimble erschien der Saal auf einmal viel wärmer, heller und einladender. Ihre Blicke trafen sich und hielten einander fest. Er glaubte, in ihren Augen eine Spur der Trauer zu entdecken, die in ihm war; er war davon überzeugt, ihre Gedanken lesen zu können.

Ich denke nicht an Josh. Ehrlich. Ich amüsiere mich wunderbar.

Er hatte nicht hierherkommen wollen, nicht wirklich. Eigentlich wäre er lieber zu Hause geblieben, um an Josh zu denken, und tief drinnen wußte er, daß es Helen genauso ging. Aber sie hatten sich gegenseitig aufgemuntert, hatten sich tapfer an den guten Zweck erinnert und daran, daß so vielen Kindern dadurch geholfen werden könnte.

Vielen Kindern, bis auf das eine. Den Toten war nicht mehr zu helfen. Aber Trauer und Selbstmitleid waren armselige Rechtfertigungen dafür, den Lebenden nicht zu helfen.

Nichols Stimme holte ihn zurück. Er merkte, daß er jemandem vorgestellt wurde, und streckte instinktiv die Hand aus.

»Richard Kimble...«, sagte Nichols mit einer Geste, die beide Männer einschloß. »Alex Lentz.«

Kimble ergriff Lentz' Hand und schüttelte sie einmal kräftig. Lentz war jung, ungefähr Mitte Dreißig, braungebrannt und schien ständig zu lächeln. Ohne zu fragen, wußte Kimble, daß er einen Arzt vor sich hatte. Der Name kam ihm irgendwie bekannt vor. Er glaubte, ihn schon mal aus dem Mund eines Kollegen gehört oder in einem medizinischen Fachblatt gelesen zu haben. Lentz hätte Nichols' Klon sein können, und wahrscheinlich träumte er längst davon, seinem Meister eines Tages den Job wegzunehmen.

»Alex arbeitet bei der RDU90-Versuchsreihe für Devlin-Macgregor mit«, fügte Nichols erklärend hinzu.

»Dr. Kimble«, legte Lentz eifrig los. »Tut mir leid, daß wir während der vergangenen Tage aneinander vorbeitelefoniert haben. Ging es um die Biopsie-Berichte, die Sie von mir bekommen haben?«

Eine Alarmglocke begann im Kimbles Kopf zu schrillen. Jetzt wußte er, wo er den Namen gelesen hatte. Auf dem Notizblock auf seinem Schreibtisch. Er studierte Lentz mit plötzlichem Interesse. »Richtig... Drei Berichte waren es. In allen Fällen bestand Verdacht auf Hepatitis.« Er redete nicht weiter, er wollte nichts mehr sagen, um den jungen Arzt nicht vor Nichols bloßstellen zu müssen. Vielleicht handelte es sich bloß um eine Verwechslung von Unterlagen. Aber Kimble erkannte eine schwer geschädigte Leber, wenn er eine sah, und diese Woche hatte er gleich drei gesehen. Er hatte sogar mit den anderen über den neuen Trend gewitzelt. Manchmal bekam man von einem bestimmten Leiden ein halbes Jahr lang nichts zu sehen, und dann knackte man plötzlich einen Jackpot und hatte gleich ein halbes Dutzend Fälle in einer Woche. Letzte Woche waren es Nierensteine gewesen, diese Woche war die Leber an der Reihe. Dreimal eindeutig präzirrhotische Leberstrukturen, und dagegen drei Biopsie-Berichte, die behaupteten, daß alles in Ordnung sei. Und alle drei Patienten waren Teilnehmer an Lentz' Versuchsreihe mit Drogenabhängigen.

Lentz' Lächeln hielt sich an seinem Platz, aber Kimble entging nicht die wachsende Spannung um Mund und Augen herum. »Ich bin morgen vormittag in meinem Büro und werde die Proben für Sie bereithalten«, bot Lentz ihm gutgelaunt an. »Paßt Ihnen die Zeit?«

Kimble nickte. »Sicher.«

Lentz hielt Kimbles Blick noch ein paar Sekunden stand. Sein Ausdruck wurde dabei zunehmend kälter und erwärmte sich erst wieder, als er sich Nichols zuwandte. »Bis bald, Charlie.«

Er bahnte sich einen Weg durch die Menge. Kimble schaute ihm einen Augenblick lang nach, dann suchte er wieder Helens Blick, aber sie war verschwunden. Er drängelte sich langsam zu der Stelle durch, wo er sie zuletzt gesehen hatte.

Nichols ging neben ihm. Er fummelte in seiner Hosentasche herum, brachte schließlich einen Parkschein zum Vorschein und gab ihn Kimble. »Bevor ich's vergesse, ich war heute nachmittag in der Werkstatt und habe den Ferrari abgeholt. Nochmals vielen Dank für die Leihgabe. Er steht in der Hotelgarage.«

Kimble steckte den Parkschein in die Tasche. »Haben sie's diesmal hingekriegt?« Nichols kaufte sich immer Sportwagen, die mehr Zeit in der Werkstatt verbrachten als auf der Straße.

Nichols zuckte unbekümmert mit den Achseln. »Wir werden ja sehen.«

Kimble richtete den Blick gen Himmel, mit einem tiefen, langen Seufzer, der erst unterbrochen wurde, als er bemerkte, daß seine Frau vor ihm stand. Er beugte sich hinunter und gab ihr einen Kuß. Sie nahm seine Hand und trat einen Schritt zurück, um sein Gesicht zu studieren. Er bemerkte die Sorge in ihren Augen.

»Sie sehen phantastisch aus.« Nichols hauchte einen flüchtigen Kuß auf die Wange, die sie ihm anbot.

»Hallo, Charlie.« Sie lächelte höflich, aber Nichols, in Gedanken schon wieder ganz woanders, hatte sich bereits Kimble zugewandt; ihm war die hintergründige Kühle in Helens Stimme und ihrem Blick gar nicht aufgefallen. Helen konnte Nichols aus denselben Gründen nicht ausstehen wie Kathy, aber sie war zu gut erzogen, um es sich anmerken zu lassen, und Nichols war zu unbekümmert, um es zu merken.

Kimble zwang sich, noch einmal über die Worte nachzudenken, die Nichols gerade zu ihm gesagt hatte: »Wir haben morgen um drei einen Empfang.«

»Ich komme hin«, erwiderte Kimble. Nichols nickte ihnen zu und tauchte im Gedränge unter.

Der seidige Stoff von Helens Abendkleid streifte Kimbles Hand. Er streckte sie aus, um das weiche Fleisch ihres Arms zu berühren. Es war so weich und so warm...

Plötzlich mußte er an den Schnee denken und verspürte das dringende Bedürfnis, weit weg von diesen Leuten, dem Lärm und den hellen Lichtern zu sein. Er schaute sie an, spielte den Gelangweilten. »Ich hab jetzt alle gesehen. Können wir nicht gehen?«

»Das wäre vielleicht ein bißchen plötzlich, findest du nicht?« Sie wandte sich ihm ganz zu, so, als wäre er der einzige Mensch im Saal. Langsam hob sie seine Hand an ihre Lippen und küßte sie, um sie dann an ihre Wange zu legen. Es lagen soviel Liebe, Trauer und Trost in dieser kleinen Geste, daß Kimble in diesem Moment alles für sie getan hätte. Freudig wäre er für sie in den Tod gegangen. In den Stunden, Tagen und Monaten, die dieser Szene folgten, sollte er sich noch oft wünschen, es getan zu haben.

Helen zuliebe quälte er sich durch das Abendessen. Er fragte sich inzwischen ernsthaft, ob es nicht weniger schmerzhaft wäre, zu Hause zu sitzen und an Josh zu denken, statt sich dieses geistlose Geplapper hier anhören zu müssen. Helen war zwischen zwei Forschern eingekeilt und schaffte es, eine interessierte Miene zur Schau zu stellen, während sie sich die endlosen, langweiligen Einzelheiten über die letzten Versuchsreihen der beiden anhören mußte. Kimble lauschte währenddessen den geistlosen Gesprächen der dazugehörigen Ehefrauen.

Zu welchem Mitarbeiterstab gehört Ihr Mann?

Mein Mann ist Orthopäde am Northwestern...

Ein wunderschönes Kleid, das Sie da tragen.

Gefällt es Ihnen? Mein Mann sagt immer, es platzt aus allen Nähten...

Nachdem er eine Stunde durchgehalten hatte, begegnete er Helens Blick. Er deutete vorsichtig auf seine Uhr und formte mit den Lippen das Wort: *Jetzt.*

Sie antwortete mit einem kaum wahrnehmbaren Kopfschütteln. Kimble verdrehte die Augen und hob ganz leicht den Kopf, um seiner Erschöpfung Ausdruck zu verleihen, dann machte er sich wieder daran, seinen Lachs in Kiwi mit Ingwercreme-Sauce auf dem Teller herumzuschieben.

»Ich hab zu meinem Mann gesagt, daß er uns noch alle umbringt, wenn er nicht mit dem Operieren aufhört«, verkündete mit lauter Stimme eine der jüngeren Frauen, die offensichtlich ein paar Gläser Wein zuviel erwischt hatte. Am Tisch entstand ein betretenes Schweigen. »Jetzt, seit es die Aids-Geschichte gibt, bringt er uns damit alle in Gefahr.«

Helen absorbierte diese Bemerkung ohne sichtbare Reaktion, aber Kimble bemerkte dieselbe Verdüsterung wie vorhin, als Nichols sie auf die Wange geküßt hatte. Sie schaute zu ihrem Mann hinüber und formte mit den Lippen das Wort: *Jetzt.*

»Tut mir leid«, sagte sie lächelnd zu ihren Tischgenossen. »Ich muß meinen Mann nach Hause bringen.«

Kimble erhob sich dankbar von seinem Platz und hoffte, daß man ihm die Erleichterung nicht allzu deutlich anmerkte.

Auf dem Weg nach draußen kamen sie an Nichols' Tisch vorbei. Während er seinem Freund die Hand schüttelte, hob er den Blick und sah Alex Lentz, der von der anderen Seite des Saals haßerfüllt zu ihm herüberschaute.

Kimbles Erleichterung nahm auf der Heimfahrt noch zu. Es hatte zu schneien aufgehört. Die Stadt lag wie ein funkelnder, weiß bestäubter Edelstein unter dem nächtlichen Himmel. Helen kuschelte sich an ihn und strich ihm mit der Hand durchs Haar. Er wußte, daß sie ebenso froh war wie er, der Party endlich entkommen zu sein; sie schienen beide auf einmal zu begreifen, daß sie den schlimmsten Teil dieses Abends hinter sich gebracht hatten, daß sie den dritten Todestag ihres Sohnes einigermaßen heil überstanden hatten, und der vierte konnte doch nur leichter werden.

»Du siehst gut aus heute abend«, murmelte Helen.

»Danke.« Er sah sie im Rückspiegel an und lächelte, teils wegen ihres verführerischen Tonfalls, teils wegen der unglaublichen Erleichterung darüber, daß die Nacht beinahe vorüber war, daß er morgen früh aufwachen und ein anderes Datum auf dem Kalender sehen würde.

Sie nahm das Lächeln als Zeichen dafür, daß er das Kompliment ein wenig zu sehr genossen hatte. Er konnte im Spiegel beobachten, wie ihre Augen sich verengten und einen verspielten Glanz bekamen. »Hm-hm. Die meisten Männer sehen im Smoking aus wie Kellner...«

Kimble spielte weiter. Er war glücklich aus dem einfachen Grund, weil Helen glücklich war, glücklich darüber, daß sie die Nacht überleben würden, ohne sich schluchzend in den Armen zu liegen. »Und ich?« Neckisch zog er eine Augenbraue in die Höhe.

»Du siehst eher wie ein... Dirigent aus.«

Er blieb vor einer roten Ampel stehen, lehnte sich hinüber und küßte sie. Während er das tat, fragte er sich zum erstenmal in drei Jahren, warum sie nie versucht hatten, ein zweites Kind zu kriegen.

Vielleicht würde er heute nacht mit ihr darüber reden.

Sie befreite sich schließlich und fragte ganz atemlos: »Sind wir schon zu Hause?«

Er lächelte sie an, dann warf er einen Blick nach oben und sah, daß die grüne Ampel gerade wieder auf Gelb sprang. Er fuhr trotzdem los und raste wie ein Besessener nach Hause, während er und Helen sich streichelten, küßten und miteinander kicherten wie die kleinen Kinder.

In dem Moment, als sie vor ihrem Haus angekommen waren, meldeten sich sein Piepser und das Autotelefon gleichzeitig. Er und Helen wechselten einen resignierten Blick, dann nahm er den Hörer ab und meldete sich. »Hier Dr. Kimble...«

Die Stimme gehörte einer der Nachtschwestern, Rhea Gates. »Doktor«, sagte sie, »tut mir leid, Sie so spät noch stören zu müssen, aber Dr. Price hat mich darum gebeten. Er und Dr. Falawi könnten ihre Hilfe im OP dringend gebrauchen...«

Kimble beugte sich vor. »Wann?«

»Sofort. Sie haben's mit einer Blutung zu tun. Scheint 'ne ziemlich haarige Sache zu sein.«

»Okay. Ich bin in zehn Minuten da.« Er legte den Hörer wieder auf die Gabel und warf Helen einen kleinlauten Blick zu. »Tim hat Probleme.«

Sie küßte ihn, strich ihm noch einmal ganz sanft mit den Fingern durchs Haar und an der Wange entlang. »Ruf mich an, wenn du auf dem Heimweg bist«, sagte sie und stieß die Tür auf. Während er wartete, bis sie die Treppe hinaufgestiegen und im Haus verschwunden war, sah er, gefangen im Licht seiner Scheinwerfer, den Schnee. Es hatte wieder zu schneien angefangen, so heftig diesmal, daß seine Frau schon bald im dichten Wirbel der Flocken verschwunden war.

»Die Kavallerie ist da.« Kimble trug bereits keimfreie Kleidung, als er den Kopf durch die Tür des OP steckte. Falawi und Price schauten ihm über ihre Masken hinweg mit ausgesprochen hektischen Blicken entgegen. Er zog sich wieder in den Desinfektionsraum zurück und fing an, sich die Hände einzuseifen. Mohamed Falawi, Chef der Internen am Chicago Memorial, kam heraus, um ihn zu informieren. Falawi war ein korpulenter Mann mit dunkler Gesichtsfarbe, der ständig dunkle Ringe unter seinen schwarzen Augen hatte; an diesem Abend schienen es gar *zwei* purpurfarbene Halbmonde unter jedem Auge zu sein.

»Männlicher Patient, dreiundvierzig Jahre alt«, sagte Falawi mit einem erschöpften Seufzer aber ungebrochener Konzentration auf die anstehende Sache. »Wir haben die Gallenblase entfernt, und da ging's mit der Blutung los.«

»Seine Prothrombin-Zeit?« fragte Kimble.

Falawi gab einen unheilvollen Grunzlaut von sich. »Liegt bei sechsunddreißig Sekunden.« Kimble mußte sichtlich schlucken. »Wir haben's mit einem kapitalen Riß zu tun.«

Kimble hatte sich bis zu den Ellenbogen eingeseift und ließ sich jetzt Wasser über die Arme laufen. »Habt ihr mit der Familie gesprochen?«

Der Interne schüttelte den Kopf. »Keine Familie. Er kommt von der Straße.«

Falawi half Kimble mit den Handschuhen und der Maske, dann gingen sie durch die Schwingtür in den OP, wo Tim Price und Josefina Munoz, die Anästhesistin, bereits warteten. Zu Kimbles Freude hatte Marie Johnson Dienst als OP-Schwester. Marie war eine der besten und erfahrensten OP-Schwestern im ganzen Krankenhaus. Keiner begrüßte ihn. Die Spannung im Raum war körperlich spürbar, und alle Aufmerksamkeit richtete sich auf den Mann, der auf dem Operationstisch dabei war zu verbluten.

Als erstes fiel Kimble das Blut auf, als zweites die fibröse, vernarbte, stark vergrößerte Leber und als drittes die Tatsache, daß dieser obdachlose Bursche zu wohlgenährt und gesund aussah für einen 43jährigen Alkoholiker, ja überhaupt für einen Mann, dessen Leber ein solches Bild abgab.

Er brauchte nicht einmal eine Sekunde, um diese Beobachtungen zu machen. Dann seufzte er und sagte zu sich selbst, daß es die Woche der merkwürdigen Leberleiden sein mußte, insbesondere der merkwürdigen Leberleiden von Leuten, die mit Alex Lentz zu tun hatten. Nicht viel länger brauchte er, um den Ort der Blutung auszumachen und zu wissen, wie er damit umzugehen hatte. »Okay«, sagte er zu Josefina Munoz. »Ich klemme ab. Hält er das aus?«

Die Augen der Munoz über ihrer grünen Maske signalisierten Zweifel. »Er ist ein sehr kranker Mann.«

Kimble seufzte. Wenn sie nicht bald abklemmten, würde der Mann verbluten. »Haben wir eine Wahl?«

Jetzt seufzte auch die Munoz. »Klemmen Sie ab.«

»Marie«, befahl er, ohne sie anzuschauen, »geben Sie mir eine Klammer.« Er schaute gar nicht auf das Instrument in seiner Hand, nachdem sie es hineingelegt hatte, aber an Form und Gewicht konnte er fühlen, daß es das richtige war. Er machte sich an die Arbeit. Vorsichtig, aber mit sicherer Hand tastete er zwischen den blutigen Organen nach der verletzten Arterie. Es wurde still im OP, beunruhigend still. Kimble fand, daß es Zeit war, etwas Spannung abzulassen.

»Weiß Ihr Mann, daß Sie heute abend hier sind, Marie?«

scherzte er. Sie war wesentlich älter als er, untersetzt, etwas prüde und steif, aber seit er nach einer langen Nacht im OP das erste Mal zu ihr gesagt hatte: »Wir müssen mit diesen nächtlichen Treffen aufhören«, schwärmte sie für ihn. Es war ihr kleiner, gemeinsamer Witz geworden.

Seine Finger fanden die Stelle und er brachte die Klammer an. Jetzt konnten sie nur warten. Der Ton seiner Stimme veränderte sich jäh, als er sich an Falawi und Price wandte: »Was ist mit dieser Leber?«

Falawi antwortete. »Die Krankengeschichte ist nicht ganz klar. Könnte ein Alkoholiker sein.«

Die Antwort klang irgendwie unaufrichtig. Kimble ging seinem Verdacht nach. »Wer hat ihn eingewiesen?«

Falawis Antwort entsprach genau seinen Erwartungen.

»Er gehört zu der Drogenstudie. RDU90.«

Wieder Lentz – natürlich. Kimble hatte bereits mit Tim Price über diese RDU90-Versuchsreihe gesprochen. Er und Tim waren sich einig darüber gewesen.

»Ein Hauch Zukunft«, bemerkte er trocken, um sich gleich wieder der geklammerten Arterie zuzuwenden. Die Blutung ließ nach. Sie hatten es also nur mit einem einzigen Riß zu tun. Die Sache würde leicht werden, zu leicht, und danach könnte er nach Hause zu Helen fahren. Die rosige Aussicht veranlaßte ihn dazu, die OP-Schwester noch ein bißchen zu hänseln. »Marie, haben Sie es Frank schon erzählt?« Frank war Maries Ehemann. Kimble zwinkerte zu Tim Price hinüber und fügte in vertraulichem Tonfall hinzu: »Frank ist schrecklich eifersüchtig auf die nächtlichen Dinge, die wir beiden hier treiben...«

»Sie haben versprochen, es zuerst Helen zu erzählen«, erinnerte ihn Marie.

»Ging nicht. Es würde ihr das Herz brechen.« Kimble sah hoch zu Tim. »Das sollte reichen. Die Blutung hat aufgehört.« Und nach einer Pause fügte er hinzu: »Wir machen eine Biopsie von dieser Leber.« Nachdem Price zustimmend genickt hatte, wandte er sich noch einmal an Marie: »Schikken Sie sie nach unten und sorgen Sie dafür, daß Kath eine Probe bekommt.«

Eine Probe würde ganz automatisch an Lentz gehen, wegen seiner Versuchsreihe. Wahrscheinlich würde er wieder Mist bauen und behaupten, das Gewebe sei absolut normal. Es gehörte nicht zur üblichen Prozedur, eine zusätzliche Probe an Kath zu schicken, aber Kimble hielt es so, seit er den ersten Biopsie-Bericht von Lentz erhalten hatte. Nicht weil er vermutet hatte, Lentz habe die Berichte absichtlich verfälscht – jedenfalls am Anfang nicht –, sondern weil Kath seinen Verdacht erhärten sollte, hier sei ein Stück äußerst schlampiger Laborarbeit abgeliefert worden. Natürlich war Kath mit Routinearbeit so überlastet gewesen, daß sie die Extra-Präparate gar nicht bemerkt hatte, aber als ihr dann klar wurde, daß Kimble sie Arbeit machen ließ, die bereits woanders getan wurde, hatte sie einen Wutausbruch bekommen.

Price schaute hoch, sein Blick signalisierte große Erleichterung. »Bleibst du, bis wir ihn zugemacht haben, Rich?«

Kimble war bereits vom Operationstisch zurückgetreten und streifte sich die desinfizierten Handschuhe ab. »Nein.« Er lächelte, dachte an Helen, die zu Hause auf ihn wartete. »Ich habe eine Verabredung.« Er schlenderte in den Desinfektionsraum, warf Mütze und Maske in den Wäschekorb. Hinter ihm öffnete sich die Tür.

»Hey, Richard.«

Kimble drehte sich um.

Tim lächelte hinter seiner Maske. »Danke.«

Kimble erwiderte das Lächeln und verließ den Raum. Er war in guter Stimmung, glücklich darüber, nach Hause fahren zu dürfen, zu Helen, glücklich auch, daß sie diesen schrecklichen Jahrestag überstanden hatten. Aber im Hinterkopf hielt sich eine unbestimmte, wachsende Unruhe, eine Unruhe, die er auch während der kommenden Monate nicht ganz verstehen sollte, und sie trug den Namen RDU90.

Helen war noch angezogen, als das Telefon klingelte. Sie saß unten und las; um die nackten Schultern hatte sie sich eine Wollstola gelegt.

Sie hatte sich davor gefürchtet, nach oben zu gehen. Nachdem Richard davongefahren war, hatte sie hinter sich die Tür zugeschlossen. Das Haus war ihr leer vorgekommen, hallend leer, beunruhigend still, und sie hatte eine schreckliche Angst bekommen so allein. Sie wußte schon, daß es albern war, aber sie hatte sich davor gefürchtet, die Treppe hinaufzugehen, den Weg vom Treppenabsatz in den dunklen Flur zu gehen, um das Licht anzuschalten.

Sie hatte Angst gehabt, Josh dort oben zu sehen.

Den Tag und den Abend hatte sie besser überstanden, als sie zu hoffen gewagt hatte, und sie wußte, daß es Richard auch so ergangen war. An Josh' letztem Todestag war Richard auch nachts in den OP gerufen worden, und sie hatte gewartet und gelesen, bis ihr die Augen zugefallen waren. Dann war sie nach oben gegangen, um im Bett auf ihn zu warten.

Im oberen Flur, während sie nach dem Lichtschalter tastete, hatte sie auf einmal etwas neben sich gespürt. Sie war herumgewirbelt, und dann hatte Josh dort in der Dunkelheit gestanden.

Es war nur ein flüchtiger Blick, als hätte jemand ein Foto geschossen, und für den Sekundenbruchteil des Blitzes hatte er dagestanden; mit der Hand, die seinen Lieblingsteddy umklammert hielt, den mit dem zerknitterten Bärenpyjama und dem zerzausten Fell, hatte er sich den Schlaf aus den Augen gerieben. So sah er immer aus, wenn er mitten in der Nacht krank und auf der Suche nach seiner Mutter ins Schlafzimmer kam. Sie hatte beinahe erwartet, sein beleidigtes Jammern zu hören: *Mommy, ich fühl mich nicht gut...*

Dann war der Blitz wieder vorüber. Geblendet durch die Erinnerung daran, hatte sie die Augen fest zugepreßt und den Kopf geschüttelt, um sich von der Vision zu befreien. Dann war sie zu Bett gegangen, aber Josh' Gegenwart war in der Dunkelheit beinahe körperlich zu spüren gewesen. Die ganze Nacht hatte sie wachgelegen; sein süßes kurzes Leben war noch einmal vor ihrem geistigen Augen vorbeigezogen, und der Gedanke, daß sie bei dessen Ende nicht an seiner Seite gewesen war, hatte sie bitterlich weinen lassen.

Richard war in dieser Nacht sehr spät nach Hause gekommen. Sie hatte so getan, als schliefe sie, aber unter den

Wimpern hindurch beobachtete sie ihn, wie er sich vor dem Wandschrank auszog und dann lange zögerte, bevor er zur ihr ins Bett kroch. Sie wußte damals, daß auch er die Gegenwart des kleinen Josh spürte. Schließlich hatte er sich in seinen Morgenmantel eingewickelt und war wieder nach unten gegangen, und als sie schließlich kurz nach dem Morgengrauen zu ihm hinunter in die Küche gegangen war, hatte er einen Becher mit Kaffee vollgeschenkt und ihn ihr wortlos gereicht.

Heute nacht war es viel besser. Heute nacht war der Schmerz nicht so groß; er war zwar immer noch da, zusammen mit den schrecklichen Erinnerungen, aber er war durch süße Erinnerungen und die Distanz eines weiteren Jahres abgemildert. Und trotzdem hatte sie sich nicht dazu zwingen können, die Treppe hinaufzugehen – jedenfalls nicht allein. Richards Gegenwart hatte ihr Kraft gegeben, einen Grund, sich nicht noch einmal dem Schmerz zu ergeben.

Das Klingeln des Telefons brach den lastenden stillen Zauber des Zimmers. Sie lächelte, als sie den Hörer von der Gabel nahm, und freute sich, als sie Richards gutgelaunte Stimme hörte.

»Hi. Ich bin fünf Minuten von dir entfernt...«

»Das ging aber schnell. Hast du Tim helfen können?«

»Ja. Wir hatten einen Arterienriß, aber wir konnten ihn schnell schließen. Der Mann müßte eigentlich durchkommen.«

»Ich bin froh, daß es so gut gelaufen ist.« Verführerisch senkte sie die Stimme. »Bis gleich, Liebling...«

Er erwiderte darauf nichts, aber sie wußte, daß er jetzt in den Hörer lächelte. Das Wissen darum, daß er gleich zu Hause sein würde, ließ ihre Angst dahinschmelzen. Sie legte auf und knipste die Leselampe aus. Dann ging sie zur Treppe, und auf dem ganzen Weg nach oben machte sie sich Vorwürfe, weil sie so albern gewesen war und sich gefürchtet hatte.

Doch oben auf dem Absatz, als sie nach dem Schalter für das Flurlicht tastete, begann ihr Herz schneller zu schlagen, und die alte Angst wollte zurückkehren. Gegen ihren Willen warf sie einen Blick über die Schulter, und beinahe erwartete sie, Josh' kleinen Geist dort hinten zu sehen...

Aber sie sah nichts als Dunkelheit. Helen schaltete das Licht an und ging ins Schlafzimmer. Sie versuchte, das wachsende Unbehagen vor der lastenden Stille abzuschütteln. Richard würde jeden Moment hier sein, um den Zauber zu brechen. Sie betrat den begehbaren Wandschrank, schob den Lichtschalter nach oben, blieb in dem gleißend hellen Licht stehen und überlegte, ob sie sich ausziehen sollte.

Nein. Richard konnte ihr ja dabei helfen. Bei dem Gedanken lächelte sie leise vor sich hin, und aus alter Gewohnheit langte sie nach vorne, um eine Schranktür zu schließen, die er immer offenließ.

Was jetzt geschah, ging blitzschnell vor sich, zu schnell, um es zu verstehen, beinahe zu schnell, um zu reagieren.

Ein Geräusch. Verwischte Bewegung. Eine Hand, die zwischen den hängenden Kleidern hervorschoß, um sich so heftig in ihren Hals zu krallen, daß sie nach einem kurzen Röcheln keine Luft mehr bekam. Sie verspürte keine Angst: Der Adrenalinstoß produzierte eine Reaktion, die weit jenseits aller menschlichen Gefühle war. Ihr Körper fühlte sich gleichzeitig kalt und heiß an, ein elektrischer Blitz schoß ihr durch die Wirbelsäule und löschte jeden Gedanken, jede Vernunft aus.

Die Perlen wurden ihr in das zarte Fleisch über dem Halswirbel getrieben, als die Hand noch fester zudrückte und ihr die Luftröhre vollständig verschloß. Sie würgte, ohne ein Geräusch dabei zu machen. Instinktiv versuchte sie, ihre Kehle von der erbarmungslosen Hand zu befreien. Die Kette verfing sich in ihren Fingern und riß, ihre Perlen rieselten in einer flüsternden Kaskade auf den Boden.

Der Angreifer kam zwischen den Kleidern hervor und trat ins Licht, aber ihr Sehvermögen war schon so schwach, daß sie nichts als einen riesigen, sich vor ihr auftürmenden Schatten erkannte. Sie verstärkte ihre Anstrengungen noch mal, und irgendwie konnte sie sich befreien. Keuchend stürzte sie sich aus dem Wandschrank, hinüber zum Telefon auf dem Nachttisch.

Sie schaffte es, legte die Hand auf den Hörer.

Es folgte zweimal hintereinander ein kurzes Sirren, leise und hoch zunächst, dann plötzlich laut und dumpf. Beide Male war es von einem brennenden Schmerz begleitet – der erste heiß und hell, der zweite dumpf und betäubend in ihrem Kopf.

Sie geriet ins Taumeln, aber wie durch ein Wunder gelang es ihr, trotz der schweren Verletzungen die Bewegung fortzusetzen und den Hörer aufzunehmen – bevor sie nach hinten gerissen wurde und auf den Rücken fiel. Der Hörer purzelte neben ihr auf den Teppich.

Für einen Moment verdunkelte sich die ganze Welt. Sie sah nichts mehr, spürte nichts mehr; dann blinzelte sie mit den Augen, und es wurde wieder hell.

Der Schatten des Angreifers schwankte am Rande ihres Sichtfelds, aber sie fürchtete sich nicht mehr. Sie würde sich nie wieder fürchten, nie mehr müßte sie vor irgend etwas Angst haben, denn neben ihr saß, aufmunternd lächelnd, mit dem Teddybär unterm Arm, ihr geliebter Sohn Josh.

2

Das Wetter hatte sich verschlechtert, als Kimble auf die Zufahrt zum Haus bog. Es war jetzt beinahe ein Schneesturm. Er brachte sich mit einem Spurt in Sicherheit. Der Wind heulte an der Eingangstür, und er konnte sie nur mit Mühe zudrücken. Bevor er den Mantel in den Wandschrank im Foyer hängte, schüttelte er den Schnee ab.

Im Wohnzimmer war alles still; er hörte das Ticken der alten Standuhr. Kimble legte die Schlüssel auf den Tisch und warf einen Blick auf den Stapel Post, der dort lag.

»Ich bin da«, rief er nach oben. »Hast du gehört, wie die Bulls gespielt haben?«

Keine Antwort. Helen hatte Radar-Ohren – so scherzten sie jedenfalls immer. Deshalb fragte er sich, ob sie vielleicht schon eingeschlafen war, gleich nachdem er mit ihr telefoniert hatte. Aber als er in die Küche ging, brannte das rote Lämpchen auf dem Wandtelefon.

Verdammt spät für einen Anruf. Hoffentlich nicht schon wieder ein Notfall, dachte er, aber dann hätte sich auch sein Piepser melden müssen. Als er seine Post durchblätterte, summte die Waschmaschine. Er lud die Wäsche in den Trockner um, schaltete ihn ein und öffnete dann die Tür zur Speisekammer, um einen Blick auf das Weinregal zu werfen. Er wählte eine Flasche aus, von der er wußte, daß Helen sie gerne trank, nahm zwei Gläser vom Regal und ging die Treppe hinauf.

Das obere Flurlicht brannte. Drei Stufen vorm oberen Absatz blieb er stehen, als sein Blick auf etwas Weißes neben seinem Fuß fiel. Ohne nachzudenken, bückte er sich, um es aufzuheben. Es war eine Perle von Helens Kette.

Es gab eigentlich keinen Grund, deshalb einen Schrecken zu bekommen, aber als Kimble sich wieder aufrichtete, schlug sein Herz etwas schneller. Die Stille im Schlafzimmer kam ihm auf einmal unheilvoll vor. Er legte den Kopf auf die

Seite und reckte den Hals. Von seinem Standort aus konnte er einen kleinen Abschnitt des Schlafzimmers sehen: Auf dem Fußboden zwischen Wandschrank und Bett lag der Schirm einer umgekippten Lampe.

Er stieg mit steifen Beinen die letzten drei Stufen hinauf, stellte die Flasche und die Gläser ab, überquerte den Treppenabsatz und blieb an der Schlafzimmertür bewegungslos stehen. Er wagte nicht zu atmen.

Durch den Spalt der halboffenen Tür erkannte er den dunklen Umriß einer menschlichen Gestalt – sie war zu groß und zu stämmig, um seine Frau zu sein. In der Stille hörte er das abgerissene Atmen eines Mannes, und er wußte, daß es nicht sein eigenes war.

Für eine Millisekunde war er wieder in der Notaufnahme und hielt den kalten, steifen, reglosen Körper seines Sohnes Josh in den Armen.

Die Angst riß ihn mit brutaler, elektrisierender Gewalt zurück in die Gegenwart. Mit einer Kraft, wie er sie noch nie entwickelt hatte und auch danach nie wieder entwickeln würde, warf er sich gegen die Tür. Sie prallte mit einem dumpfen Geräusch gegen Fleisch und Knochen und Wand. Die Gestalt, die sich dort versteckt hatte, schrie auf. Etwas, das einen metallischen Schimmer hatte, fiel polternd auf das Parkett.

Ohne nachzudenken stürzte Kimble sich auf den Revolver, aber ein massiver Unterarm stieß ihn zur Seite. Der Mann – ein schwerfälliger, kräftiger Kerl von bulligem Körperbau – tastete nach der Waffe. Gerade als er sie erreicht hatte, bekam Kimble sein Fußgelenk zu fassen und zog mit aller Kraft. Der Mann fiel in dem Moment, als er die Waffe ergreifen wollte. Sie entglitt ihm, rutschte über das glatte Parkett des Treppenabsatzes und über dessen Kante, um drei Treppen weiter unten scheppernd auf dem Boden der Eingangshalle aufzuschlagen.

Weit entfernt heulten Polizeisirenen.

Der Eindringling befreite sich aus Kimbles Griff und lief auf den Treppenabsatz zu, aber Kimble blieb dicht hinter ihm und packte ihn am Arm, kurz bevor der Mann die Treppe erreicht hatte. Der Arm fühlte sich seltsam an, etwas kühl, und als Kimble daran zerrte, verdrehte er sich in einen seltsamen Winkel, der unter normalen Umständen zu einem Bruch geführt hätte.

Kimble zog fester, und plötzlich hielt er den Arm, der sich zwischen Schulter und Ellenbogen vom Körper gelöste hatte, in der Hand. Er war hohl und auf der Innenseite mit elektrischen Drähten versehen. Kimble starrte das Ding entgeistert an, dann hob er den Blick und sah in das erstaunte Gesicht des Mannes: olivfarbene Haut, dunkle Augen, eingerahmt von lockigem, schwarzem Haar.

Die verwischte Bewegung einer Faust, und Kimble wurde am Kinn getroffen. Er taumelte und fiel nach hinten. Bevor er zu sich gekommen war, hatte der Mann das abgerissene Körperglied an sich genommen und flüchtete die Treppe hinunter.

Das Heulen der Polizeisirenen war näher gekommen.

Kimble zog sich am Geländer hoch und dachte daran, den Mann zu verfolgen, aber hinter sich hörte er schwaches, stockendes Flüstern: »Er ist hier... immer noch im Haus...«

Er fuhr herum. Auf der anderen Seite des Bettes, in einem Lichtstreifen, der aus dem Wandschrank fiel, lag Helen. Sie trug immer noch ihr Abendkleid, das einen scharfen Kontrast zum tödlichen Weiß ihrer Haut bildete. Mit einer Hand hielt sie den Telefonhörer so umklammert, daß er vor ihren Lippen auf dem Teppich lag. Die andere Hand hatte sie gegen die Seite ihres Kopfes gepreßt.

Eine ungeduldige, schneidende Stimme sickerte aus der Ohrmuschel des Hörers. »Habe ich Sie richtig verstanden? Der Angreifer ist noch im Haus, Ma'am?«

»Er will mich töten«, sagte Helen. Ihr Flüstern klang wie ein Schrei. Ihre Augen waren glasig und blickten ins Leere. Kimble trat in ihr Blickfeld, und als sie ihn sah, entglitt der Hörer ihrem schwachen Zugriff.

Wieder schnarrte die laute Stimme aus der Ohrmuschel. »Würden Sie das bitte wiederholen...?«

»Richard... Er will mich töten...«

Kimble kniete sich neben sie. Bei Hunderten von Notfällen, in denen es um Leben und Tod gegangen war, hatte er die Nerven nicht verloren und war ruhig geblieben. Nur so kann man ein Menschenleben retten. Aber hier hatte er keinen Patienten vor sich. Es war Helen, seine geliebte Frau, und er wollte schreien, wollte die Ungerechtigkeit in die Welt hinausschreien und den Mann töten, der ihr wehgetan hatte. Um ihretwillen beherrschte er sich, aber als er seine Hand nach ihr ausstreckte, zitterte sie.

Ihre Haut fühlte sich kalt, weich und feucht an.

»Mein Kopf«, stöhnte sie. Er entdeckte die Kette aus dunkelroten Druckstellen, die sich um ihren Hals zog. Zärtlich, mit zitternden Fingern streichelte er über die Stelle, als wollte er den Schmerz fortwischen.

»Du mußt durchhalten, Kleines, es wird alles gut«, sagte er in seinem besten professionellen Tonfall und unterzog sie einer schnellen Untersuchung. Schußwunde im Oberschenkel. Er konnte nicht so schrecklich viel Blut erkennen, aber die Kugel mußte eine Arterie angerissen haben, weil ihre Lippen grau wurden und der Atem nur noch stoßweise ging. Sie stand kurz vor der Bewußtlosigkeit. Aber warum? Er fuhr ihr mit der Hand über den seidigen Stoff ihres Kleides; es war trocken, abgesehen von einem Fleck in der Größe eines Tennisballs. Er preßte seine Hand darauf, um die Blutung zu stillen, aber Instinkt und Erfahrung sagten ihm, daß es irgendwo noch eine andere Blutung geben mußte...

»Mein Kopf«, stöhnte sie und fuchtelte mit der Hand nach ihm. Er zog den Kopf zurück, als ihre langen Fingernägel ihm über die Wange kratzten. Ihre Finger krallten sich in seinen Arm. »Richard... mein... halt mich... fest...« Sie verdrehte die Augen, als hätte sie eben unter der Zimmerdecke etwas Entsetzliches, Unaussprechliches entdeckt. Die eine Hand preßte sie immer noch gegen die Seite ihres Kopfes.

Dann plötzlich die schreckliche Erkenntnis. Plötzlich wurde ihm klar, wo die zweite Blutung sein mußte. Vorsichtig löste er ihre Hand vom Kopf; gerinnendes Blut hielt sie an der Kopfhaut fest.

Darunter war der Schädel aufgesplittert und offenbarte seinen kostbaren, weiß und grau schimmernden Schatz.

Aus dem Hörer auf dem Fußboden neben ihrem Kopf sprach die Stimme: »Hallo? Sie sagten, sein Name sei Richard? Ma'am? Können Sie mich hören? Ma'am?«

Kimble beugte sich unter dem Gewicht eines betäubenden Schmerzes. Er legte die Arme unter den Körper seiner Frau und hielt sie. Zuletzt hatte er vor drei Jahren solche Höllenqualen durchmachen müssen, und er hatte gehofft, so etwas nie wieder erleben zu müssen. Als drei Treppen weiter unten die Tür splitterte und die Beamten der Chikagoer Polizei nach oben riefen, sich identifizierten, antwortete er nicht, war unfähig zu einer Reaktion.

Tumult. Das Poltern von einem Dutzend Füßen auf der Treppe. Kimble wiegte Helen in seinen Armen, so wie er Josh immer gewiegt hatte, als er noch klein war und wegen Bauchschmerzen nicht schlafen konnte. Er reagierte immer noch nicht, als die Polizisten mit gezogenen Schußwaffen ins Zimmer stürmten, um Zeugen dieser blutigen Pietà zu werden, und auch nicht, als der erste der Cops befahl:

»Gehen Sie von der Frau weg!«

Erst jetzt hob er den Kopf, aber deshalb sah er die Männer noch lange nicht. Er schaute durch sie hindurch, zum Schlafzimmerfenster hinaus, auf den Lichtkegel der Straßenlaterne. Auf den weißen, erbarmungslos herunterrieselnden Schnee.

Sie zwangen ihn dazu, sie loszulassen. Sie zwangen ihn dazu, sie allein auf dem Schlafzimmerboden liegenzulassen und brachten ihn hinunter in die Küche, wo er sich an der Spüle die Hände wusch wie ein Roboter. Einer der Beamten nahm ihm die blutverschmierte Smokingjacke ab, ein anderer brachte ihm seine saubere Windjacke aus dem Wäschetrockner.

Es blieb ihm keine Zeit für ungestörte Trauer. Das Haus füllte sich mit Polizisten. Draußen füllte sich die Straße mit Streifenwagen, neugierigen Nachbarn und den Übertragungswagen der Fernsehteams. Experten für Spurensicherung kamen herein und nahmen überall Fingerabdrücke und machten Fotos – von Helen, von den Würgemalen um ihren

Hals, von ihren Schußwunden, vom Schlafzimmer, von seiner eigenen Schußwaffe, die unberührt an ihrem Platz in der Nachttisch-Schublade gelegen hatte. Kameras blitzten auf, bis Kimble kaum noch etwas sehen konnte.

Sie stellten ihm Fragen. Er antwortete darauf. Sie führten ihn aus dem Haus, vorbei an dem ganzen Zirkus auf der verschneiten Straße, setzten ihn in einen Streifenwagen und fuhren ihn auf das Polizeirevier an der Elften Straße.

Er wurde in einen kleinen Raum mit drei Stühlen und einem Schreibtisch geführt. Zwei Männer kamen herein und stellten sich als Detectives Kelly und Rosetti vor. Er konnte sich später kaum noch an Rosetti erinnern, der ihn die meiste Zeit über schweigend beobachtete. Kelly war ein übergewichtiger, aggressiver Bursche, der ihm mit offener Feindseligkeit begegnete. Kimble hatte fast während des ganzen Verhörs die Hand an sein Gesicht gelegt und starrte hinunter auf die schmutzige Tischplatte, den staubigen Fußboden, auf Helens klaffende Kopfwunde; er starrte hinunter auf den unsichtbaren Schnee.

Das Verhör dauerte Stunden, ihm kam es vor wie eine Ewigkeit. An die meisten Fragen, die man ihm in dieser Nacht stellte, konnte er sich später nicht mehr erinnern, einige wenige jedoch blieben ihm im Gedächtnis:

Was für eine Schußwaffe hatte er?

»Eine 38er, glaube ich. Ich hab sie nur für den Bruchteil einer Sekunde gesehen. Ich hab sie ihm aus der Hand geschlagen.«

Besitzen Sie eine Waffe, Dr. Kimble?

»Ja.«

Was für eine Waffe?

»Eine 38er Smith & Wesson.«

Hatten Sie heute nacht einen Schlüssel bei sich, Dr. Kimble?

»Ja, natürlich...«

Ihre Frau war betucht, oder? Ich meine, sie besaß einen schönen Batzen Geld...

Er schaute jetzt zu ihnen hoch, mit einem ungläubigen Staunen, das sich ganz langsam in Wut verwandelte. Er hatte die Hand vom Gesicht genommen und sich auf seinem harten Holzstuhl nach vorne gebeugt. Zuerst schaute er in Kellys verschlossenes Gesicht, dann in Rosettis. »Was läuft hier eigentlich? Der Kerl hat versucht, *uns* zu berauben.«

Kalte Blicke. Unverhohlene Zweifel.

Kimbles Lippen teilten sich. Er stieß die Luft heraus, als hätte ihm jemand in die Magengrube getreten. »Ihr müßt vollkommen verrückt sein. *Ich habe meine Frau doch nicht getötet!*«

Er erhob sich, weit jenseits von Ärger und Entrüstung, und machte einen Schritt auf die Tür zu. Der uniformierte Beamte, der die ganze Zeit über Wache gestanden hatte, trat ihm in den Weg. Kimble wirbelte herum und blickte Kelly in die Augen, dessen Lippen sich kaum merklich kräuselten.

Fangen wir noch mal von vorne an, Dr. Kimble. Was haben Sie zum Frühstück gegessen?

Sie nahmen ihn in dieser Nacht in Smokinghemd und schwarzer Fliege fest. Er hätte Helens Familie anrufen sollen und die engsten Freunde, um ihnen die schreckliche Neuigkeit selbst mitzuteilen und eine Weile mit ihnen zu weinen. Statt dessen führte er nur ein einziges, zweiminütiges Gespräch mit seinem Anwalt Walter Gutherie. Er mußte dessen Privatnummer nachschauen, weil er sie nicht auswendig wußte.

Gutherie hätte beinahe wieder aufgelegt. Es war kurz vor Morgengrauen, und seine Stimme war noch ganz belegt vom Schlaf. »Wer ist da?«

Kimble versuchte zu reden, versuchte das, was an diesem Abend passiert war, in einem verständlichen Satz zusammenzufassen. Statt dessen senkte er nur verzweifelt den Kopf.

»Der Teufel soll Sie...«

»Walter. Legen Sie nicht auf. Hier ist Richard Kimble.«

»Richard?« Sein verärgerter Tonfall wandelte sich auf der Stelle in einen besorgten. »Richard, Sie hören sich ja ganz furchtbar an.«

Beinahe wäre er an den Worten erstickt. »Helen ist tot. Sie... sie wurde getötet... Ermordet...«

»Mein Gott!« flüsterte Walter. Dann folgte ein langes Schweigen. Gutherie stand der Familie nicht nahe genug, um mitten in der Nacht wegen einer solchen Neuigkeit aus dem Schlaf geholt zu werden, und das wußte er.

Mehrere Sekunden vergingen, bevor Kimble weitersprechen konnte. Schließlich sog er einen langen, zitternden Atemzug in sich hinein. »Walter, sie beschuldigen mich.«

Gutherie war plötzlich hellwach. »Wo sind Sie?«

»Auf dem Polizeirevier. Ich... ich hab vergessen, welches es ist.«

»Elfte Straße«, sagte der Cop, der neben Kimble stand.

Gutherie hatte es gehört. »Ich bin sofort da.«

Sie setzten ihn nicht gegen Kaution auf freien Fuß, sondern brachten ihn nach Cook ins Bezirksgefängnis. Dort nahmen sie ihm den Smoking ab und steckten ihn dafür in orangefarbenen Gefängnisdrillich. Seine Uhr und den Ehering verwahrten sie in Plastikbeuteln. Kimble kam es so vor, als hätte sein äußerer Zustand sich nur verändert, um dem inneren Ausdruck zu verleihen. Nachts lag er auf der engen, zerschlissenen Matratze wach und lebte Helens letzte Augenblicke noch einmal durch, das Zusammentreffen mit dem einarmigen Mann; er durchlebte den ganzen Schmerz noch einmal in der Hoffnung, dabei auf einen kleinen Beweis seiner Unschuld zu stoßen. Wenn er einschlief, träumte er davon, wie er seinen Sohn in der Notaufnahme auf dem Arm gehalten hatte, davon, wie Josh größer wurde, wie seine Arme sich streckten und er sich langsam in Helen verwandelte.

Wenn er aufwachte, war aus dem Traum ein Alptraum geworden.

Das Gefängnis erwies sich tatsächlich als eine Art Hölle: Es war überfüllt, grausam, es gab nichts Tröstliches, nichts Erfreuliches, es roch nach Urin, Schweiß und kaltem Beton. Wenn Kimble seinen Anwalt Walter Gutherie nach der Kaution fragte, zuckte der nur mit den Achseln und murmelte etwas von einem Wahljahr und davon, daß der Richter Härte gegen das Verbrechen demonstrieren wolle.

Die Liste der anhängigen Gerichtsverfahren war lang. Aus Wochen wurden Monate. Der Winter ging in den Frühling über, dann war Sommer. Als Kimbles Fall schließlich vor Gericht kam, reichte Walter Gutherie Verfahrensanträge ein, um mehr Zeit für die Vorbereitung zu gewinnen.

Mehr Zeit auch, um den einarmigen Mann zu finden. Kimble erkundigte sich ständig nach dem Stand der Ermittlungen, und jedesmal bekam er von Gutherie ausweichende Antworten.

Bei einem Zusammentreffen kurz vor Beginn des Prozesses wurde Kimble zum erstenmal klar, daß er verlieren würde. Gutherie und sein eifriger junger Assistent Randolph saßen ihm im Verhörzimmer des Gefängnisses gegenüber. Wie immer redete fast nur Gutherie, und wie immer vermied es Gutherie, ihm direkt in die Augen zu schauen. An diesem Tag kapierte Kimble, warum das so war.

Als der Wächter Kimble in das Verhörzimmer brachte, stand Gutherie am Fenster und sah hinunter in den Gefängnishof. Randolph, immer noch jung aber gar nicht mehr eifrig, starrte seinen Arbeitgeber an. Walter drehte sich um, nachdem Kimble sich gesetzt hatte. Er begrüßte ihn mit einem kurzen Kopfnicken, dann sah er wieder hinaus auf den Hof, als wollte er einen Blick in Kimbles Zukunft werfen. Er lächelte nicht. Weder Gutherie noch Kimble lächelten oft in diesen Tagen und Wochen.

Gutherie räusperte sich und stürzte sich in seine Ansprache, die er ganz offensichtlich einstudiert hatte. »Wir haben Privatdetektive losgeschickt, die mehr als hundert Armamputierte verhört haben, Richard. Wir können den Burschen nicht finden.«

Kimble erstarrte bei der Stimme seines Verteidigers. Sie hatte denselben Unterton wie damals, in der Nacht des Mordes an Helen, die Stimme des Detective Kelly: Ungläubigkeit. Ein Muskel in seinem Unterkiefer zog sich zusammen. »Ich weiß, was ich gesehen habe, Walter.«

Gutherie seufzte und preßte die Hand gegen das Fenster. »Ich stelle Sie in den Zeugenstand und lasse Sie erzählen, was Sie gesehen haben, ohne daß wir auch nur den geringsten Beweis dafür in den Händen halten. Der Staatsanwalt wird die Geschichte von Ihrem einarmigen Mann nehmen und sie Ihnen in den Hintern rammen.«

Kimble öffnete vor Empörung den Mund, dann formten seine Lippen leise das Wort: »Geschichte...?«

Gutherie gab ihm keine Chance, es laut auszusprechen. Er drehte sich um und hielt endlich Kimbles Blick stand. »Hören Sie, Richard, Sie zahlen uns ein Haufen Geld dafür, daß wir Sie verteidigen. Wenn Sie sich des Mordes zweiten Grades für schuldig erklären würden...«

»Sie glauben mir nicht«, flüsterte Kimble entgeistert. Er wandte den Kopf zur Seite und schloß die Augen. In diesem Augenblick verstand er es: Der Schmerz, Helen verloren zu haben, zu wissen, daß ihr Mörder noch auf freiem Fuß war, das alles reichte noch nicht. *Er* würde dafür bestraft werden. Er würde dafür ins Gefängnis gehen. Sein eigener Verteidiger war von seiner Schuld überzeugt. Ein erbarmungsloses Gefühl stieg in ihm auf, und es war weder Wut noch Trauer noch Grauen. Es war von jedem etwas. Er wandte sich wieder Gutherie zu und preßte zwischen den Zähnen hervor: *»Ich habe meine Frau nicht getötet.«*

Gutherie schaute ihn ausdruckslos an, dann wandte er sich wieder um und starrte aus dem Fenster. Sein Tonfall war unerbittlich. »Sie sind ein erfolgreicher, weißer Bürger der oberen Mittelschicht, der eines Gewaltverbrechens bezichtigt wird. Es ist ein Indizien-Prozeß, aber es ist auch ein Geschworenen-Prozeß. Wir spielen mit ihnen, sie spielen mit uns, aber wenn wir verlieren, dann verlieren wir gründlich.« Er warf einen Blick über die Schulter auf Kimble. »Vergessen Sie nicht, daß die Gegenseite einiges aufgeboten hat, um sich Ihr Fell zu holen.«

Der Prozeß begann im Spätsommer und zog sich durch den ganzen Herbst. Für die Auftritte im Gerichtssaal durfte er einen Anzug tragen, den Walter aus seinem Haus geholt hatte. Außerdem händigten sie ihm den kleinen Plastikbeutel mit dem Ehering aus. Als Kimble zum erstenmal den Saal betrat, warf die Chefanklägerin – eine Frau, die ein paar Jahre jünger als Helen war – ihm einen eisigen Blick zu, bevor sie sich um Helens Angehörige kümmerte.

Sie hielt ihn für schuldig. Alle hielten ihn für schuldig. Er hatte nach dem Tod seiner Frau nicht mehr mit ihrer Familie gesprochen.

Es mochte ein Indizienfall sein, den die Anklage konstruiert hatte, aber er war zwingend. Als ersten rief sie Detective Kelly in den Zeugenstand:

Kein Hinweis auf ein gewaltsames Eindringen. Vom ersten Moment der Ermittlungen an hatte es nicht wie ein Einbruch ausgesehen. Nichts im Haus fehlte.

Dann kamen die Experten der Spurensicherung zu Wort: *Am Hals des Opfers wurden die Fingerabdrücke des Angeklagten gefunden, außerdem auf der Schußwaffe und der Lampe. Es wurden nur Fingerabdrücke vom Opfer und vom Angeklagten gefunden.*

Die Geschworenen hörten regungslos zu, als das Tonband mit dem Notruf abgespielt wurde.

Hab ich Sie richtig verstanden? Der Angreifer ist noch im Haus, Ma'am?

Helens kaum noch vernehmbare Stimme, das Flüstern eines Geists: *Er will mich töten.*

Die Notrufzentrale: *Würden Sie das bitte wiederholen?*

Eine Pause. Das Geräusch des Hörers, der auf den Teppich fällt.

Richard... Er will mich töten...

Kimble vergrub das Gesicht in den Händen. Durch die Finger konnte er erkennen, daß ein paar Geschworene sich Notizen machten.

Charles Nichols betrat den Zeugenstand. Von allen seinen Freunden schienen nur Kath Wahlund und Charles Nichols wirklich an Kimbles Unschuld zu glauben. Beide hatten sie ihn im Gefängnis besucht, und beide hatten sie angeboten, als Zeugen auszusagen, aber Gutherie war nur an Nichols interessiert. Die Wahlund, meinte er, sei ein bißchen zu selbstherrlich, etwas zu verrückt, um von den Geschworenen für glaubwürdig befunden zu werden. Und was am schlimmsten war: Sie würde sicher nicht zugunsten eines olivfarbenen Tweed-Kostüms auf Lederjacke und T-Shirt verzichten wollen.

Nichols gab sein Bestes. Während er im Zeugenstand saß und die Vorzüge des Angeklagten aufzählte, sprach Kimble in Gedanken mit Helen: *Ich weiß, daß du Charlie nicht ausstehen konntest, aber er ist einer der wenigen, die versuchen mir zu helfen.*

Und dann bekam ihn die Vertreterin der Anklage in die Finger. Sie schlenderte nach vorne, legte eine Hand auf den Zeugenstand und wandte sich ein wenig zur Seite, damit die Geschworenen ihren Auftritt besser verfolgen konnten. Ohne ihm näher zu kommen, schaffte sie es irgendwie, Nichols' Blick festzuhalten.

Ihre Stimme klang grell und ausdruckslos: *Dr. Nichols. Sie sind sich doch im klaren darüber, daß Richard Kimble der einzige Erbe von Helen Kimbles Vermögen war. Grob geschätzt handelt es sich dabei um zwölf Millionen Dollar.*

Nichols entging keineswegs, was sie damit andeuten wollte, aber er blieb gelassen. Er wandte sich den Geschworenen zu und sagte mit absoluter Überzeugung: »Dessen war ich mir immer bewußt. Das Geld bedeutete ihm nichts.«

Kimble schenkte ihm einen Blick reiner Dankbarkeit.

Die Vertreterin der Anklage schien völlig unbeeindruckt zu sein. Sie machte auf dem Absatz kehrt und ging mit verschränkten Armen auf die Geschworenen zu – weg von Nichols, weg von der Wahrheit.

Aber hat er nicht in Ihrer Gegenwart einmal gesagt, er wüßte einiges mit Helens Geld anzufangen, wenn es ihm gehören würde? Hat er das nicht gesagt?

Sie blieb stehen, drehte sich zu Nichols um und versuchte, ihn mit ihrem erbarmungslosen Blick festzuhalten.

Nichols wandte den Kopf zu Seite. »Wir reden hier von...«

Von Geldmitteln für die medizinische Forschung. Und was man da mit zwölf Millionen Dollar alles anfangen könnte.

Ja oder nein?

»Wenn ich das erklären dürfte...«

Der Angeklagte wird uns diese Frage sicher beantworten.

Nichols seufzte und ließ sich geschlagen in seinen Sessel zurücksinken. Die Vertreterin der Anklage lächelte siegesgewiß.

Keine Fragen mehr, Euer Ehren.

Als nächster kam der amtliche Leichenbeschauer an die Reihe. Er war ein älterer, ruhiger Mann, der mit sachlicher Stimme und medizinischen Termini ein herzzerreißendes Bild malte.

Die Kopfwunde verursachte einen massiven Bluterguß im Gehirn. Sie brauchte etwa fünf bis sieben Minuten, um zu sterben...

Ein Frau unter den Geschworenen fuhr zusammen und schoß einen Blick grenzenloser Verachtung auf Kimble ab. Er wich diesem Blick aus.

Als sie ihn schließlich in den Zeugenstand riefen, sprach Kimble zögernd und mit einfachen Worten über die Ereignisse, die zu Helens Tod führten. Er mußte seinen Bericht mehrmals unterbrechen, um die Fassung wiederzugewinnen. Als er fertig war und den Blick hob, sah er zum erstenmal Hoffnung in Gutheries Augen aufleuchten. Zwei der Geschworenen langten nach ihren Taschentüchern und wischten sich die Augen.

Gutherie nickte zustimmend und ging zurück an seinen Platz.

Die Vertreterin der Anklage stand auf und kam langsam auf ihn zu, wie eine Katze, die sich einem ahnungslosen Vogel nähert. Zuerst war ihr Tonfall noch ganz neutral.

Wie groß war dieser Mann, Dr. Kimble?

Er kniff die Augen zusammen, als er versuchte, sich zu erinnern. »Ich weiß es nicht genau. Die meiste Zeit lagen wir auf dem Boden und haben miteinander gekämpft. Ich konnte nicht...«

Rührten die Kratzer auf ihrem Gesicht und ihren Armen von diesem Kampf her?

»Nein. Wie ich bereits erklärt habe...«

Und wie ist dieser Mann ins Haus gekommen?

»Ich weiß es nicht...«

Und Sie wissen wahrscheinlich auch nicht, warum Ihre Frau

dem Mann in der Notruf-Zentrale erzählt hat, Sie seien der Angreifer?

Kimble wollte sich von seinem Platz erheben, aber der Richter forderte ihn mit einer Handbewegung auf, sich wieder zu setzen. Er kam der Aufforderung widerwillig nach. »Sie *hat nicht . . .*«

Die Staatsanwältin lächelte spöttisch. Ihre Stimme wurde lauter, während sie die Fragen immer schneller auf ihn abschoß . . .

Ihr Name ist Richard Kimble, richtig? Sie besitzen doch eine 38er? Ihre Fingerabdrücke waren auf der Waffe, den Projektilen, der Lampe und auf ihrem Hals, richtig?

»Hören Sie . . .«

Ist das richtig?

Kimble ließ den Kopf hängen.

Die Unfähigkeit, das alles zu glauben, half ihm ein wenig. War es nicht viel zu verrückt, zu undenkbar, zu ungerecht, um wirklich wahr zu sein? Und doch kannte er das Urteil, noch bevor der Sprecher der Geschworenen es verlesen hatte. Aber er nahm es gar nicht richtig in sich auf, konnte es nicht als Tatsache begreifen. Die einzige Realität, die er begriff, kam nachts zu ihm, in Form von Träumen. Er träumte von Josh und von Helen, die er beide tot in den Armen gehalten hatte. Er träumte vom Gesicht des Mörders. Der Verstand sagte ihm, daß man den Mann niemals finden würde, aber Kimble glaubte schon lange nicht mehr an den Verstand.

Es machte ihm nichts, hinter Gittern zu sitzen und nicht nach dem Mörder suchen zu können. Irgendwann würde er es tun; es gab für ihn einfach keinen anderen Grund mehr weiterzuleben.

Der Schuldspruch war am Tag des ersten strengen Frostes verlesen worden. An dem Tag, als Richter Bennett das Urteil verlas, bestäubte ein ganz feiner Schnee die Stadt.

Kimble saß neben Gutherie im Gerichtssaal, verzog keine Miene und rührte sich nicht. Ein Gerichtsdiener mußte ihn hochzerren, nachdem der Richter gesagt hatte: *Der Angeklagte möge sich bitte erheben . . .*

Nach sorgfältiger Abwägung aller Beweismittel, die während dieses Verfahrens präsentiert wurden, und aufgrund schwerwiegender Indizien, die in der Nacht des 20. Januar eine Rolle spielten und hier ausführlich gewürdigt wurden, kommt dieses Gericht zu dem Urteil, daß Sie in das Staatsgefängnis von Menard einzuliefern sind, wo Sie bis zur Vollstreckung der Todesstrafe durch eine letale Injektion untergebracht werden.

Um ihn herum lief die erste Welle der Erschütterung über das Urteil durch den Saal. Tausend Stimmen schienen gleichzeitig reden zu wollen. Reporter hasteten zum Hinterausgang, während die Leute sich nach und nach erhoben und zum Mittelgang drängten. Am Tisch der Anklage tauschten die Staatsanwälte triumphierende Blicke aus.

Gutherie, der neben ihm saß, flüsterte ihm ins Ohr: »Es tut mir leid...«

Aber Kimble reagierte nicht, er hörte ihn gar nicht. Er hörte nur Bennetts Worte, die ihm immer noch in den Ohren hallten. Er bekam auch nichts von der Unruhe mit, die um ihn herum herrschte. Er sah nichts, außer Helen und Josh und dem Gesicht des einarmigen Mannes.

Und dann verloren sich diese Visionen in einer weißen, wirbelnden Leere, und er starrte nur noch nach vorne, stocksteif und unbewegt. Schneeblind.

3

Der alte Bus rollte hustend und keuchend mit seinen vier Gefangenen vom Cook County Jail in Richtung Menard State Prison. Kimble lehnte den Hinterkopf gegen das vibrierende Metall. Er versuchte, den Dieselgestank wie die dumpfen, feindlichen Blicke seiner Mitgefangenen und der beiden Wärter hinter der Maschendrahtabtrennung zu ignorieren.

Es war Nacht. Der ältere der beiden Wärter hielt sein Gewehr auf das Knie gestützt und döste vor sich hin, das Doppelkinn sackte ihm dabei auf die fleischige Brust. Der jüngere zündete sich eine Zigarette an und blies den Rauch in den Gefangenenkäfig.

»Mach das noch mal, und du frißt deine Zigarette!« drohte der Größte der Gefangenen, der auch am gefährlichsten aussah.

Der Wärter grinste, um zu zeigen, daß er keine Angst hatte. »Halt's Maul, Copeland!« Doch er hörte auf, den Rauch zu den Gefangenen zu blasen.

Kimble schloß die Augen. Zum tausendsten Mal seit seiner Verurteilung überlegte er, wie es weitergehen sollte: Er mußte sich einen neuen Anwalt suchen – einen, der an seine Unschuld glaubte und mit ganzem Herzen an seiner Verteidigung arbeitete. Einen, der einen Privatdetektiv einsetzen würde, einen guten diesmal, und der Kimble zuhören, ihm glauben und ernsthaft versuchen würden, den einarmigen Mann zu finden.

Denn das war alles, was nun noch zählte: Helens Mörder zu finden. Ihn dafür zu bestrafen, daß er ihr weh getan hatte, und dafür zu sorgen, daß er nie wieder jemand anderem weh tun konnte. Alles andere war vollkommen gleichgültig.

Der Bus fuhr Stunden um Stunden. Trotz der Schmerzen, die die Hand- und Fußschellen an seinen Gelenken verursachten, und trotz der Kälte in dem ungeheizten Bus schlief Kimble ein, eingelullt vom monotonen Geräusch des Motors, und träumte seinen allnächtlichen Traum von Josh und Helen. Diesmal war Walter Gutherie dabei, der immer wieder sagte, wie leid es ihm tue.

»Hey.«

Kimble öffnete die Augen. Es war eine Menge Zeit vergangen, und einer der Gefangenen, ein hagerer, zäh wirkender Bursche mit wachsamen, intelligenten Augen, war aufgestanden und redete neben dem Maschendrahtgitter mit dem jüngeren Wärter.

»Die Strafvollzugsbestimmungen von Illinois sehen bei Gefangenentransporten über vier Stunden eine Mahlzeit vor«, beschwerte er sich.

Der Wärter verdrehte die Augen und stieß einen Grunzlaut aus, der wohl soviel hieß wie: *Blödes Arschloch, mußt du dich hier zum Anwalt der Gefangenen machen?* Er sah auf die Uhr und stieß dann seinen schnarchenden Kollegen mit dem Fuß an. »Jack! Fütterung der Raubtiere!«

Jack wachte schnaubend auf und griff automatisch nach seiner Waffe, doch als er sah, daß keine unmittelbare Gefahr drohte, gähnte er erst einmal lang und ausgiebig. Er stand auf, löste den Schlüsselring von seinem Gürtel und torkelte zur Käfigtür, während der andere Wärter seine Waffe im Gewehrschrank verstaute. Ein kratzendes Metallgeräusch war zu hören, als Jack den Schlüssel ins Schloß steckte, dann ein Klicken, dann das laute Quietschen der aufschwingenden Tür.

Kimble stand auf und stampfte kettenrasselnd mit den Füßen auf den Boden, um warm zu werden und sein Blut wieder in Bewegung zu bringen. Links von ihm beugte der Gefangene namens Copeland sich vornüber wie ein Schwimmer beim Startschuß und ließ den Kopf zwischen den Knien baumeln, als wolle er sich eine Ladung Staub aus dem Hirn schütteln. Irgend etwas glitt aus seinem Hemd und fiel klappernd zu Boden. Das Geräusch wurde zwar von Copelands Handschellen und Fußketten übertönt, aber Kimble hatte es bemerkt und sah genau hin: Es war ein längliches Stück Plastik, das an einer Kante rasiermesserscharf geschliffen war.

Kimble erschauerte. Der junge Wärter trat in den Käfig und reichte dem »Gefangenenanwalt« vorsichtig ein kaltes, vertrocknetes Sandwich. Kimble sah zu Copeland hinüber, der das Plastikmesser geschickt zwischen seinen Handflächen verbarg. Copeland bemerkte den Blick und neigte sich herüber, wobei er kalten, abgestandenen Schweißgeruch verströmte. Er flüsterte Kimble ins Ohr: »Einen Ton, und du bist der erste.«

Von der offenen Tür aus folgte der alte Jack abwesend dem Geschehen. Sein Gewehr hielt er mit friedlich gefalteten Händen vor dem Bauch. Der junge Wärter gab dem nächsten Gefangenen ein Sandwich, dann kam Kimble an die Reihe. Doch der blickte zu Boden und rührte sich nicht.

»Dann eben nicht.« Der Wärter warf Copeland das Sandwich zu, der es aber wegen seiner Handschellen nicht schnell genug fassen konnte. Es fiel zu Boden, und der Wärter fluchte. Er und Copeland beugten sich gleichzeitig hinunter, um es aufzuheben, und Kimbles Herz begann zu rasen. Wenn er seine Warnung zu früh aussprach, würden sowohl er als auch der Wärter dran glauben müssen.

Oben an der Tür stand Jack und gähnte.

»Vorsicht!« rief Kimble.

Copeland schnellte hoch, die Hände wie zum Gebet gefaltet, und bohrte dem jungen Wärter das Plastikmesser in den Bauch.

Zur gleichen Zeit sprang der Gefangene rechts von Kimble auf den Wärter zu, um an seine Waffe zu gelangen. Die Pistole glitt aus dem Holster, aber der Wärter, der bereits strauchelte, bekam sie noch zu fassen. Er feuerte einen Schuß ab, der den Metallboden durchschlug.

Der Knall fuhr dem alten Jack mächtig in die Glieder. Er lud sein Gewehr durch und stürzte in den Käfig. Kimble hechtete zu Boden, während der »Anwalt« den alten Wärter von der Seite ansprang und niederriß. Mit ohrenbetäubendem Krachen löste sich ein Schuß, und der Bus schien vor Schreck einen Satz zu machen. Die Tür des Gefangenenkäfigs schlug zu, und sie fuhren mit hoher und scheinbar unkontrollierter Geschwindigkeit weiter. Kimble spähte nach vorne. Die Kugel hatte den Fahrer getroffen, der nun bewußtlos auf dem Lenkrad lag und den Fuß gegen das Gaspedal stemmte.

Der Bus kam immer mehr in Fahrt und geriet von der Straße ab. Kimble blieb am Boden liegen und wäre am liebsten dem Fahrer zu Hilfe geeilt, doch seine Fesseln und das allgemeine Chaos machten Bewegungen fast unmöglich. In seiner unmittelbaren Nähre rang der junge Wärter mit dem hageren Gefangenen um seine Pistole, bekam sie schließlich zu fassen und streckte den anderen mit einem Schuß nieder. In blinder Raserei warf Copeland sich daraufhin auf den Wärter und versuchte, ihm die Waffe wieder abzunehmen.

Weiter vorne schlug der alte Jack den »Anwalt« mit dem Gewehrkolben nieder, legte dann mit erstaunlicher Geschwindigkeit an und feuerte einen tödlichen Schuß auf den Gefangenen ab.

Der Bus schien beinahe auseinanderzubersten, als er über extrem unebenen Grund zu rasen begann. Kimble schaffte es, wenige Zentimeter in Richtung Zellentür vorzurobben.

Währenddessen hatte Jack sein Gewehr nachgeladen, und Copeland war hinter die Sitzbank geflüchtet. Der alte Mann hielt der Gewehrlauf unter die Bank und drückte ab. In diesem Moment fuhr der Bus über ein Schlagloch, der Schuß ging durch den Sitz nach oben und verfehlte sein Ziel.

Ganz unvermittelt wurde Kimble hoch- und nach rechts geschleudert, als der Bus auf die Seite kippte. Er prallte gegen Beine, Körper, Bänke und die Metallwand des Fahrzeugs. Die Wucht des Aufschlags raubte ihm für einen Augenblick den Atem, seine Schultern und sein Rücken schienen von tausend dumpfen Schlägen zermalmt zu werden.

Doch die Fahrt war noch nicht vorbei. Die Bewegung des Wagens wurde von einem lauten und unangenehmen Geräusch begleitet – so als würde Metall auf Kies entlangschleifen. Eine Wolke trockenen Staubs erfüllte das Wageninnere.

Und dann war es plötzlich vorbei – der Bus rührte sich nicht mehr. Der Motor röchelte noch, dann erstarb er. Es herrschte Stille. Kimble lag flach auf dem Rücken und rang nach Luft. Er spuckte und hustete, da alles voller Staub war, und zog sich mühsam in die Hocke hoch.

Als er aufblickte, sah er direkt in den Lauf von Jacks Gewehr. Der alte Mann hatte seinen Schlüsselring aus der Tür gezogen und wollte wohl gerade nach dem möglicherweise schon toten Fahrer sehen, doch als er Kimble hörte, fuhr er herum. Sein Blick war wild und erregt vom Kampf, und einen Augenblick lang war Kimble überzeugt, daß er ihn erschießen würde.

Er erwiderte den starren Blick des Wärters und wehrte sich nicht. In diesem Moment war es ihm wirklich gleichgültig, ob Jack ihn erschoß – er bedauerte einzig und allein, daß Helens Mörder dann niemals gefunden würde. Er seufzte tief, in sein Schicksal ergeben, und genau das hinderte Jack wahrscheinlich daran abzudrücken.

Ein neuerliches Geräusch ließ den Wärter aufhorchen: ein schmerzerfülltes Wimmern. Er wandte den Kopf, und Kimbles Augen folgten seinem Blick: Der junge Wärter lag gegen das Maschendrahtgitter gelehnt und hielt die Hände auf den Leib gepreßt. Blut sickerte zwischen seinen Fingern hervor.

Der alte Wärter drehte sich wieder zu Kimble. »Du da. Du bist doch Arzt. Komm her!«

Kimble kroch zu dem Verletzten hinüber. Sein Hemd war blutgetränkt, und er stand unter schwerem Schock, kurz davor, das Bewußtsein zu verlieren. Die Wunde lag knapp unter dem rechten Rippenbogen – wahrscheinlich war die Milz verletzt. Wenn er rechtzeitig in ein Krankenhaus gebracht würde, könnte er es überleben. Wenn nicht...

Der alte Wärter hatte einen staubbedeckten Notfallkoffer entdeckt, den er Kimble zuwarf. »Tu doch endlich was!«

Als Antwort starrte Kimble auf seine Handschellen. Der alte Jack seufzte, holte den Schlüsselring hervor und löste die Fesseln. Kimble rieb sich die Handgelenke und ertrug dankbar das stechende Gefühl in seinen Händen, als das Blut dort zu zirkulieren begann. Er öffnete den Notfallkoffer, dessen rostige Scharniere quietschen, und spähte hinein.

Er war so gut wie leer – nur ein paar vergilbte Mullbinden ringelten sich auf dem abgeblätterten Lack. Sofort wandte

Kimble sich wieder seinem Patienten zu und untersuchte dessen Wunde genauer. Die Milz war mit Sicherheit schwer verletzt, und der starke Blutverlust deutete außerdem auf eine durchtrennte Arterie hin. Ohne hochzusehen, neigte er den Kopf in Jacks Richtung. »Er wird es nicht schaffen, wenn er nicht auf der Stelle in ein Krankenhaus kommt.«

»*Versuchen* Sie etwas!« befahl Jack verzweifelt.

Kimble blickte sich um, ob er etwas entdeckte, das er als Verband verwenden könnte. In diesem Moment lief ein leises Beben durch den Bus. Jack sah sich nervös um, doch Kimbles Aufmerksamkeit galt ganz dem Verletzten. Er schob ihm den Notfallkoffer unter die Füße, während Jack einem der toten Gefangenen das Hemd auszog, es zusammenknüllte und Kimble reichte, der es dann fest auf die klaffende Wunde preßte. Der junge Wärter schrie vor Schmerzen auf, doch Kimble ließ nicht locker.

Der Bus erbebte wieder, diesmal stärker als zuvor. Kimble stützte sich mit der freien Hand gegen eine der Metallwände. »Wo, zum Teufel, sind wir hier?«

Der alte Wärter kroch auf allen vieren zu einem der zersplitterten Gitterfenster. Als er nach draußen sah, sprang er vor Schreck auf die Füße und schlug dabei mit dem Kopf gegen die Seite des Busses, die nun die Decke bildete.

»Verdammte Scheiße...«

Kimble lehnte sich vor und versuchte ebenfalls hinauszuspähen – und spürte einen gewaltigen Adrenalinstoß bei dem, was er sah.

Der Bus lag seitwärts auf einem Eisenbahndamm, direkt auf den Schienen. Die Vibrationen, die den Bus erfaßten, stammten von einem herannahenden Zug, dessen Licht immer heller wurde.

Jack stürzte zur Käfigtür und rüttelte voller Panik – doch vergebens.

»Sie ist verschlossen!« rief Kimble ihm zu. »Wo sind Ihre Schlüssel?«

Der alte Mann blickte auf seinen Gürtel, dann hilflos auf Kimble. Wo waren die Schlüssel? Kimble suchte verzweifelt das Wageninnere mit den Augen ab und sah dann, daß der

Wärter sie neben seinem verwundeten Kollegen auf dem Boden hatte liegen lassen. Er warf sie dem alten Mann zu.

Immer helleres Licht erfüllte den vibrierenden Bus und warf tanzende Schatten auf ihre panischen Gesichter. Kimble griff dem Verwundeten unter die Achseln und zerrte ihn zur Tür, die der alte Mann mit zitternden Händen aufzusperren versuchte.

»Welcher ist es?« fuhr Kimble ihn schroff an, damit er aus seiner Hysterie erwachte. Er lehnte den Verletzten gegen die Metallwand und zeigte auf einen Schlüssel. »Dieser da? Ist es der?«

Jack nickte benommen. Kimble riß ihm den Schlüsselring aus den Fingern und steckte den Schlüssel ins Schloß – er paßte. Mit aller Wucht trat Kimble gegen die Tür und wandte sich wieder dem verletzten Wärter zu.

»Helfen Sie mir!« schrie er Jack an, doch der ließ sich durch nichts aufhalten. Er schlug Kimble nieder, stieg über seinen gekrümmten Körper hinweg und wälzte sich windend durch die zerborstene Windschutzscheibe. Kimble schrie vor Wut auf und sah zu dem jungen Wärter hinüber, der inzwischen wieder zu sich gekommen war und ihn aus weitaufgerissenen Augen anstarrte.

Kimble starrte zurück. Der Bus bebte nun so stark, daß seine Zähne aufeinanderschlugen; das Licht wurde mit jeder Sekunde schmerzvoll heller. Wenn er noch länger zögerte...

(Was machte es schon aus? Was machte es schon aus, ob er jetzt schon starb?

Wie als Antwort erschien das Bild von Helens Mörder vor seinen Augen.)

Und dann hörte er das Pfeifen und Quietschen der Bremsen. Er überlegte nicht mehr länger, ergriff rein instinktiv den anderen Mann und zerrte ihn mit sich durch die Windschutzscheibe in das gleißende Licht. Irgendwie schaffte er es, den Verwundeten vom Bus aus auf den weichen Grund neben den Gleisen zu stoßen.

Dann sprang er selbst. Seine Fußgelenke schmerzten heftig, als er auf dem Boden aufsetzte, und er rollte noch ein gutes Stück, bevor er wieder auf die Füße kam. Er schaffte noch ein Dutzend humpelnder Schritte, ehe der Zug in den Bus raste.

Mit dem ohrenbetäubenden Kreischen zerberstenden Metalls zermalmte der Zug das Fahrzeug in zwei Hälften und schleuderte rotierende Metallstücke durch die Luft. Ein Splitter traf Kimble mit voller Wucht am Oberschenkel, doch er erlaubte es sich trotz des stechenden Schmerzes nicht, in seiner verzweifelten und stark behinderten Flucht innezuhalten.

Der Zug wurde durch den Aufprall zwar etwas aufgehalten, kam jedoch nicht zum Stillstand. Kimble hörte ihn nur, denn er drehte sich nicht um – erst als eine gewaltige Explosion die Luft zerriß und den Boden unter seinen schmerzenden Füßen zum Erbeben brachte, blickte er über die Schulter zurück auf den Zug, von dessen Seiten orangerote Flammenzungen gen Himmel loderten. Das Feuer beleuchtete den Schienenstrang taghell, und Kimble sah, daß der verletzte Wärter sicher auf der anderen Seite lag.

All das nahm Kimble im Bruchteil einer Sekunde wahr. Während er im Weiterhumpeln den Kopf wieder nach vorne wenden wollte, gab es von neuem das gellende Geräusch von aneinander reibendem Metall: Die brennende Lokomotive entgleiste – und raste direkt auf Kimble zu.

Er stieß einen erstickten Schrei aus und floh, durch die Fußketten stark behindert, mit rudernden Armen und hektisch hinkenden Schritten vor dem metallenen Ungeheuer davon.

(Und inmitten dieses rein instinktiven Überlebenskampfes meldete sich der Teil seines Gehirns, der nicht ganz der Panik unterworfen war: *Warum? Warum kämpfen?*

Und wieder kam die Antwort in Gestalt von Helens Mörder, und Kimble sah das Gesicht des einarmigen Mannes.)

Er wagte es nicht, sich umzublicken, sondern rannte und rannte und griff dabei mit den Händen nach der Luft, als ob er sich daran vorwärtsziehen könnte. Er hörte, daß der Zug nun direkt hinter ihm war und spürte die Hitze, die er ausstrahlte.

Plötzlich wurde der Boden unter seinen Füßen wie eine

gigantische Erdwelle emporgehoben – wie bei der Geburt eines Berges. Kimble stolperte und wäre beinahe gestürzt, doch er fing sich wieder und lief weiter.

Das gigantische, brennende Metallungeheuer kam näher und näher; die Hitze versengte Kimbles Nackenhaare und rötete seine unbedeckte Haut. Seine Lunge, sein ganzer Leib brannten vor Anstrengung und dem quälenden Wunsch zu leben, frei zu sein, Helens Mörder zu finden.

Der Aufschrei der Bremsen und die kreischende Fahrt des Zuges klangen auf einmal erstickt und erstarben dann völlig. Die ganze Welt schien nach diesem Getöse stillzustehen. Es gab keinen Laut mehr außer dem leisen Knacken und Knistern der züngelnden Flammen. Kimble drehte sich endlich erschöpft um und sah, daß die Lokomotive sich nur wenige Meter von ihm entfernt in den Erdboden gebohrt hatte. Er selbst stand auf einem etwa eineinhalb Meter hoch aufgeworfenen Hügel.

Seine Knie wurden weich wie Gummi, und er wäre beinahe zusammengebrochen, aber eine schwarze Rauchwolke kam plötzlich auf ihn zu; er hustete und hielt die Hand vor den Mund. Ein metallenes Klirren ließ ihn aufhorchen, und er sah, daß er den Schlüsselring immer noch fest umklammert hielt.

Er humpelte noch ein Stückchen weiter auf eine Baumgruppe zu und ließ sich zu Boden fallen. Im Schein des Feuers versuchte er, den Schlüssel zu finden, der ihn befreien würde. Bei seinem fünften Versuch griff plötzlich eine Hand von oben herunter und entriß ihm die Schlüssel.

»Gib her«, fauchte Copeland. Der Widerschein des flammenden Zuges ließ sein Gesicht aufglühen. Kimble beobachtete, wie Copeland sich niederbeugte und rasch seine Hand- und Fußfesseln löste.

»Hör gut zu«, sagte Copeland dann in drohendem und zugleich verheißungsvollem Ton. »Es ist mir scheißegal, wo du hingehst – aber wehe, du folgst mir.«

Kimble nickte stumm. Copeland warf ihm den Schlüsselring wieder zu und verschwand in der Dunkelheit. Sofort befreite Kimble sich von seinen Fußketten und stand in fast ergriffener Dankbarkeit auf. Tief sog er die Luft seiner neugewonnenen Freiheit und Beweglichkeit ein. Im Schein des Mondes und der Flammen rannte er weiter. Die Nacht war kalt, reifbedecktes Gras knirschte unter seinen Schuhen, doch der Himmel war sternenklar. Es würde nicht schneien.

Deputy Marshal Samuel Gerard stieg aus seinem Dienstwagen, einem Ford Sedan, und sah sich das Theater an. Grelle Scheinwerfer beleuchteten den Wasserstrahl aus mehreren Feuerwehrschläuchen, die auf den teilweise ausgebrannten und noch schwelenden Zug gerichtet waren. Über ihm rührten die Rotorblätter von Hubschraubern in der rauchschwadernden Luft, während eine Rettungsmannschaft versuchte, die zwei zermalmten Teile des Gefangenenbusses mit Brechstangen aufzubiegen. Niemand darin konnte das Unglück überlebt haben. Absolut niemand.

Gerard besah sich die Szene, und irgend etwas gefiel ihm nicht. Ganz und gar nicht. Er konnte es Meilen gegen den Wind riechen, wenn eine Schlamperei im Gange war.

Er trat auf die vier anderen zu, die aus dem Dienstwagen vor ihm gestiegen waren: der rotgesichtige Deputy Newman sowie Marshal Biggs, Marshal Renfro und Marshal Poole. Sie gingen die parallel zu den Gleisen verlaufende Straße entlang und starrten auf die Zugwaggons, die ziehharmonikaartig zusammengeschoben waren.

Biggs entdeckte etwas zwischen den rauchenden Trümmern und sagte: »Punkt des Zusammenpralls.«

Er steuerte darauf zu. Gerard rief ihm nach: »Biggs! Sie sind wieder dran, den Babysitter für Newman zu spielen.«

Biggs blickte verächtlich über die Schulter zurück auf das Greenhorn. »Scheiße...« Widerwillig nickte er ihm zu. »Na, dann kommen Sie mal.«

Newman wurde rot und folgte Biggs zur Unfallstelle. Renfro, ein schmächtiger, selbstgefälliger Typ, und Poole, eine Farbige mit eisigem Blick, gingen mit Gerard weiter bis zu der brabbelnden Meute von Reportern und Schaulustigen. Gerard wollte sich durchdrängeln, doch ein Mann der Staatspolizei stellte sich ihm in den Weg.

Gerard zeigte ihm seine Marke, und der Polizist trat kooperativ zur Seite.

»Wer leitet die Aktion hier?« wollte Gerard wissen. Am äußersten Rand seines Blickfelds sah er, wie Renfro und Poole sich wissend ansahen: *Wer immer es ist, er tut es nicht mehr lange*... Gerard ließ sich nicht beirren – es erfüllte ihn sogar mit einer gewissen Genugtuung.

»Sheriff Rollins.« Der Polizist deutete nach vorn. »Folgen Sie einfach den Lichtern...«

Gerard blinzelte in die angezeigte Richtung. Auf einem nahen Hügel stand ein Fernsehteam mit grellen Scheinwerfern, die alles in ein gleißendes Licht tauchten. Gerard schüttelte angewidert den Kopf und setzte sich in Bewegung.

Renfro und Poole folgten ihm und tauschten wiederum wissende Blicke.

Sobald sie an den Scheinwerfern vorbeikamen, wurden sie nicht mehr geblendet, und sie konnten einen Mann im Licht erkennen, der neben einer kleinen Tanne saß. Er war um die Sechzig, hatte graue Haare und einen Bauch. Sein Gesicht war rußverschmiert und seine Augen vom Schock geweitet. Er hatte diesen abwesenden, unbekümmerten Blick, den Gerard schon so oft bei Unfallopfern gesehen hatte. Unter der Decke, die er über die Schultern gelegt bekommen hatte, erkannte man die Uniform eines Gefängniswärters. Der Mann wurde von eifrigen Sanitätern, wißbegierigen Fernsehleuten und einem etwa dreißigjährigen Sheriff umringt. Letzterer sonnte sich augenscheinlich sehr im Lichte der Aufmerksamkeit. Der alte Mann erzählte etwas, und Gerard ging ganz nach vorne, um ihn verstehen zu können.

»...der Zug raste blitzschnell auf uns zu. Ich weiß nicht, wie – ich bin immer noch nicht ganz klar im Kopf... aber ich packte ihn und schob ihn aus dem Bus.«

»Sie hätten beide draufgehen können«, meinte der Sheriff, der ganz offensichtlich zu den Reportern sprach und sich ins Bild rückte. Gerard preßte grimmig die Lippen zusammen.

Der alte Mann nickte gedankenversunken. »Ich weiß. Aber zum Teufel: Er ist mein Partner! Hätte für mich dasselbe getan.«

Die Reporter hingen an seinen Lippen. Gerard wählte diesen Augenblick, um einzugreifen. Er trat auf die Szene und zeigte seine Marke.

»Entschuldigen Sie. Sheriff Rollins? Ich bin Deputy Marshal Samuel Gerard.«

Der Sheriff wandte verärgert den Kopf und warf dem Störenfried einen mißbilligenden Blick zu. »Ich kümmere mich gleich um Sie.«

Die Lichtkegel erweiterten sich, um Gerard mit einzuschließen. Er starrte den Kameramann feindselig an, hielt aber den Mund und ließ sich seine Erregung und seinen Zorn über die Zurechtweisung dieses arroganten Arschlochs von einem Sheriff nicht anmerken. Er sparte sich seinen Kommentar darüber, daß inkompetente Leute wie Rollins schuld daran waren, wenn unschuldige Menschen sterben mußten. Statt dessen sah er schweigend zu, wie der Sheriff einen Aktenordner öffnete und dem alten Mann die anscheinend durchgefaxten Polizeifotos von vier Männern vor das Gesicht hielt.

»Unseren Erkundungen zufolge«, kommentierte Rollins und deutete auf die Bilder, »sind drei dieser Gefangenen tot. Und dieser hier, Kimble...«

Gerard rückte neugierig näher. Das war kein typisches Verbrecherfoto, nicht der typische Verbrecher. Dieser Kerl trug ein Smokinghemd und eine schwarze Fliege – bestimmt ein Managertyp, bestimmt wohlhabend. Gerard sah auf die zertrümmerten metallenen Teile hinunter, die einmal der Bus gewesen waren, auf den rußgeschwärzten Zug, dann wieder auf das Foto. Dieser Kimble schien ein aus weichen Wolken gefallener Engel zu sein. Er sah aus wie ein reiches, verwöhntes Kind – nicht wie der Typ, der genug Überlebenswillen besaß, um aus solch einem schwelenden Trümmerhaufen zu entkommen.

Der alte Mann zögerte und strich sich mit seiner schmutzigen Pranke über das Kinn. »Es ging alles so schnell...« Er kaute einen Augenblick lang an seiner Unterlippe, kam dann anscheinend zu einem Entschluß und schüttelte den Kopf. »Hmh! Ich glaube nicht, daß er's geschafft hat.«

Sheriff Rollins warf noch einen Blick auf die verkohlten Überreste, steckte dann Kimbles Foto zu den anderen in den Ordner zurück und schloß die Akte.

»Ruhen Sie sich aus.« Er lächelte und klopfte dem alten Mann begütigend auf die Schulter. Dann ging er zu Gerard hinüber. »Sieht so aus, als ob Sie die lange Fahrt umsonst gemacht hätten«, meinte er mit überheblichem Grinsen, so daß Gerard ihm am liebsten ins Gesicht geschlagen hätte. »Meine Männer haben bereits alles gründlich durchsucht und nichts gefunden.«

Gerard war sich bewußt, daß das Fernsehen alles mitfilmte, und brachte ein milde angewidertes Lächeln zustande, während sein aufgestauter Haß in ihm brodelte. Er konnte Pfuscharbeit und Entscheidungen, die sich auf reine Vermutungen stützen, nicht ertragen. Er hatte schon erlebt, wie unschuldige Menschen dafür bezahlen mußten. Er war gerade frisch von der Polizeischule gekommen und fast noch ein Kind gewesen, als er als Neuling im Marshal-Büro in eine Großfahndung nach einem entflohenen Vergewaltiger und Mörder verwickelt wurde. Der Kerl hatte stockbesoffen einen Chevrolet geklaut und die Marshals auf eine Jagd über mehrere Staatsgrenzen geschickt, bis der Wagen auf einer Brücke plötzlich außer Kontrolle geriet und hinabstürzte.

Er war über dreihundert Meter tief gefallen. Der Aufprall auf das Wasser hätte ihn bewußtlos machen müssen. Der Wagen wurde geborgen – allerdings ohne den Fahrer. Aber der leitende Deputy Marshal hatte die Suche abbrechen lassen. Schließlich waren die Fenster heruntergekurbelt gewesen und die Strömung an jener Stelle so reißend und gefährlich, daß die Leiche ganz offensichtlich aus dem Wagen gezogen und flußabwärts geschwemmt worden sein mußte.

Es gab absolut keine Chance, daß der Täter den Aufprall überlebt haben könnte; keine Chance, daß er durch die Strömung geschwommen sein könnte. Nicht einmal ein olympischer Schwimmer hätte das geschafft, und der Mann war zudem noch stark betrunken gewesen. Er hatte einfach nicht überleben *können*.

Zwei Tage lang suchten sie das Flußufer ab. Während dieser Zeit hatte der Kerl vier Staaten entfernt bereits drei weitere Opfer gefunden, den Frauen die Hälse durchgeschnitten und sie mißbraucht, während sie vornüber in ihrem eigenen Blut erstickten. Zwei von ihnen waren noch keine zwanzig gewesen.

Gerard hatte bei diesem Fall keinen einzigen Befehl erteilt. Aber das Blut der Opfer klebte seitdem an seinen Händen, als sei er selbst der Schuldige gewesen. Er hatte es nie vergessen können.

Er sah Sheriff Rollins in die Augen und sprach mit geduldiger Stimme: »Darf ich mit allem gebührenden Respekt vorschlagen, daß im Umkreis von fünfzehn Meilen Straßenkontrollen eingerichtet werden – auf den Bundesstraßen 57 und 24, der Route Nummer 13, östlich von...«

»Ho-ho-ho...« Rollins verzog sein aufgeschwemmtes Gesicht zu einer verächtlichen Fratze und winkte ab. »Wozu denn? Die Gefangenen sind alle tot. Das einzige, was wir von den Straßensperren haben werden, sind Beschwerdeanrufe braver und zu Recht erregter Bürger in meinem Büro.«

Jetzt hatte Gerard genug. Er stellte sich dicht vor Rollins und fixierte ihn mit eisigem Blick. Der jüngere Mann wich zurück – zum erstenmal schien er den Haß zu spüren, den Gerard ihm gegenüber hegte.

»Nun, Sheriff – zu schade!« sagte Gerard höhnisch und mit gespieltem Bedauern. »Tut mir leid, daß es so weit kommen mußte, aber ich werde jetzt die Leitung hier übernehmen.« Er brauchte sich nicht umzusehen, um zu wissen, daß Renfro und Poole bis über beide Ohren grinsend hinter ihm standen.

Rollins reckte sein Doppelkinn in dem schwachen Versuch eines Widerstands in die Höhe. »Auf wessen Befehl?«

Gerard rieb sich innerlich die Hände. Schon lange hatte er sich darauf gefreut, diese Frage beantworten zu dürfen. »Auf den Befehl des Gouverneurs von Illinois und des Bezirkspolizeichefs des fünften Distrikts von Nord-Illinois...«

Während er sprach, holte Poole die betreffenden Papiere aus ihrer Tasche und zeigte sie dem jungen Sheriff.

Rollins mußte sich geschlagen geben. Er senkte seine

Stimme, damit die Fernsehreporter ihn nicht hören konnten. »Okay. Sie wollen das Kommando über dieses Chaos – bitte sehr.« Er drehte sich zu seinen Mitarbeitern um und brüllte: »Macht Schluß hier! Wyatt Earp wird den Rest für uns erledigen.« Er schleuderte dem Marshal die Akte entgegen und stampfte wutschnaubend davon.

Im selben Moment kam Biggs auf sie zu. Er hielt ein Paar schlammverkrusteter Fußfesseln in Händen. Mit hochgerollten Ärmeln und schlammverschmierter Hose stakste Newman hinter ihm her. Biggs hatte natürlich nichts abbekommen. Gerard erlaubte sich ein flüchtiges Schmunzeln.

Beim Anblick der Fußfesseln fuhren Rollins und seine Männer herum. Gerard warf ihnen einen triumphierenden Blick zu, während er sich neben den alten Wärter stellte und den Reportern bedeutete zurückzutreten

»Bitte, Ladys und Gentlemen, treten Sie zurück, damit für diesen armen Mann genug Platz ist.«

Alle folgten seiner Bitte. Gerard kniete sich vor den Mann hin. »Es ist immer interessant, wenn wir Fußfesseln finden, in denen keine Füße mehr stecken. Wer hatte die Schlüssel, Sir?«

Der Wärter blinzelte verstört. »Ehm... ich.«

»Würden Sie bitte so freundlich sein, sie mir zu zeigen, Sir?« Gerard streckte seine Hand aus.

Der Wärter fummelte an seinem Gürtel herum, dann in seinen Taschen. Er sah nervös zu den Reportern hinüber.

»Zweite Chance«, sagte Gerard. Er winkte; Poole öffnete erneut den Ordner mit den Fotos und hielt sie dem Wärter vor. »Möchten Sie Ihre Aussage wiederholen?«

Der alte Mann wich Gerards durchdringendem Blick aus. Er betrachtete die Fotos noch einmal und deutete dann zaghaft auf das von Dr. Richard Kimble. »Der da könnte entwischt sein.«

»Ich danke Ihnen«, beteuerte Gerard mit fester Stimme.

»Was, zum Teufel, soll das?« herrschte Rollins den Wärter an. »Vor einer Minute noch erzählen Sie mir, daß er zermalmt wurde. Jetzt erzählen Sie *ihm*...«

Gerard beachtete ihn nicht. »Renfro – Sie nehmen den Bus

auseinander. Poole – Sie machen hier weiter.« Während er den Hügel wieder hinuntermarschierte, richtete er sich an den Trupp Staatspolizisten und Reporter, die ihm folgten. »Ladys und Gentlemen… Der entflohene Gefangene hat einen Vorsprung von neunzig Minuten. Die durchschnittliche Geschwindigkeit, die er auf unebenem Boden erreicht – läßt man mögliche Verletzungen einmal außer acht –, sind ungefähr vier Meilen pro Stunde. Das ergibt einen Radius von sechs Meilen. Ich erwarte die genaueste Durchsuchung jedes Hauses, jeder Tankstelle, jeder Farm, jedes Hühnerstalls und jeder Hundehütte in diesem Bereich. Straßenkontrollen im Umkreis von fünfzehn Meilen.«

Er blieb abrupt stehen und blickte finster in die Kamera. »Haben Sie das? Gut.« Er zeigte auf die Lichter. »Dann stellen Sie jetzt die verdammten Dinger ab und gehen uns aus dem Weg.«

Kimble rannte vorwärts, so schnell er konnte, immer an den Schienen entlang, die sich durch dunklen Wald schlängelten. Er rannte, bis er das schmerzhafte Pulsieren in seinem Oberschenkel und das Blut, das ihm in den Schuh lief, nicht mehr ignorieren konnte. Er setzte sich in den Schutz einer jungen Kiefer und lehnte sich gegen den rauhen, harzigen Stamm. In der Dunkelheit konnte er nicht viel sehen, aber er betastete den Umfang der Wunde vorsichtig mit den Händen. Der Splitter hatte eine klaffende Wunde in seinen Schenkel gerissen, aber glücklicherweise schienen keine Metallteile im Fleisch zu stecken. Die Wunde war jedoch so groß und so tief, daß sie genäht werden mußte, damit sie sich nicht infizierte – und obwohl die Blutung nicht sehr stark war, mußte er sich darum kümmern, bevor er zu schwach wurde.

Kimble sah auf. Die Gleise schienen direkt auf eine Stadt zuzulaufen. Er konnte in der Ferne Lichter blitzen sehen. Wenn er in ein Krankenhaus gehen würde…

Hoffnung wechselte mit Verzweiflung. Wenn die Polizei schlampig arbeitete, bestand die Chance, daß sie ihn in Anbetracht der Trümmer für tot erklärte – zumindest, bis der junge Wärter sich weit genug erholt hatte, um zu sprechen.

Dann hätte er noch Zeit genug, sich in einem Krankenhaus versorgen zu lassen.

Zeit genug, nach Chicago zurückzukehren und Helens Mörder zu finden.

Aber wenn der alte Wärter, Jack, ihn flüchten gesehen hatte... Wenn der junge Wärter sich allzu schnell erholte... Wenn sie Copeland erwischten und zum Reden brachten... Wenn sie das Gebiet durchkämmten und die Fußfesseln fanden...

Dann würden sie Straßensperren einrichten und jedes Krankenhaus in der nächsten Umgebung überwachen. Wenn sie schlau waren.

Kimble zwang sich, mit seinen Überlegungen aufzuhören. Es nützte nichts: Er mußte die Wunde desinfizieren und nähen lassen, sonst starb er an Blutvergiftung, noch ehe er Chicago erreichen konnte. Wenn die Polizei bereits im Krankenhaus war, dann mußte er sich eben etwas einfallen lassen. Wenn er nur wüßte, wie er an andere Kleider kommen könnte...

Er schlug mit der Faust gegen den Baumstamm und setzte sich wieder in Bewegung, dem verheißungsvollen Licht entgegen.

4

Eine halbe Stunde später hatte er wieder in die Zivilisation zurückgefunden. Gleich hinter dem Wald befand sich eine Ortschaft. Neben einem zweispurigen Highway befand sich ein Schrottplatz, und daneben warf eine einsame Straßenlaterne ihr Licht auf ein Schild:

KRANKENHAUS
NOTAUFNAHME
1/2 MEILE

Kimble näherte sich dem Schrottplatz mit äußerster Vorsicht. Er hatte Angst, jemandem zu begegnen, doch alles schien verlassen. In der Hoffnung, eines der alten, verrosteten Autos würde vielleicht noch anspringen, durchsuchte er den Platz, doch ohne Erfolg. Plötzlich hörte er einen herannahenden Wagen und versteckte sich hinter einem Baum. Durch die Zweige beobachtete er einen Abschleppwagen mit einem anderen Fahrzeug am Haken, der auf das Tor des Schrottplatzes zufuhr. Der wohlbeleibte Fahrer stieg aus, warf einen gefütterten Overall auf den Fahrersitz, schlug die Tür zu und schlurfte zum Tor.

Diese Gelegenheit nahm Kimble war. Er lief zum Wagen, griff durch das geöffnete Fenster und schnappte sich den Overall. Fast hätte er es nicht geschafft. Der Fahrer stand schon am Tor, da überlegte er es sich anscheinend noch einmal anders, drehte sich um und ging wieder auf den Wagen zu. Kimble erschrak und kauerte sich am Boden nieder, während der Mann die Beifahrertür öffnete und ein Lunchpaket vom Sitz nahm. Wie durch ein Wunder bemerkte er nicht, daß der Overall fehlte.

Kimble, der solange die Luft angehalten hatte, ließ einen Stoßseufzer der Erleichterung los, wartete, bis der Mann durch das Tor verschwand und floh dann zurück in den Schutz des Waldes, um sich dort umzuziehen. Es hatte keinen Sinn, den Abschleppwagen zu stehlen. Der Diebstahl würde sofort bemerkt und gemeldet werden, so daß seine Verfolger zu schnell auf seine Spur gebracht würden.

Als er seine blutigen Gefängnisklamotten im Dreck verscharrt und den gestohlenen Overall übergezogen hatte, dachte Kimble mit Bitterkeit daran, daß seine zu Unrecht erfolgte Verurteilung ihn nun dazu gezwungen hatte, sein allererstes Verbrechen zu begehen.

Poole hatte inzwischen veranlaßt, daß in einem Zelt in der Nähe der Unfallstelle ein provisorisches Hauptquartier eingerichtet wurde; Stromversorgung und Telefonverbindungen waren mit Hilfe der Leitungen, die neben der Bahnstrekke verliefen, hergestellt worden. Gerard saß an einem Klapptisch, der mit Landkarten bedeckt war – alle mit roten Markierungspunkten und -kreisen versehen.

Doch im Moment kümmerte Gerard sich nicht um die Karten, sondern studierte das Fahndungsfoto von Richard Kimble. Irgend etwas an diesem Bild störte ihn – etwas, das er nicht genau erklären konnte. Zunächst hatte er gedacht, es hinge einfach damit zusammen, daß Kimble offensichtlich wohlhabend war und ein bisher unbescholtenes Leben geführt hatte. Doch dann kam er zu dem Schluß, daß es noch an etwas anderem liegen mußte, außer dem Unterschied zu den üblichen Verbrechern.

Der Bus war in Richtung Menard unterwegs gewesen – kein besonders schöner Ort. Nach Menard schickten sie die ganz harten Fälle – Männer, die wegen schwerer Gewalttaten verurteilt worden waren. Auch solche, die auf die Vollstrekkung des Todesurteils warteten. Was immer Kimble getan hatte, es mußte etwas sehr Schlimmes gewesen sein. Wahrscheinlich war jemand dabei umgekommen.

Diese Augen jedoch... die Augen paßten nicht in dieses Schema. Gerard hatte in seinem Leben schon Tausende von

Verbrecherfotos gesehen. Er kannte den Blick eines Killers: den dumpfen Groll, den Anflug spöttischer Belustigung, den Trotz und manchmal, was am schlimmsten war, die Gleichgültigkeit in seinen Augen.

Kimbles Augen waren ganz anders. Es sprach Wut aus ihnen, auch Feindseligkeit, aber das war nicht das Ausschlaggebende. Es lag noch etwas in seinem Blick, etwas, das Sam Gerard zunächst gar nicht wahrnehmen wollte – aber er zwang sich dazu, weil es nichts gab, das ihm wichtiger war als die Wahrheit. Kimbles Augen zeugten von gewaltigem Horror, zeugten von einem so übermächtigen Gefühl, daß Gerard, der es gewohnt war, mit abgebrühten Polizisten und abgebrühten Kriminellen zu reden, einige Zeit brauchte, bevor er das richtige Wort dafür fand.

Leid.

Ein Verbrechen aus Leidenschaft also? In einem Moment der Rage begangen und dann bereut?

Wenn es so war, dann hätte er etwas Besseres verdient als ausgerechnet Menard.

Am anderen Ende des Zeltes lauschte Poole dem Funkgerät und rief dann Gerard zu: »Sie haben eine Blutspur gefunden. Zwei Meilen südwestlich.«

»Untersuchen lassen und mit den Unterlagen über die vier Gefangenen vergleichen«, ordnete Gerard an, ohne nachzudenken. Poole nickte und ging zum Telefon. Gerard wandte sich an Renfro. »Renfro, faxen Sie Kimbles Beschreibung an jedes Krankenhaus in der Nähe.« Er hielt inne. »Newman!«

»Ja, Sir.« Newman blickte ihn erwartungsvoll an. Er hatte aufmerksam zugehört und wartete auf seinen Auftrag.

Gerard feixte innerlich, nach außen jedoch blieb seine Miene ungerührt. Er und seine Leute hatten sich die letzte Woche damit vergnügt, den neuen Deputy zu schikanieren – das war um so vergnüglicher, als der Bursche sich so leicht schikanieren ließ.

»Ich brauche Kaffee.«

Newman sah enttäuscht zu Boden und parierte.

Gerard starrte wieder auf Kimbles Foto.

Wen haben Sie umgebracht, Dr. Richard Kimble? Und warum?

Wer immer es gewesen sein mochte – Gerard hatte sich darum zu kümmern, daß Kimble keine weitere Möglichkeit zu einer solchen Tat bekam.

Er sah auf, als einer der Bergungsleute draußen einen Schrei ausstieß.

»Hey! Hier lebt noch einer!«

Kimble erreichte das Krankenhaus bei Tagesanbruch. Er sah keinen einzigen Polizeiwagen auf dem Parkplatz und hatte auch schon seine Chance erkannt: Ein Lastwagen stand vor dem Lieferanteneingang; der Fahrer und ein Mitglied des Küchenpersonals entluden palettenweise Lebensmitteldosen.

Mit gesenktem Kopf verbarg Kimble sich hinter einem Stapel Paletten, so daß sie ihn nicht entdecken konnten, als sie das Gebäude erneut betraten. Unbemerkt schlüpfte Kimble durch die Tür und dann in einen Seitengang.

Er hatte auch weiterhin Glück. Das erste Untersuchungszimmer, an dem er vorbeikam, war leer. Er schloß hinter sich die Tür und durchstöberte die Schränke, bis er fand, was er suchte: ein Nähbesteck, Zangen, Lidocain, Ampicillin und eine Spritze, antibakterielle Waschlotion, Bandagen – sogar einen weißen Kittel, der sehr nützlich war, da das Blut aus seiner Wunde inzwischen durch die Hose sickerte. Er zog den Overall aus und warf den Kittel über, säuberte dann die Wunde, vernähte sie, spritzte sich das Penicillin und schlüpfte – in Overall und Kittel – wieder auf den Gang.

Ein Problem war vorerst gelöst, aber es gab noch weitere: Kleider, Essen, Geld – und der Bart.

Er ging in den ersten Stock zu den Patientenzimmern und las die Kurzberichte an den Türen, bis er einen Mann fand, der ungefähr seine Größe und sein Gewicht hatte – und dem ein Schlafmittel verabreicht worden war.

Kimble schlich in das Zimmer. Bingo. Ein intubierter Mann seiner Statur lag schlafend und mit offenem Mund im Bett. Kimble schloß leise die Tür und ging zu dem Mann hinüber.

»Sir, können Sie mich hören?«

Keine Antwort. Auf leisen Sohlen schlich Kimble zum

Schrank und nahm die Kleidungsstücke des Mannes von den Bügeln. In den Hosentaschen klimperten Münzen. Kimble zog außerdem ein Bündel Dollarnoten aus dem Jackett und wollte es zunächst liegen lassen, überlegte es sich dann jedoch anders. Wenn er durchkommen wollte, brauchte er Geld. Schuldbewußt nahm er eine Lesebrille vom Nachtkästchen des Patienten und hoffte, daß der Mann noch eine zweite besaß.

Verbrechen Nummer zwei.

Schnell zog Kimble sich um. Er entdeckte ein unangetastetes Frühstückstablett neben dem Bett und schlang eine Scheibe Toast hinunter.

Als er an der offenen Tür des kleinen Badezimmers vorbeikam, starrte ihm sein Gesicht aus dem Spiegel entgegen: dreckig, ungekämmt und mit grau durchsträhntem Bart. Seine Augen wanderten zum Rasierzeug auf dem Waschbekkenrand. Er hielt inne und dachte an das Foto, das sie in der Nacht nach Helens Tod von ihm gemacht hatten.

Er hatte die Rasur zur Hälfte geschafft, als plötzlich eine Nachtschwester in das Zimmer trat. Kimble hielt die Luft an und versteckte sich hinter der Tür im Bad. Sie bemerkte ihn nicht, nicht einmal dann, als sie den Wasserkrug des Patienten am Waschbecken nachfüllte.

Schließlich verließ er das Krankenzimmer glattrasiert, mit Brille und dem weißen Arztkittel über dem Straßenanzug. Auf dem Weg zum Ausgang überkam ihn ein Gefühl des Glücks und der Erleichterung: Er würde es schaffen. Alles, was er tun mußte, war hinauszugehen, Walter Gutherie anzurufen und dann...

Er blieb stehen. Am Empfangspult, das zwischen ihm und dem Ausgang in die Freiheit lag, stand eine uniformierter Highway-Polizist vor dem laufendem Faxgerät.

Kimble machte eine elegante Kehrtwendung. Der Polizist bemerkte ihn und kam auf ihn zu.

»Entschuldigen Sie, Doc?«

Kimble sah ihn an, ging jedoch unbeirrt weiter in Richtung Notaufnahme, während er mühsam den Impuls zu rennen unterdrückte.

»Ich weiß nicht, ob Sie schon davon gehört haben«, meinte der Polizist, »aber wir suchen nach einem entsprungenen Häftling. Das Zugunglück mit dem Gefangenentransport vor ein paar Stunden – sind Sie darüber informiert? Wir nehmen an, daß er hier auftauchen könnte, falls er verletzt ist.«

»Wie sieht er denn aus?« fragte Kimble mit gespieltem Interesse.

Der Staatspolizist besah sich das Fax, und Kimble spürte plötzlich etwas Feuchtes an seiner Wange. Er fuhr mit dem Finger darüber – es war Blut. Er wischte es schnell mit dem Handrücken fort, während der Polizist ihm die Beschreibung vorlas.

»Ungefähr einsfünfundachtzig, neunzig Kilo, braunes Haar, braune Augen, braungrauer Bart.« Der Polizist blickte hoch. »Haben Sie jemanden gesehen, auf den diese Beschreibung paßt?«

»Immer, wenn ich in den Spiegel schaue. Bloß hab ich keinen Bart«, erwiderte Kimble.

Der Polizist lachte.

»Würden Sie mich bitte entschuldigen.« Kimble trat durch die Schwingtüren in den Notaufnahmebereich. Der Polizist folgte ihm nicht. Niemand hielt ihn auf, niemand stellte Fragen. Er sah aus wie ein Arzt – und das war er ja auch! – auf dem Weg zum Operationssaal. Er ging immer weiter, aus dem Gebäude hinaus auf die Anfahrtsrampe, auf der ein Krankenwagen stand.

Die rückwärtigen Türen des Krankenwagens wurden neben ihm geöffnet und versperrten ihm den Weg. Er schrak zusammen, als die Sanitäter vor seiner Nase einen Patienten auf einer Klapptrage hinausschoben. Die Laufräder blieben in der Führungsschiene stecken. Kimble beugte sich vor und befreite sie.

»Bitte sehr.«

»Danke, Doc«, sagte einer der Männer. »Den haben wir unter einem Zug rausgeholt.«

Die Trage wurde vorgeschoben, und Kimble starrte plötzlich dem jungen Wärter mitten ins Gesicht – dem Mann, dessen Leben er noch vor wenigen Stunden gerettet hatte.

Die Sanitäter hatten gute Arbeit geleistet: Er hatte wieder etwas Farbe im Gesicht und war bei Sinnen.

Zur sehr bei Sinnen. Er blinzelte, dann verengten sich seine Augen, dann weiteten sie sich in ungläubigem Staunen. Sein Mund war halb von einer Sauerstoffmaske bedeckt. Er schob sie mit schwacher Geste beiseite. »Das ist er. Das ist Kim...«

Kimble schob die Sauerstoffmaske wieder über sein Gesicht und wandte sich an die Sanitäter. »Wie geht's ihm?«

»Ziemlich schlecht«, sagte der eine. »Gebrochene Beine und Rippen. Eine Gehirnerschütterung.«

»Sagen Sie dem diensthabenden Arzt, daß außerdem seine Milz verletzt ist.«

Der Sanitäter sah ihn erfurchtsvoll an. Während er mit seinem Kollegen die Trage in die Notaufnahme schob, hörte Kimble ihn sagen: »Wahnsinn! Wie konnte er das allein an seinem *Gesicht* erkennen?«

Mit zitternden Knien lehnte Kimble sich ein paar Sekunden lang an den Krankenwagen und kletterte dann auf den Fahrersitz.

Die Unfallstelle an den Bahnschienen war ruhig geworden – bis auf eine Handvoll Bergungsleute, die immer noch in den Trümmern wühlten. Das Theater hatte sich in das Marshal-Hauptquartier oben am Hügel verlegt. Gerard und seine Leute saßen an unentwegt klingelnden Telefonen, an ein- und ausgehenden Faxberichten und waren eifrig darum bemüht, jedes neue Stückchen Information auf die große Lageberichtstafel zu übertragen.

Renfro, der neben Gerard saß, hielt Poole ein noch warmes Fax entgegen. Sie trat neugierig hinzu, um es zu lesen. Neben einem langen Informationsbericht konnte Gerard Kimbles Bild am Rand erkennen. Renfros Gesicht sah er zwar nicht, dafür aber Pooles, deren dunkle Züge einen erstaunten und ungläubigen Ausdruck annahmen. Er fragte sich, ob sie in Kimbles Augen wohl das sah, was er gesehen hatte.

Poole las den Text zu Ende. »Kam gerade aus Chicago«, verkündete sie.

Gerard sah die beiden fragend an. Renfro las den Text mit klarer Stimme vor, während Poole, einen ganzen Kopf größer, aber nur halb so breit wie er, sich neben ihn stellte.

»Richard David Kimble. Gefäßchirurg. Verurteilt wegen Mordes an seiner Frau.«

Aha, dachte Gerard, *also doch ein Verbrechen aus Leidenschaft.*

»Plädierte auf unschuldig, Behauptete, ein einarmiger Mann...«

Gerard unterbrach ihn. »Wir wollen nicht den ganzen Fall aufrollen.« Obwohl er brennend an allen Details interessiert war, heuchelte er Desinteresse. Er rief sich das Bild der drei toten Frauen vor Augen, die ihn mit schmerzerfüllten Blicken anstarrten, und ging ins Freie, um nach einem ruhigen Platz zu suchen.

Poole und Renfro, mit dieser Routine vertraut, folgten ihm.

»Vorstrafen und Komplizen?« fragte Gerard, als er sich vor einen Baum stellte.

»Nichts dergleichen«, erwiderte Renfro.

Auf der anderen Seite drehte Poole sich diskret zur Seite, während Gerard den Reißverschluß seiner Hose öffnete und sich erleichterte. »Was ist mit Jugendstrafen?« wollte er wissen.

»Auch nichts«, entgegnete Poole. »Ein unbeschriebenes Blatt, was Verbrechen angeht.«

»Verwandte? Kinder?«

Renfro sagte: »Keine Verwandten...«

»Ein Kind«, fügte Poole mit einer erstaunlich weichen Stimme hinzu, die Gerard so noch nie gehört hatte. »Einen Sohn. Ist vor drei Jahren durch einen Unfall im Swimmingpool ertrunken.«

Für einen kurzen Moment verlor Gerard die Kontrolle über seinen sonst so gut beherrschten Denkapparat – gerade lang genug, daß eine Silbe sich einschleichen konnte: *Leid*.

Sofort verdrängte er dieses Wort wieder und bemühte sich, ein anderes Bild dieses Chirurgen vor seinem inneren Auge entstehen zu lassen, der ja bestimmt nicht ohne Grund nach Menard geschickt worden war.

»Freundinnen? Ex-Frauen? Freunde? Beziehungen mit oder zwischen solchen?«

Doch Poole konnte ihm nichts Negatives liefern – keinen Grund, Kimble zu hassen. »Viele Freunde. Ärzte. Krankenhauspersonal.«

Gerard war fertig und zog den Reißverschluß wieder hoch. »Fangen Sie da an. Holen Sie sich eine Genehmigung, die Telefone abzuhören. Für seinen Anwalt zuerst.«

Renfro sah ihn ungläubig an. »Das kriegen Sie doch nie durch.«

Langsam ging Gerard auf ihn zu und hielt Renfros Blick fest. »Wetten?«

Renfro verzog den Mund zu einem resignierten Grinsen und schüttelte den Kopf. Er arbeitete schon lange genug mit Gerard, um sich nicht darauf einzulassen.

Gerard nickte zufrieden. »Schicken Sie Stevens zu Richter Rubin. Der wird die Genehmigung unterzeichnen.«

Die drei wollten gerade wieder ins Zelt zurückgehen, als Biggs, vollkommen erhitzt und außer Atem, den Hügel hinaufgerannt kam. »DeLange Hospital«, japste er und hielt sich die Seite. »Der verwundete Wärter schwört hoch und heilig, daß er Kimble dort gesehen hat. Außerdem fehlt ein Krankenwagen.«

Wieder im Zelt, ging Gerard sofort zur Landkarte und spähte darauf wie ein Adler, der seine Beute sucht. »Welche Uhrzeit?« wollte er wissen.

»Einundzwanzig Uhr dreißig. Vor zwanzig Minuten.«

Gerard zog einen neuen Kreis, der nun nicht mehr einen Fünfzehn-Meilen-Radius hatte, sondern weitaus kleiner war, und in dessen Zentrum das Krankenhaus lag. Er dachte an Kimble und an drei tote Frauen und spürte die grimmige Genugtuung eines Henkers, der die Schlinge langsam zuzieht.

Kimble drückte aufs Gas und hörte den Polizeifunk ab. Sein knappes Entrinnen und der Geschmack der Freiheit machten ihn beinahe euphorisch. Zum ersten Mal seit Helens Tod hatte er wieder das Gefühl, daß sein Leben einen Sinn hatte –

es war das einzige, das sein Leid zu lindern vermochte. Ihm wurde klar, daß er nie wieder ins Gefängnis zurückkehren und damit zulassen dürfte, daß sein Leben und Helens Tod bedeutungslos wurden. Lieber würde er sterben, als sich wieder einsperren zu lassen.

Doch um Helens willen durfte er noch nicht sterben – nicht bevor er den Mann fand, der sie umgebracht hatte.

Eine gelangweilte Stimme kam krächzend über die Funkanlage. »Wir sind hier in Canton postiert und warten. Wollten mal wissen, ob ihr schon was Neues von diesem Kimble gehört habt.«

Kimble lehnte sich aufmerksam vor und konnte gerade noch bremsen, als die drei Fahrzeuge vor ihm wegen einer Bahnüberquerung das Tempo verlangsamten.

Die Zentrale meldete sich. »Zwo-zwölf-A, haben Anweisungen, daß alle Informationen nur noch über codierte Frequenzen laufen dürfen – entweder Kanal K oder Z. Over.«

Stille. Kimble seufzte und drehte dann schnell den Kopf, um das Hinweisschild an der Straße noch lesen zu können: CANTON, 2 MEILEN.

Die Autos vor ihm mußten anhalten, da das Bahnsignal rot aufleuchtete. Die Bahnschranken senkten sich langsam herab.

Kimble schaltete die Sirene ein und trat fest auf das Gaspedal. Der Krankenwagen kam noch knapp unter den Schranken hindurch und sauste davon.

Poole hängte den Telefonhörer ein und sah zu Gerard. Ihre sonst so ruhige und gelassene Stimme klang fast eine Oktave höher als normal. »Der Krankenwagen wurde gerade zwei Meilen westlich von Doverville gesichtet. Richtung Staatsstraße 53.«

Renfro ging zur Landkarte, malte zu dem X an der Unfallstelle und dem X über dem Krankenhaus ein weiteres bei Doverville und zog einen noch kleineren Kreis. Die Schlinge wurde immer enger.

Gerard nickte zufrieden. »Genau, wie wir's haben wollen.« Er stand auf. »Okay, starten wir.«

Mit einem eigenartigen Gefühl der Vorfreude lief er zum wartenden Hubschrauber. Es war nicht die Vorfreude, die er sonst verspürte, wenn es ihm gelang, einen Kriminellen von weiteren Verbrechen abzuhalten. Er war gespannt darauf, diesem Kimble leibhaftig zu begegnen und dann beurteilen zu können, ob in seinen Augen tatsächlich derselbe Blick lag, den er auf dem Fahndungsfoto gesehen hatte.

Instinktiv drehte Kimble nach kurzer Zeit mit dem Krankenwagen um und fuhr in entgegengesetzter Richtung weiter, südwärts nach Kentucky. Voller Erleichterung atmete er auf, als er die Staatsgrenze ohne Straßensperren passieren konnte.

Die Landschaft wurde grüner und hügeliger. Der zweispurige Highway führte über einen Bergkamm. Der Verkehr wurde dichter – eine ländliche Version der Rush-hour schien gerade einzusetzen. Kimble suchte im Handschuhfach und unter den Sitzen nach einer Landkarte und fand schließlich eine, als er die Sonnenblende herunterklappte. Er faltete sie auf und legte sie auf das Steuerrad.

Etwa dreihundert Meter unter ihm lag der Tennessee River, der in der Morgensonne wie Quecksilber glänzte. Vor sich sah Kimble die gewaltigen Bögen des Grosvenor-Viadukts und in nicht allzu weiter Entfernung den Barkley-Staudamm.

Kimble fuhr auf das Viadukt zu und kam in einen langen, schwach beleuchteten Tunnel. Als er in der Mitte angelangt war und vom Tunnelende schon schwach das Sonnenlicht erkennen konnte, nahm er plötzlich über sich das dumpfe Geräusch eines Hubschraubers war. Der Helikopter setzte am Tunnelende mitten auf der Verkehrsinsel auf, die die Spuren teilte.

Kimble stieg auf die Bremsen. Hinter ihm quietschten die Reifen anderer bremsender Wagen; wütende Fahrer hupten und fluchten.

Kimble sah sich um. Ganz hinten, am Tunneleingang, hatten Polizeiwagen eine Straßensperre errichtet. Polizeibeamte stellten bereits Warnleuchten auf.

Erschrocken und niedergeschlagen starrte Kimble wieder nach vorne. Für den Bruchteil einer Sekunde sah er nicht die Staatspolizisten, die hinter dem Helikopter aufgefahren waren und nun ausstiegen und ihre Waffen zogen. Er sah nur Helen, die zu sprechen versuchte.

Mein Kopf. Richard... mein... halt mich... fest...

Und während sie sprach, wurde ihr Gesicht auf einmal das ihres Mörders.

Ihre Worte wurden von den Polizeilautsprechern erstickt: *Bitte bleiben Sie in Ihren Fahrzeugen und verschließen Sie die Türen. Ich wiederhole: Bitte bleiben Sie in Ihren Fahrzeugen...*

»Jetzt haben wir ihn«, meinte Renfro voller Genugtuung, während er seinem Chef eine kugelsichere Weste gab. Wie immer stand er bereits neben Poole; beide hatten ihre Westen schon an.

Gerard zog sich ebenfalls die gepolsterte Weste über und nahm bedächtig seinen ganzen Stolz aus dem Holster: eine Glock-Pistole, Modell 22, Kaliber 40. Er war zufrieden, daß eine Aufgabe professionell erledigt worden war, aber er war auch enttäuscht, daß es so einfach gewesen war. Aus irgendeinem Grund hatte er gehofft, Kimble würde es ihnen schwerer machen.

Und gleichzeitig war er erleichtert, daß es vorbei war. Er wollte Kimble selbst festnehmen und betete, daß der Mann bei der Aktion am Leben blieb. Es gab ein paar Fragen, die er ihm stellen wollte.

Gerard sah von Poole zu Renfro auf den Tunnel, der dunkel und scheinbar endlos vor ihnen lag. »Okay. Ladys und Gentlemen, der schwierigste Teil ist vorbei.«

In Wahrheit fürchtete er, daß der schwierigste Teil gerade erst anfing.

Als sie sich in Bewegung setzten, nahm Renfro sein Funkgerät. »Wir gehen rein...«

Bitte bleiben Sie in Ihren Fahrzeugen und verschließen Sie die Türen...

In der Mitte des Tunnels schlüpfte Kimble aus dem Krankenwagen und beobachtete gegen das Licht am Tunnelende, wie drei Gestalten mit gezogenen Waffen sich langsam näherten. Er legte sich auf den Boden und kroch unter den Krankenwagen. Die rauhe und kaltfeuchte Oberfläche des Straßenbelags brannte ihm an Händen und Knien.

Sein Instinkt befahl ihm, still liegenzubleiben, sich nicht zu widersetzen, sich festnehmen zu lassen. Sein Instinkt befahl ihm, auf alle Fälle zu überleben.

Doch sein bereits gefaßter Entschluß und seine unendliche Trauer kämpften gegen diesen Instinkt an. Er konnte nicht wieder ins Gefängnis gehen, in die Bedeutungslosigkeit, in sein endloses Leid. Im Gefängnis hatte er keine Möglichkeit, Helens Mörder zu finden. Seine einzige Hoffnung war die Freiheit. Er würde sich auf jeden Fall widersetzen, koste es, was es wolle. Für jede noch so geringe Chance zur Flucht würde er gern sein Leben riskieren. Und wenn es sein mußte, würde er eben sterben.

Und während er dort auf dem kalten, nassen Asphalt lag, sah er auch keinen anderen Ausweg als den Tod. Es bestand keine Möglichkeit, aus dem Tunnel und an den bewaffneten Polizisten vorbeizukommen. Es gab nur zwei Ausgänge, und beide waren blockiert. Nur zwei...

In der Dunkelheit fiel sein Blick auf das schmale Rinnsal des kalten Eiswassers, das ihm über die Handrücken lief. Er folgte ihm mit den Augen und entdeckte ein großes Eisengitter, das in den Asphalt eingelassen war.

Renfro und Poole übernahmen die Seiten und überließen Gerard die Mitte. Er ging mit vorsichtigen, doch entschlossenen Schritten vorwärts. Plötzlich fuhr er herum und hielt die Waffe im Anschlag: Ein unvorsichtiger Fahrer hatte die Warnung der Polizei mißachtet und war ausgestiegen. Als er Gerard sah, flüchtete er schnell wieder in sein Auto und schlug die Tür hinter sich zu. Das Geräusch hallte durch den Tunnel, in dem ansonsten Stille herrschte, bis auf die ständig wiederholte Anweisung über Lautsprecher:

Bitte bleiben Sie in Ihren Fahrzeugen...

Zu Gerards großer Erleichterung hörte die Polizei abrupt

mit ihrer Durchsage auf. Er konzentrierte sich auf die übrigen Geräusche: seinen Atem, seine vorsichtigen Schritte, die kaum hörbaren Schritte von Renfro und Poole, das schwache Gurgeln von Wasser.

In der Mitte des Tunnels trafen sie auf Biggs, der ihnen von der anderen Seite aus entgegengegangen war. Biggs wirkte ebenso verwundert wie Renfro und Poole. Die drei spähten noch einmal unter und in die Autos. Gerard schloß die Augen und lauschte mit höchster Konzentration.

»Wo ist er hin?« fragte Poole schließlich gereizt, und Gerard öffnete wieder die Augen, ging an den Rand der Fahrbahn und deutete auf das Sickerwasser, das beständig vom Tunnelrand auf den Asphalt rann. Zusammen mit Poole ging er dem Rinnsal nach, bis er das Eisengitter im Boden entdeckte. Es war nicht verschlossen. Und groß genug, einen Mann durchzulassen.

Gerard durchströmte das erregende Gefühl der Herausforderung. »Biggs!« rief er. »Renfro! Mir nach!«

Das Gitter ließ sich leicht anheben, *zu* leicht. Die drei Männer kletterten in das Abflußrohr hinunter – zuerst Renfro, klein und wendig, dann Gerard und zum Schluß Biggs, der mit seinem mächtigen Brustkorb fast nicht durchkam. Er mußte die Arme über den Kopf heben und sich von unten ziehen lassen. Poole warf ihnen Taschenlampen zu.

Dort unten herrschte ein stetiges, donnerndes Rauschen. Das Wasser war knöcheltief, die Strömung stark, der Betonuntergrund moosbewachsen und glitschig. Gerard bewegte sich unsicher vorwärts und leuchtete mit der Taschenlampe auf die Wände des Abwasserkanals. Er fand dort frische Wasserspritzer, die vom Kimbles Flucht zeugten. Die drei gingen vorsichtig weiter, bis sie an eine Gabelung kamen. Renfro leuchtete mit seiner Taschenlampe in einen der Tunnel: Dort lag eine Jacke im Wasser.

Gerard nahm sein Funkgerät. »Kanal drei.«

Biggs und Renfro stellten ihre Funkgeräte auf die gleiche Frequenz, und sie trennten sich. Gerard nahm den mittleren Weg, von dem er instinktiv wußte, daß auch Kimble ihn genommen hatte. Gerard hatte beim Aufspüren von Flüchtenden immer den größten Erfolg, und Poole witzelte manchmal, er habe die Nase eines Spürhundes. In flauen Zeiten, wenn ihnen langweilig war, spielten sie oft ein Spiel. Gerard schloß die Augen, Poole hielt ihm die Waffen der einzelnen Polizisten unter die Nase und fragte: *Okay, wem gehört die?* Und er antwortete dann: *Das ist Renfros.* Oder: *Das ist leicht, das ist meine Glock.* Und in neunzig Prozent aller Fälle hatte er recht. Manchmal hielten sie ihm bloß ihre Handflächen vor die Nase, aber das merkte er immer sofort.

Jetzt kam es ihm so vor, als könne er Kimble riechen.

Er erreichte eine neue Abzweigung, diesmal nach rechts, und leuchtete mit seiner Taschenlampe in den abfallenden, knapp mannshohen Tunnel. Beinahe wäre er weitergegangen, aber irgend etwas – Kimbles Geruch? – ließ ihn zögern und noch einmal nachsehen. In Schulterhöhe gab es ein paar Stellen, an denen das Moos weggekratzt war, höchstwahrscheinlich von Menschenhand.

Er hob das Funkgerät an den Mund. »Verdächtige Spur entdeckt. Haltet euch bereit.«

Er steckte die Taschenlampe in seine Jacke und tastete sich langsam, mit weit gespreizten Beinen durch den Seitentunnel vorwärts. Mit der linken Hand stützte er sich ab, in der rechten hielt er seine Waffe.

Der Abstieg war äußerst schwierig, da der Untergrund durch das Gefälle noch rutschiger war und Gerard Schuhe mit glatten Sohlen trug. Einmal rutschte er aus und wäre fast auf die Knie gefallen, doch er gewann rechtzeitig wieder die Balance und ging noch langsamer vorwärts.

Ein paar Meter weiter rutschte er wieder aus. Er verlor seine Pistole und das Funkgerät, die mit lautem Platschen ins Wasser fielen, während er mit Händen und Füßen verzweifelt nach einem Halt suchte. Schließlich erwischte er ein überstehendes Rohr und konnte sich wieder aufrichten. Er holte die Taschenlampe aus der Jackentasche und suchte das dreckige Wasser ab, bis er schließlich den blitzenden Lauf seiner Pistole aus der Brühe ragen sah. Er tastete sich vorsichtig in ihre Richtung – weniger über ein erneutes Ausrutschen besorgt, als über mögliche Dellen und Kratzer und darüber, ob er sie wieder entfernen könnte. Mit äußerster Anstrengung und Konzentration beugte er sich langsam vor. Er stützte sich mit einer Hand an der Wand ab, während er mit der anderen nach der Pistole griff – vorsichtig, ganz vorsichtig...

Doch eine fremde Hand schnappte sie sich zuerst. Gerard riß den Kopf hoch und starrte in ein Paar wohlbekannter Augen – Augen, die er in den letzten vierundzwanzig Stunden mindestens hundertmal angesehen und sich dabei tief in sein Gedächtnis eingeprägt hatte: die Augen von Dr. Richard David Kimble.

5

Gerard und sein Opfer starrten sich an.

Kimbles Gesicht hatte den wilden, gehetzten Ausdruck des Verfolgten. Während er die Pistole so fest packte, daß seine Fingerknöchel weiß hervortraten, war seine Miene drohend, sollte Furcht einflößen. Dies ist ein gefährlicher Mann, sagte sich Gerard, ein sehr verzweifelter Mann. Ein geflüchteter Mörder, der zum Tode verurteilt wurde.

Dennoch hatte er keine Angst. Was er beim Betrachten des per Fax übermittelten Fotos über Kimbles Charakter gedacht hatte, stimmte; er sah jetzt denselben Ausdruck in Kimbles Augen. Kimble würde nicht schießen.

Gerard spannte sich an. Er war bereit, bei der ersten Gelegenheit auf ihn loszuspringen.

»Ich habe meine Frau nicht ermordet«, sagte Kimble plötzlich.

»Dann haben Sie ihre Frau eben nicht ermordet«, erwiderte Gerard. »Nicht mein Problem.« Er versuchte, sich das Bild der toten Vergewaltigungsopfer in Erinnerung zu rufen, schaffte es jedoch nicht.

Kimble erschrak, als kanalabwärts ein Knacken und Biggs' Stimme aus dem halb unter Wasser liegenden Funkgerät ertönten. »Gerard? Sind Sie da?«

Gerard wandte unwillkürlich den Kopf in die Richtung, aus der Biggs' Stimme erklungen war – eine Sekunde, kaum mehr –, und als er zurückblickte, war Kimble verschwunden.

Der Marshal zog eine Pistole aus dem Holster an der Wade und stürmte halb schlitternd, halb laufend durch den Kanal. Aus einem Seitenkanal tauchte plötzlich Renfro auf; sie prallten fast zusammen.

»Geradeaus!« rief Gerard.

Biggs hörte es und schloß sich ihnen an. Die Jagd war eröffnet.

Kimble steckte die Waffe in den Hosenbund und schwankte durch den Kanal. Er folgte dem Rauschen des Wassers, bis es zu einem ohrenbetäubenden Brausen wurde, das alle anderen Geräusche und alle Gedanken auslöschte. Er schlitterte um eine Ecke und hielt an.

Der Kanal endete plötzlich. Voraus war Licht. Ein Donnern, daß er sich am liebsten die Ohren zugehalten hätte. Wasser strömte an seinen Knöcheln vorbei in den Überlauf des Barkley-Damms und fiel in einer mächtigen, tosenden Kaskade tief hinab, in einem Schleier von Dunst und Sprühwasser.

Der Anblick entsetzte ihn; er schreckte zurück.

Wenn er in einem ungünstigen Winkel auf dem Wasser aufschlug, würde der Aufprall tödlich sein – sofern er nicht schon vorher ertrank, weil er in dem reißenden Wasserfall das Bewußtsein verlor.

Er konnte nicht sterben. Um Helens willen durfte er nicht sterben.

Schritte, Platschen hinter ihm. Kimble wandte sich um und sah den Mann, dem er die Waffe abgenommen hatte und der jetzt mit einer kleineren Pistole bewaffnet war. Ein anderer Mann, kleiner, schlanker, begleitete ihn und zielte geduckt mit seiner Waffe auf Kimbles Brust.

»Umdrehen!« befahl der erste Mann mit harter und emotionsloser Stimme. »Hände über den Kopf! Und auf den Boden runter!«

Kimble drehte sich gehorsam um. Während er die Hände hob, blickte er zum Wasser hinab und dachte an seinen Sohn.

Bei Josh war es so leicht gewesen. Nur ein Schritt, ein Ausrutschen auf nassem Beton, und dann der Sturz. Kein schlimmes Vorgefühl, keine Furcht in seinem unschuldigen Herzen, nur ein schneller Fall ins dunkle Ungewisse. Eine Sekunde rennen, und in der nächsten...

»Auf die Knie«, sagte der Mann.

Kimble hörte Schritte hinter sich. Er beugte sich langsam, starrte in den Wasserfall und dachte: Josh konnte nicht tauchen.

Er sprang.

Renfro ließ verblüfft seine Waffe sinken. »Hurensohn...«

Gerard stand am Kanalende und spürte kaltes Sprühwasser auf dem Gesicht, während er in den feuchten Dunst starrte. Er dachte an den Tag vor über zwanzig Jahren, an dem er am Rand einer Hängebrücke gestanden und ins Wasser gestarrt hatte, in dem ein gestohlener Cadillac versunken war, dessen Fahrer für tot gehalten wurde.

Er dachte auch an Kimbles Sprung. Es war eine Wahnsinnstat, eine verzweifelte Aktion, die man vielleicht von einem verrückten Killer erwartete. Er war jetzt Kimble von Angesicht zu Angesicht gegenüber gestanden und hatte die wilde Verzweiflung in den Augen des Mannes gesehen. Aber es war ein anderer Wahnsinn gewesen, wie Gerard ihn noch nie gesehen hatte.

Und in diesem Augenblick, als er hinab in das feine Sprühwasser starrte, wußte er, daß er alles über Richard Kimbles Schicksal herausfinden mußte, ganz gleich, wieviel Zeit oder Mühe es kosten würde. Nicht wegen irgendeiner Narbe, die von dem zurückgeblieben war, was vor zwanzig Jahren den drei Frauen widerfahren war, sondern einfach, weil er es verstehen mußte.

Am späten Nachmittag bestanden Gerards Vorgesetzte darauf, die Suche aus Kostengründen abzublasen, aber er sorgte dafür, daß das Fax-Foto, das Kimble zeigte, jeder Polizeistation und jedem Sheriff-Büro in sechs umliegenden Staaten übermittelt wurde.

Unterhalb des Damms und des Abflußkanals wateten Staatspolizisten durch die seichten Stellen und Büsche an den Ufern, während sich die Sonne dem Horizont zuneigte. Vom Ufer aus beobachtete Gerard, wie die Besatzung des Boots immer wieder das Schleppnetz hochholte: leer. Leer. Leer. Er empfand eine sonderbare Mischung aus Enttäuschung und Erleichterung.

Der Captain der Staatspolizei trat hinter Gerard, der sich nicht umwandte. »Das Tageslicht wird immer schwächer, Inspektor.«

Gerard beobachtete, daß das Schleppnetz wieder hinuntergelassen wurde. »Scheinwerfer und Generatoren kommen, Captain.«

Der Captain schlug einen vertraulichen Tonfall an, den Gerard widerwärtig fand. »Wissen Sie, ich will Ihnen ja nicht sagen, wie Sie Ihren Job machen sollen, aber die Chancen, daß jemand diesen Wasserfall überlebt haben kann, stehen eins zu einer Million. Der Typ ist Fischfutter.«

Gerard blickte über die Schulter und schaute den Captain vernichtend an. »Dann suchen Sie mir den Fisch, der ihn fraß.« Er wandte den Kopf und beobachtete, daß das Schleppnetz, aus dem Wasser und Treibgut tropften, wieder auftauchte.

Leer. Leer. Leer.

Das Wasser trieb Kimble die Luft aus der Lunge, schlug ihm mit aller Wucht entgegen. Er stürzte wie blind und taub durch den Wasserfall und schnappte nach Luft.

Als er dachte, ersticken zu müssen, schlug er auf dem Grund des Staubeckens auf, und der Aufprall nahm ihm den letzten Rest Atem.

Er kämpfte sich an die Wasseroberfläche und saugte Sauerstoff ein, während er davongetrieben wurde durch das tiefe Wasser zum flacheren im unteren Becken, wo der Beton aufhörte und das Ufer mit Gras und Binsen bewachsen war. Stromabwärts, an einer Biegung des Flusses, prallte er gegen ein Gewirr von Binsen und Treibgut, das sich an einem überhängenden Baumzweig verfangen hatte. Er griff nach dem Zweig, umklammerte ihn und versuchte sich hochzuziehen, doch die Strömung war zu stark. Der Zweig brach. Kimble wurde von der Strömung weitergerissen und hielt den Zweig immer noch fest.

Nach einer Weile ließ die Strömung nach, und er gelangte triefend ans Ufer. Er ging kilometerweit am abgeschiedenen Flußufer entlang und zitterte vor Kälte, während der Wind und die schwache Wintersonne seine durchnäßte Kleidung trockneten – und lächelte grimmig, als er vier nasse Ein-Dollar-Scheine und Wechselgeld in seiner Tasche fand und feststellte, daß die Waffe noch immer in seinem Hosenbund steckte. Straftat drei und vier: Widerstand gegen die Staatsgewalt und Raub einer Waffe. Er war kein Krimineller gewesen, als dies begonnen hatte, aber das änderte sich jetzt schnell. Er warf die Waffe in das dunkle Wasser.

Kimble wanderte bis zum Einbruch der Dunkelheit und ignorierte die Schmerzen seines geschundenen Körpers. Er gewann Kraft aus dem Rausch des Erfolgs, aus der Tatsache, daß er überlebt hatte, und aus dem festen Glauben, daß er den einarmigen Mann finden würde. Unter einer Eisenbahnbrücke fand er ein Versteck und Schutz vor dem Wind. Um sich zu wärmen, bedeckte er sich mit Überresten von Kartons und abgestorbenen Ästen einer Hemlocktanne. Dann schlief er erschöpft ein. Oben ratterte ein Zug über die Brücke.

Kimble erwachte nicht, aber das Geräusch bahnte sich einen Weg in sein Unterbewußtsein und rief erschreckende Eindrücke in ihm wach: das Licht des nahenden Zugs, das Gefühl, in dem umgekippten Bus in der Falle zu sein, die Panik in den weit aufgerissenen Augen des jungen Wächters, der gedacht hatte, er würde ihn zurücklassen, und wieder der gleiche entsetzte Gesichtsausdruck, als er seinen Retter im Krankenhaus wiedererkannt hatte.

Die Bilder verschmolzen zu einem Traum. Plötzlich war Kimble weit fort vom Unfallort, fern vom Gefängnisleben. Er war daheim in seinem weichen, warmen Bett unter sauberen Laken und einer duftenden Steppdecke. Im Traum öffnete er die Augen und drehte sich zum Fenster. Er sah Sonnenschein hereinfluten, der Staubkörnchen zu glitzernden winzigen Diamanten machte, und neben ihm im Bett lag seine schlafende Frau. Helen spürte seinen Blick und öffnete die Augen, träge und verträumt, und sie lächelte, als sie ihn wahrnahm. Sie griff nach ihm, zog sein Gesicht an ihres. Er nahm den Duft von Rosen wahr, als sie sich küßten.

Und dann löste er sich von ihr, um sie anzuschauen, zu bewundern und ihr Gesicht zu streicheln, überwältigt von Dankbarkeit, weil er ihre Augen klar und lebenssprühend sah – nicht mit dem entsetzlich leeren Blick der Sterbenden.

Kimble erhob sich, fühlte sich erstaunlich leicht auf den

Füßen und stark. Er ging zum Fenster, um den Himmel zu sehen, der blau und wolkenlos war. Im kleinen Vorgarten blühten rote Rosen. Die Luft schien von Freude erfüllt zu sein. Er blickte zurück zum Bett auf die stille Gestalt seiner wieder eingeschlafenen Frau, lächelte und ging zur Schlafzimmertür.

Bewegung. Eine Hand schoß aus dem Nichts und packte seinen Hals mit solchem Schwung, daß Kimble wankte. Er blinzelte, und als sein Blick klarer wurde, sah er das breite, verzerrte Gesicht des einarmigen Mannes.

Kimble stockte der Atem. Er öffnete die Augen und nahm Vogelgezwitscher und Sonnenschein wahr. Er setzte sich steif auf, warf Äste und Pappe von sich und fuhr sich mit zitternder Hand über die Stirn, als er sich erinnerte, wo er war und was er tun mußte.

Er verwischte die Spuren seiner Anwesenheit und machte sich sofort eilig auf den Weg in die Stadt, entschlossen, irgendwie nach Norden zu gelangen – nach Hause, nach Chicago und zu dem einarmigen Mann.

Seine fünfte Straftat beging Kimble in einem Drugstore, wo er eine Schere und eine Flasche Haarfärbemittel aus dem Regal stahl. Es störte ihn, wie leicht er das vollbrachte – er fand, daß er ein wenig zu gut im Stehlen wurde.

Er entdeckte einen Münzfernsprecher und benutzte etwas von dem gestohlenen Wechselgeld für ein Ferngespräch.

»Anwaltskanzlei Gutherie, Morgan und Wainwright.«

»Walter Gutherie, bitte«, sagte Kimble.

»Ich bedaure, Mister Gutherie ist nicht im Haus. Möchten Sie eine Nachricht hinterlassen?«

Kimble hängte den Hörer ein.

Er nahm sein Diebesgut mit in die Toilette einer Tankstelle in der Nähe und machte sich an die Arbeit. Das Ergebnis war ausreichend, aber kaum schmeichelhaft. Als er finster sein verändertes Aussehen – er hatte das Haar kurz geschnitten und gefärbt – in einem trüben Spiegel über dem Waschbecken betrachtete, hörte er das Motorgeräusch eines großen Fahrzeugs und Stimmen draußen vor der verschrammten, schmutzigen Tür.

Ein Mann rief: »Steig ein, sonst kommen wir nie dorthin. Wo ist Adam? Adam!«

Hinter Kimble rauschte eine Toilette. Er erschrak; er hatte sich allein gewähnt, aber es war möglich, daß jemand hereingeschlüpft war, als er seinen Kopf in dem mit Schaum gefüllten Waschbecken abgespült hatte.

Ein Junge – vier- oder fünfjährig, in Josh' Alter – kam aus der Toilette. Er blieb stehen und schaute Kimble mit großen, ernst blickenden Augen an. Dann wusch er sich die Hände und flitzte hinaus.

Kimble folgte ihm. Der Ruf war vom Fahrer eines Wohnmobils gekommen, das neben der Tankstelle parkte. Adam stieg gehorsam ein. Unterdessen war Kimble zum Heck des Wagens gelangt – wo er stehenblieb, als er das Nummernschild von Illinois und die Leiter sah, die zum Dach hinaufführte.

Im schmucklos eingerichteten Büro des Marshals in Chicago saß Gerard mit Newman, Renfro, Poole und Biggs am Konferenztisch. Ein Stapel von vielleicht zwanzig Akten lag auf der polierten Tischplatte aus Kirschbaumholz neben Pooles linkem Ellenbogen. Zu ihrer Rechten lagen zwei Aktenordner – die letzten des Tagespensums. Sie öffnete den obersten, nahm ein Foto heraus und schob es Newman zu, der links von ihr saß.

»Willis Johnson«, sagte sie, als Newman auf das Foto schielte und es mit einem Schulterzucken über den Tisch zu Renfro schob, der es betrachtete und an Biggs weitergab. »Am elften Februar aus dem Gefängnis Menard ausgebrochen. Hier ist das Foto aus der Verbrecherkartei zum Vergleich.« Das Foto nahm denselben Weg, von Newman zu Renfro und Biggs, der beide Bilder nebeneinanderlegte.

Biggs nickte. »Das könnte er sein.«

Er bot beide Fotos Gerard an, der jedoch nur das neuere nahm und auf das Bild aus der Verbrecherkartei verzichtete. Er brauchte es nicht zu sehen; er hatte sich Willis Johnsons Gesichtszüge in allen Einzelheiten eingeprägt und konnte den Mann unter Tausenden wiedererkennen.

Gerard blickte nur kurz auf das Foto und schob es dann über den Tisch zu Poole. »Das ist nicht der Kerl«, sagte er, und damit hatte es sich. Biggs gab Poole das andere Foto, und sie legte beide Bilder ohne Zögern oder eine Bemerkung in den Aktenordner zurück. Keiner stellte die Entscheidung in Frage, denn Gerard hatte die unheimliche Gabe, durch jede Verkleidung hindurch auf die Person darunter zu schauen.

Gerard ging zum letzten Thema über, als Poole die Akte auf den Stapel der zwanzig anderen legte und den verbliebenen Aktenhefter öffnete. »Copeland?«

Copeland hatte einen besonderen Platz in Gerards Herzen, und das aus zwei Gründen: Erstens war der Mann ein unnötig brutaler Killer, und zweitens war er bei dieser verhängnisvollen Busfahrt zum Gefängnis mit Richard Kimble dabeigewesen.

Renfro neigte sich vor, um über den neuesten Stand der Ermittlungen zu berichten. »Seine Freundin nahm sich gestern Urlaub und hob zweihundert Dollar von einem Bankautomaten ab – ihr Maximum.«

Poole nickte und überflog die Akte Copeland. »Ihr Wagen wurde in East Saint Louis entdeckt.«

Gerard lehnte sich zurück, hielt die Hände pyramidenförmig gegeneinander und dachte nach. »Ist sie mit jemanden in der Gegend bekannt?«

»Wir haben keinen finden können«, sagte Poole.

»Dann sucht weiter.« Gerard richtete sich auf, das Signal zum Aufbruch. Die anderen standen auf. Gerard nahm die eine Akte, die er mitgebracht und vor kurzem genau gelesen hatte; dabei rutschte das Foto von Kimble heraus und blieb mit Kimbles Gesicht nach oben auf dem Konferenztisch liegen. Er nahm es an sich, blickte auf und sah, daß Newman ihn neugierig anschaute.

Gerard ignorierte ihn und rief Poole, die auf der Türschwelle stehenblieb, als sie ihren Namen hörte. »Poole? Haben Sie die Kopie der Akte von Kimbles Prozeß für mich?«

Ihr dunkles Gesicht zeigte keine Spur von Überraschung bei Gerards ungewöhnlicher Bitte. Er hatte nie nach den Einzelheiten des Falles gefragt – war nie interessiert gewesen, hatte nur wissen wollen, was nötig war, um den Mann festzunehmen. Aber sie zögerte kurz, bevor sie antwortete. »Liegt auf Ihrem Schreibtisch.«

Gerards Miene blieb ausdruckslos. »Danke.« Als die anderen hinausgingen, drehte er sich auf seinem Drehstuhl zur Wand, schaute zum Schwarzen Brett mit den Steckbriefen und suchte, bis er das Augenpaar fand, das ihn faszinierte.

»Was ist das?«

Er ruckte herum und sah Newman neben sich, der immer noch neugierig wirkte.

Gerard blickte wieder auf Kimbles Steckbrief. »Das ist das Fegefeuer«, sagte er langsam. »Wo sich die ungereinigten Seelen aufhalten, bis sie entweder wie durch ein Wunder wieder im Land der Lebenden auftauchen oder mit meiner Genehmigung als tot betrachtet werden können.«

Er wandte sich ab und erhob sich – schnell, bevor Newman an seiner Miene das Gefühl ablesen konnte, das Gerard sich nicht einmal selbst eingestehen wollte: Hoffnung, daß Richard Kimble am Leben war.

Kimble hatte gedacht, daß die vergangene Nacht die kälteste seines Lebens gewesen war, aber als das Wohnmobil nordwärts über den Highway fuhr, bewölkte sich der Himmel; der Wind drehte und brachte arktische Luft. Am schlimmsten betroffen waren seine Hände, die ohne Handschuhe der eisigen Kälte ausgesetzt waren, während er sich auf dem Dach festklammerte und der Wind an seiner gestohlenen Kleidung zerrte.

Die Fahrt dauerte stundenlang. Kimble las die Straßenschilder und beobachtete, wie sie über die Staatsgrenze fuhren.

Als sie schließlich auf Sonny's Truck Stop & Diner in Illinois einbogen, klapperte Kimble vor Kälte mit den Zähnen, und seine Fingernägel waren blau. Er wartete, bis der Fahrer und sein Anhang ausgestiegen waren. Erst dann wagte er es hinabzuklettern, ohne gesehen zu werden. Seine Hände waren so taub, daß er kaum die Leitersprossen umfassen konnte. In der Imbißstube fand er bei der Toilette einen

Münzfernsprecher und fluchte leise, als er feststellte, daß das Telefonbuch aus dem schwarzen Metallhalter entwendet worden war. Es war Wochenende, und er kannte Walters private Telefonnummer nicht, aber er mußte versuchen, ihn zu erreichen. Er schaffte es mit den vor Kälte tauben Fingern, eine 25-Cent-Münze aus der Tasche zu fischen, in den Schlitz zu werfen und die Nummer zu wählen, die er in Erinnerung hatte, wobei er betete, daß durch irgendein Wunder jemand in der Kanzlei war und sich meldete.

Diesmal antwortete ein Band. »Hier ist die Anwaltskanzlei Gutherie, Morgan und Wainwright. Unsere Geschäftsstunden sind Montag bis Freitag von neun Uhr bis siebzehn Uhr. Wenn Sie eine Nachricht hinterlassen möchten...«

Kimble hängte den Hörer ein.

Er ging in den Imbißbereich und setzte sich an die Theke. Der Geruch nach Essen erinnerte ihn an seinen quälenden Hunger.

Der ernste kleine Junge des Wohnmobilfahrers tauchte aus der Toilette auf und blickte mit eulenhafter Überraschung zu ihm hin. Kimble senkte schnell den Kopf und war erleichtert, als der Vater den Jungen rief und der Kleine zum Wohnmobil flitzte.

Eine Kellnerin mit hoch aufgetürmtem Haar, das dank des vielen Haarsprays sich nicht bewegte, als sie sich über die Theke neigte, schenkte ihm Kaffee ein, bevor er bestellen konnte, und lächelte ihn an. »Möchten Sie die Speisekarte?«

Kimble zwang sich zu einem schwachen Lächeln. »Die Tagessuppe, bitte.«

»Gute Wahl.« Die herbe Schönheit, um die Vierzig, zwinkerte ihm zu, notierte die Bestellung auf ihrem Block und ging.

Der Kaffee belebte und erwärmte ihn. Nach einer halben Tasse fühlte er sich menschlich genug, um sich Gedanken über eine Strategie zu machen. Er war überhaupt nicht weit von der Chicagoer Innenstadt entfernt, und die Anwaltskanzlei würde Montagmorgen um neun Uhr geöffnet sein. Er mußte eine Möglichkeit finden, in die Innenstadt zu gelangen und etwas mehr Geld aufzutreiben, damit er bis dahin über die Runden kommen konnte.

Ein lautes Klappern neben ihm. Kimble schaute in die Richtung und sah einen verdrießlich wirkenden Mann mit Schürze, der Geschirr in einen Gummikübel räumte. Er starrte Kimble ins Gesicht – ein paar Sekunden zu lange, als versuche er sich zu erinnern, wo er ihn schon gesehen hatte.

Kimble wandte sich ab, neigte den Kopf über seine Kaffeetasse und kämpfte gegen Panik an. Der Tellerwäscher ging in die Küche.

Verstohlen sah sich Kimble um, ob ihn sonst jemand vielleicht identifizieren konnte. Ein älterer Mann im Overall starrte ihn an.

Hinten im Imbißraum stand ein Mann am Münztelefon und betrachtete ihn scharf, während er in den Hörer sprach. Kimble erstarrte.

Mein Gott, er ruft die Polizei an...

Und dann zwang er sich, tief durchzuatmen und sich zu entspannen. Der Mann starrte ihn gar nicht an; sein Blick war nicht genau auf ihn gerichtet. Er schaute einfach zufällig in diese Richtung. Und der ältere Mann im Overall, vermutlich ein einheimischer Farmer, musterte ihn einfach, weil er ein Fremder war.

Kimble hoffte.

Aber der Verfolgungswahn ließ nicht nach. Kimble blickte auf, als jemand einen Teller mit dampfender Suppe vor ihn auf die Theke stellte, und er sah eine andere Kellnerin – eine jüngere Frau mit langem Haar. Kimbles Hand zitterte, als er einen Löffel mit Hühnersuppe und Nudeln zum Mund führte und aus dem Augenwinkel sah, daß die ältere Kellnerin einen Mantel anzog und offenbar fortgehen wollte.

Sie geht zur Polizei.

Kimbles Puls und Atem beschleunigten sich, aber er blieb stur, wo er war, und aß weiter. Ohne Nahrung würde er nicht viel weiter kommen. Er zwang sich, die anderen ringsum zu ignorieren und blickte hinauf zu dem kleinen Fernseher auf einem Regal an der Wand jenseits der Theke. Die lokalen Abendnachrichten liefen. Während er aß, ließ er einen Bericht über eine Drogenrazzia in Chicago und einen albernen Werbespot über das Futter für die Feinschmecker unter den Hunden über sich ergehen, und dann wurde plötzlich ein Reporter eingeblendet, der vor einer erschrekkend vertrauten Kulisse stand: vor dem Barkley-Staudamm.

Es war ein Bericht über seine Flucht. Während der Reporter beschrieb, wie Marshal Samuel Gerard und sein Team den Flüchtenden verfolgt hatten, wurde kurz Kimbles Foto aus der Verbrecherkartei eingeblendet.

Kimble legte den Löffel hin, nahm einige Dollarscheine aus der Tasche und warf sie auf die Theke. Auf dem Weg hinaus hörte er den Rest des Berichts:

Laut Deputy Marshal Gerard widersetzte sich Kimble der Festnahme, indem er in das Wasser des Barkley-Damms sprang. Er ist vermutlich ertrunken. Örtliche Behörden haben veranlaßt, daß das Staubecken mit dem Schleppnetz abgesucht wird, aber bis jetzt wurde keine Leiche gefunden...

Draußen, in der bitteren Kälte, erhellten Straßenlampen den Parkplatz. Kimble ging, bis er außer Sicht der Imbißstube und in der Dunkelheit war, und dann rannte er.

Er lief neben dem Highway entlang. Sein Ziel war die Bahnstation, die am Rande der Stadt lag, wie er wußte, und er fragte sich, wie er unbemerkt in den Zug nach Chicago schlüpfen konnte.

Kimble war noch keine Meile vom Imbiß entfernt, als er das Heulen von Sirenen hinter sich hörte. Er rannte schneller, doch das Sirenengeheul holte ihn rasch ein. Er lief langsamer, denn es war ihm klar, daß er vor dem Unvermeidlichen nicht davonrennen konnte. Zu beiden Seiten des Highways erstreckte sich unbewaldetes Gebiet, das kein Versteck bot.

Als der Streifenwagen immer näher kam, ging Kimble langsam; er wußte, daß er deutlich vom Scheinwerferlicht beleuchtet wurde.

Doch das blitzende Rotblau raste an ihm vorbei über den Highway.

Kimble blieb wankend stehen, schlang die Arme um die Brust, neigte sich vor und wartete, bis sein Zittern und das Hämmern seines Herzens nachließen.

Er ging weiter, als sich der Schein eines zweiten Scheinwerferpaars näherte, und er behielt die Nerven, bis der Wagen neben ihm hielt und die Scheibe auf der Beifahrerseite heruntergedreht wurde.

Kimble zögerte, bereit zur Flucht, doch dann sah er in dem Wagen die ältere der beiden Kellnerinnen aus dem Imbiß, die seine Bestellung aufgenommen hatte.

Sie lächelte ihm vom Fahrersitz aus zu. »Wollen Sie mitfahren?«

Er musterte sie einen Augenblick lang und sagte sich, daß keine Falschheit hinter ihrer freundlichen Miene war. »Wohin fahren Sie?«

Sie wies nach vorne – nordwärts, wie Kimble wußte. Nach Chicago. Nach Hause.

In der vergangenen Nacht hatte es geregnet. Bei Tagesanbruch schwebte feiner Nebel über dem brachliegenden Feld neben dem Haus, und Tau glitzerte auf dem Gras. Es war ein stilles Haus in einer ruhigen Gegend, weit entfernt von der Stadt. Auf der Straße waren nur ein Müllwagen, der parkende Lieferwagen einer Installateurfirma und eine Stadtstreicherin zu sehen, die eilig den Müll durchwühlte, bevor er abtransportiert wurde.

In der zivilen Limousine, die auf der gegenüberliegenden Straßenseite parkte, saß Newman neben Renfro. Als Gerard unerwartet die Tür aufriß, fuhr Newman vor Schreck fast aus der Haut, aber er faßte sich schnell genug, um Gerard das Funkgerät zu reichen.

Newman war der Neuling in Gerards Stab, und im Laufe der vergangenen Woche war er es zunehmend leid geworden, ständig daran erinnert zu werden. Er fühlte sich dem Job durchaus gewachsen und wollte eine Chance bekommen, sich zu beweisen.

Dies war jedoch etwas anderes. Hier ging es um Leben oder Tod, und er fragte sich ernsthaft, ob es ein schrecklicher

Fehler gewesen war, diesen Beruf zu wählen. Gewiß, er war für Aktionen dieser Art ausgebildet worden und kannte die Theorie, aber er hatte nie an einem echten Einsatz teilgenommen. Es war eine Sache, eine Übung in der Ausbildung zu meistern, und es war eine völlig andere, sein Leben aufs Spiel zu setzen. Newman war überzeugt, daß er bei diesem Einsatz sterben würde.

Gerards Miene war ausdruckslos wie fast immer, als er sich auf den Beifahrersitz setzte. Renfro sagte so ruhig, daß Newman es zum Verrücktwerden fand: »Die örtlichen Beamten würden sich in die Hosen machen, wenn sie da rein müßten.«

»Darauf wette ich«, erwiderte Gerard und hob das Sprechfunkgerät an den Mund. »Wo ist die Frau?«

Atmosphärische Störungen kamen aus dem Gerät, und dann antwortete Biggs: »Im selben Raum.« Newman neigte sich vor und spähte zu dem Lieferwagen der Installateurfirma, in dem Biggs, im Overall eines Installateurs, den Kopf senkte, um in sein Schultermikrofon zu sprechen.

Gerard nickte und sagte ins Walkie-talkie: »Okay... Ich gehe vorn rein. Biggs und Renfro, ihr kommt von hinten. Poole...«

Die »Stadtstreicherin« schaute von einem Müllsack auf und nickte kaum wahrnehmbar zu der Limousine hin.

»...gibt Rückendeckung«, fuhr Gerard fort. »Ich will, daß keiner verletzt wird. Draußen bleiben, Poole, es sei denn, wir rufen, Funk auf drei.«

Gerard steckte das Funksprechgerät in die Tasche. Er und Renfro überprüften ihre Waffen. Newman überprüfte halbherzig seine 38er-Dienstwaffe, die er erst vor einer Woche erhalten hatte, und blickte zu Gerards beeindruckender Glock 22 Kaliber 40. Er hatte die schwache Hoffnung, daß Gerard ihn bei dem Einsatz übergehen würde. »Äh... wünschen Sie, daß ich hier warte, Sir?«

Gerard blickte ihn finster an, als ärgere er sich sehr über die Frage, doch Newman bildete sich ein, einen Schimmer von Belustigung in den Augen des Marshals zu sehen. »Teufel, nein. Sie kommen mit mir, Newman. Gehen wir.«

Newman war verzweifelt. Jetzt *wußte* er, daß er zum Sterben verdammt war.

Die beiden Männer stiegen aus, näherten sich lautlos dem Haus und gingen links und rechts der Tür in Position. Gerard nickte Newman zu und zählte lautlos: *Eins, zwei, drei...*

Sie traten die Tür auf.

»Polizei!« brüllte Gerard so markerschütternd, daß Newman erschrak.

Und Newman rannte neben Gerard. Newmans Puls raste, seine Knie waren weich, und die Hand mit der Waffe zitterte, aber sie schafften es bis ins Wohnzimmer, wie es im Lehrbuch stand.

Im Bruchteil einer Sekunde erhaschte Newman eine huschende Bewegung am Ende der Diele: Copeland. Newman hatte das Gefühl, sich übergeben zu müssen.

Im nächsten Augenblick war Copeland fort, verschwunden in einem hinteren Zimmer, bevor Gerard oder Newman schießen konnten. Hinten im Haus begann eine Frau zu schreien, schrill und nervtötend. Gerard ignorierte es und wies Newman mit einer Geste an, nach links zu gehen, auf die Tür zu, die aus dem Wohnzimmer führte. Gerard lief durch die Diele zum hinteren Schlafzimmer.

Gehorsam wandte sich Newman nach links, und er betete dabei, daß Copeland Biggs und Renfro nicht sah, die draußen auf ihn warteten, und er von den beiden ohne einen Schuß festgenommen werden konnte. Newman ging weiter, immer weiter, suchte jeden Zoll des Zimmers ab, lauschte angespannt auf ein Geräusch und beruhigte sich: Es wird alles klappen. Wir sind Copeland gegenüber im Vorteil. Wir sind ausgebildete Profis. *Ich* bin ein ausgebildeter Profi. Es wird alles gutgehen...

Die Frau schrie wieder schrill. Bei dem Geräusch fuhr Newman herum, bereit, sofort zu schießen. Er riß sich zusammen, stieß die Tür auf und sah in ein kleines Schlafzimmer mit einer zweiten, geschlossenen Tür, die vermutlich zur Diele führte, und einer dritten, hinter der entweder ein anderes Schlafzimmer oder ein Badezimmer war. Er schlich darauf zu, die Waffe schußbereit in der zitternden Hand.

Das Zimmer war leer.

Die zweite Tür flog auf. Newman wirbelte herum, bereit, zu schießen, doch dann entspannte er sich, als er Gerard auf dem Flur sah.

Gerard forderte Newman mit einer Geste auf, die dritte Tür zu öffnen, und zog sich dann in die Diele zurück, um zu dem Schlafzimmer zu gehen, in dem die Frau immer noch schrie.

Newman trat die Tür auf. Sie führte in ein Badezimmer. Niemand war zu sehen. Er atmete auf und entspannte sich. Copeland war weiter hinten, wo Gerard und die anderen ihn finden würden. Er, Newman, war in Sicherheit. Mit tiefer Erleichterung wandte er sich zum Flur, und dann verharrte er, als ein unheimliches Gefühl in ihm aufstieg.

Er hatte vergessen, was man ihm während der Ausbildung eingebleut hatte. Was auch immer Sie tun, *schauen Sie hinter die offene Tür...*

Er drehte sich in dem Augenblick um, in dem Copeland aus dem Zimmer sprang. Bevor Newman zielen konnte, schlug Copeland zu. Newman sah entsetzt, daß seine Dienstwaffe durch die Luft flog, und dann packte ihn Copeland, drehte ihm die Arme hinter den Rücken, daß Newman das Gefühl hatte, sie würden ihm gebrochen, und hielt ihm ein Messer an die Kehle.

Newman schloß die Augen; ihm war zum Heulen zumute. Copeland schob ihn vorwärts und verharrte dann.

»Ich habe deinen Mann!« schrie er neben Newmans linkem Ohr. »Jetzt will ich hier raus!«

Copeland lauschte. Er hörte nichts und zog Newman rückwärts mit sich. Newman spürte kalten Stahl an der Haut. Er stolperte und blieb nur auf den Beinen, weil Copeland ihn festhielt.

Sie wichen zurück ins Wohnzimmer. Copeland schrie von neuem. »Hörst du mich? Ich sagte, ich will raus! Oder ich schneide deinem Mann die Kehle durch!« Er zerrte Newman herum, so daß sie zwischen der Türschwelle zum Schlafzimmer und dem Eingang zur Diele standen. Newman hielt die Augen geschlossen. Er hörte nichts von Gerard, nahm nur

Copelands keuchende Atemzüge wahr. Copeland war angespannt und lauschte angestrengt.

Ein Geräusch im Schlafzimmer. Newman riß die Augen auf, als Copeland ihn herumriß, und sah gerade noch, daß ein Schuh auf den Boden des Schlafzimmers prallte.

Copeland erkannte seinen Fehler zu spät. Ihm blieb nur noch Zeit zu einem Wimmern, während er wieder zur Diele herumfuhr.

Gerard feuerte aus kürzester Entfernung in Copelands Gesicht.

Newman dachte, sein Gehirn und seine Ohren wären explodiert. Das Donnern war peinigend. Die Kugel Kaliber 40 schlug durch Fleisch und Knorpel; Blut und Knochensplitter und Hirn spritzten auf Newman.

Das Messer verschwand; Copeland fiel.

Newman preßte die Hände auf die schmerzenden Ohren. Die Frau tauchte in einem schamlos aufklaffenden Bademantel hinter Gerard auf. Beim Anblick ihres toten Geliebten begann sie wieder zu schreien. Für Newman klang es sonderbar gedämpft, als höre er es aus einem Aquarium heraus.

Gerard wandte sich ihr gelassen und völlig ungerührt zu und sagte mit einer Autorität, die so unbestritten wie die Gottes war: »Halt die Klappe!«

Die Frau hielt die Klappe.

6

Als der Leichenbeschauer und andere Beamte kamen, um aufzuräumen, saß Newman im Wagen. Sein Adrenalinspiegel hatte sich normalisiert, doch die Ohren schmerzten noch. Er war überzeugt, daß sein linkes Trommelfell geplatzt war.

Gerard kam mit einem Plastikbecher Kaffee in der Hand zum Wagen. Er legte die freie Hand auf den Rahmen des offenen Fensters, neigte sich hinab und schaute sich Newman an, der sich immer noch beide Ohren zuhielt.

Newman war zornig. Gerard mochte sein Boß sein, und Newman mochte großen Respekt, ja fast Angst vor ihm haben, aber in diesem Augenblick überwogen sein Schmerz und Zorn.

»Mein Ohr...« sagte er aufgeregt und empört. »Ich kann nichts hören. Nicht zu glauben, daß Sie mir das angetan haben!«

Gerard wirkte nicht beleidigt. Ruhig fragte er: »Sie meinen, ich hätte mit ihm verhandeln sollen, nicht wahr?«

»Ja!« erwiderte Newman entschieden. »Sie hätten danebenschießen können! Sie hätten mich umbringen können!«

Gerard wandte den Blick von ihm ab und richtete sich auf. Er blickte auf das Feld, wo sich der Nebel in der Sonne aufgelöst hatte, jedoch immer noch der Tau glitzerte. Der Marshal schien über Newmans Worte nachzudenken. »Ja, Sie haben völlig recht. Ich hätte Sie treffen können.«

Newman schwieg. Er war ein wenig besänftigt. Gerard wandte sich ihm wieder zu und musterte ihn mit plötzlichem Mitgefühl.

»Wie schlimm ist das mit Ihrem Ohr?«

»Schrecklich«, sagte Newman. »Ich habe vermutlich einen bleibenden Hörschaden.«

»Lassen Sie mich mal sehen.«

Gerard stellte den Kaffeebecher aufs Wagendach und

beugte sich zum Wagenfenster. Newman nahm die Hände von den Ohren und neigte den Kopf zu Gerard hin, damit er das schmerzende Ohr betrachten konnte.

Gerard neigte sich dicht an das Ohr. Aber er spähte nicht hinein, sondern sagte laut und deutlich: »Ich verhandele nicht!«

Newman zuckte vor Schmerz zusammen und hielt die Hand aufs Ohr. Gerard zog sich zurück, nahm seinen Kaffeebecher und schlenderte davon, während Newman ihm entgeistert nachstarrte.

Biggs und Renfro gingen zum Wagen. Sie grinsten; sie hatten alles mitbekommen.

»Er mag dich«, sagte Biggs zu Newman.

»Ja«, stimmte Renfro fachmännisch zu. »In mein Ohr hat er *gebrüllt*.«

Newman erschauerte. Er lehnte sich zurück und schloß die Augen.

An diesem Morgen hatte Kimble es bis in die Chicagoer Innenstadt geschafft. Es war ein berauschendes, tröstendes Gefühl, wieder zu Hause zu sein, aber er war sich darüber im klaren, daß dieser Erfolg keine Garantie für weiteres Glück war. Als er aus dem Zug stieg, trieben Bahnpolizisten Obdachlose aus dem Bahnhof und hinaus auf die Straßen. Kimble mischte sich unter die Menge und verließ die Station La Salle Street. Er wartete in dem Gedränge der Leute, lauschte auf das Rattern von Zügen und Hochbahnen und das Dröhnen der Lautsprecher, aus denen Abfahrts- und Ankunftszeiten ertönten. Auf der anderen Straßenseite zeigte die Digitaluhr einer Bank Uhrzeit und Temperatur an. Es war 9.01 Uhr, als Kimble eine Telefonzelle betrat.

Die Empfangsdame meldete sich. Kimble fragte nach Gutherie und hielt den Atem an. Er wußte, daß er ein Risiko einging; Gutherie hatte zuvor nicht ernsthaft an seine Unschuld geglaubt, und er hatte keinen Grund, jetzt daran zu glauben. Aber es war Kimbles beste Hoffnung, und er setzte auf das Schuldgefühl, das Gutherie sichtlich gehabt hatte, weil seine Verteidigung gescheitert war. Gutherie war offenkundig schmerzlich berührt gewesen, als das Urteil verkündet worden war, und Kimble hoffte, dieses Schuldgefühl nutzen und Walter Gutherie zur Hilfe überreden zu können.

Gutherie meldete sich, und er klang leicht verärgert, weil der Anrufer seinen Namen nicht genannt hatte.

Kimble war überwältigt und fand einen Augenblick keine Worte. »Walter. Ich bin's, Richard.«

Ein paar Sekunden Stille. Dann flüsterte Gutherie: »Richard...« Und lauter: »Mein Gott, warum bist du abgehauen? Die Flucht wirkt nur wie ein Schuldbekenntnis.«

In Kimble stieg schwach die alte, vertraute Frustration auf. »Es hat mich nicht interessiert, wie es *wirkt*, Walter.«

»Sag mir, wo du bist«, sagte Gutherie hastig. »Ich werde mich mit dir treffen, damit du dich stellen kannst.«

»Ich stelle mich nicht«, entgegnete Kimble. »Ich brauche Geld.«

Gutherie schwieg. Als er wieder sprach, war sein Tonfall der eines Anwalts, der sich absichern will. »Richard, du verlangst von mir, daß ich einem verurteilten Verbrecher Zuflucht und Hilfe gewähre. Ich kann dir so nicht helfen. Ich rate dir – als Freund und als Anwalt –, dich zu stellen. Wo bist du?«

Kimble sank enttäuscht und ärgerlich gegen die Wand der Telefonzelle. Er hatte Mühe, seine Verbitterung zu verbergen. »Saint Louis.«

»Gib mir die Adresse«, sagte Gutherie. »Ich werde dorthin...«

Kimble hängte den Hörer ein.

»Zurückspulen«, sagte Gerard.

Renfro, der vor dem Tonband im Medienraum saß, drückte auf die Taste. Biggs und Poole saßen neben ihm. Newman, neben Gerard, massierte sich von Zeit zu Zeit leicht und behutsam das Ohr.

»Der Anruf kam heute morgen um neun Uhr eins«, sagte Biggs.

Poole blickte von ihm zu Gerard. »Wir haben die Polizei von Saint Louis alarmiert.«

Gerard ignorierte sie. Etwas an dem aufgezeichneten Telefonat kam ihm nicht geheuer vor. Sein Gefühl sagte ihm, daß da irgend etwas faul war.

Renfro spielte das Band noch einmal ab, und Richard Kimbles angespannte Stimme ertönte.

Walter, ich bin's, Richard.

»Die Stimmen leiser«, wies Gerard Renfro an, als Gutherie antwortete: *Richard... Mein Gott...* Im Hintergrund waren die Geräusche eines betriebsamen Bahnhofs zu hören: das Rattern von Zügen, Wortfetzen von Passanten, Klingeln und Verkehrslärm von den Straßen jenseits der Bahnstation.

Gerard neigte sich plötzlich vor. »Hört.«

»Züge«, sagte Biggs. »Verkehr.«

Gerard schüttelte den Kopf. »Mehr. Da ist eine Stimme im Hintergrund.« Er wandte sich an Renfro. »Noch einmal.«

Renfro spulte zurück, spielte es noch einmal ab und verstärkte die Hintergrundgeräusche. Ein Klingeln. Dann eine Stimme, diesmal deutlicher:

»Nächste Station Merchandise Mart...«

Renfro blickte mit großen Augen zu Gerard. »Das ist die Durchsage für eine Hochbahn.«

»Und es gibt keine Hochbahn in Saint Louis«, sagte Gerard, »Ladys und Gentlemen, Richard Kimble ist in Chicago. Poole, rufen Sie die Polizei in Saint Louis an und sagen Sie, daß Sie sich geirrt haben. Dann übermitteln Sie der hiesigen Polizei das Fahndungsfoto und lassen die Unterkünfte von Obdachlosen überprüfen. Biggs, schalten Sie die Detektive ein, die sich mit dem Fall Kimble befaßten.«

Poole und Biggs standen auf.

»Ich werden die Presseverlautbarung vorbereiten«, bot Newman an und erhob sich.

»Nein«, sagte Gerard. Die anderen starrten ihn an.

Gerard stand bedächtig auf. Er schaute jeden einzeln an, bewußt intensiv, um sie wissen zu lassen, wie ernst es ihm war, Kimble festzunehmen. »Die Presse weiß nicht, daß er lebt, und Kimble muß annehmen, daß wir ebenfalls keine Ahnung davon haben. Ich möchte, daß das möglichst lange so bleibt. Haben wir uns verstanden?«

»Perfekt«, sagte Renfro. Er und die anderen schickten sich an, den Medienraum zu verlassen.

»Newman«, sagte Gerard.

Newman wandte sich um, neugierig und besorgt zugleich.

Gerard schenkte ihm ein grimmiges Lächeln. »Gehen Sie in mein Büro und befreien Sie Dr. Kimble offiziell aus dem Fegefeuer.«

Kimble klammerte sich an seine nächstbeste Hoffnung. Zum Glück war Charlie Nichols Gewohnheitstier genug, um genau dort zu sein, wo Kimble ihn um halb zehn an einem Wochentag vermutete: in seinem exklusiven Fitneßklub am Loop. Kimble beobachtete aus einiger Entfernung, wie Nichols den Klub verließ und dem Portier im Vorbeigehen zunickte. Nichols schlug den Kragen seines Kamelhaarmantels hoch und ging zum Parkplatz. Der Griff eines Squashschlägers ragte aus seiner Sporttasche. Nichols sah wie immer aus: großartig. Gebräunt, fit, mit einem Sechzig-Dollar-Haarschnitt. Nichols stieg in seinen glänzenden Ferrari und fuhr vom Parkplatz auf die Straße.

An einer Ampel flitzte ein Schnorrer zum Wagen und wollte die Windschutzscheibe von Nichols' Ferrari putzen. Nichols, der gerade ins Autotelefon sprach, wollte ihn mit einer Geste fortscheuchen. Als das nicht gelang, schaltete er die Scheibenwischer an. Der Mann schlenderte fluchend davon.

Kimble ging zum Ferrari und spähte durch das Fenster an der Fahrerseite. Auf der anderen Seite der Scheibe verfinsterte sich Nichols Miene. Kimble las ihm von den Lippen ab, was er sagte: *Nein, nicht heute, bitte...*

Und dann spiegelte Nichols' Miene Überraschung wider, als er Kimble erkannte.

O mein Gott, Richard...

Er beendete das Telefonat und ließ die Scheibe herunter. Seine Miene zeigte jetzt Mitleid. Kimble wurde klar, wie er aussehen mußte – schlecht geschnittenes, kurzes, gefärbtes Haar, Bartstoppeln, fleckige, zerknitterte Kleidung. Ein frierender, obdachloser Penner.

»Wie geht es dir, Charlie?« fragte Kimble mit einem schwachen, verlegenen Grinsen.

Nichols war immer noch wie betäubt. »Du lebst...«

»Ja. Und ich brauche deine Hilfe.«

»Selbstverständlich«, antwortete Nichols sofort.

Kimble lächelte breit, das erste Lächeln, an das er sich seit Helens Tod erinnern konnte, und er dachte bewegt daran, wie Nichols sich im Zeugenstand bemüht hatte, ihm zu helfen. Plötzlich kam eine Erinnerung, und er fühlte sich in sein Haus versetzt, wo er sich im Badezimmer ausgezogen und Helen zugehört hatte, während sie ihre Ohrringe abgenommen und in die Schmuckschatulle auf der Frisierkommode gelegt hatte.

Er ist der falscheste und *unsicherste Mensch, den ich jemals kennengelernt habe...*

Kimble hatte Charlie sofort verteidigt und gefragt: »Wie kommst du darauf?« Er war ins Schlafzimmer gegangen, als Helen ihre Perlenkette abgelegt hatte – *diese* Perlenkette – und dann den Reißverschluß am Rücken ihres Kleides aufgezogen hatte. In diesem Moment hatte sie sich umgewandt, und das Kleid mit den Spaghettiträgern war von ihren Schultern gefallen und zu Boden gerutscht, wo es sich um ihre Knöchel gekräuselt hatte. Sie war so munter und unbeschwert gewesen; Josh hatte zu diesem Zeitpunkt noch gelebt.

Der Ferrari. Die blonden Sexbomben an seiner Seite – sie wechseln jede Woche, oder hast du das noch nicht bemerkt?

Er hatte gegrinst. *Du magst ihn nicht, weil er ein Frauenheld ist.*

Sie war aus dem Kleid herausgetreten, hatte es aufgehoben und vor ihre Brüste gehalten. *Nein. Das ist es überhaupt nicht...*

Er hatte sie neckend an sich gezogen. *Doch, das ist es. Du mißbilligst das. Du denkst, er wird einen schlechten Einfluß auf mich haben, und ich werde auch ein Frauenheld.*

Sie hatte ebenfalls gescherzt. *Das wäre unmöglich...* Und dann war sie wieder ernst geworden. *Verstehst du nicht? Ich traue einfach keinem Mann, der solche Minderwertigkeitskomplexe hat, daß er sich ständig beweisen muß. Er braucht das Geld und die Frauen und die Spielzeuge, um sich überhaupt im Spiegel anschauen zu können ...*

Kimble lächelte jetzt seinen Freund an und dachte: *Du hast dich geirrt, Helen. Gott sei Dank hast du dich geirrt.* Entschuldigend sagte er: »Ich brauche etwas Geld. Was immer du bei dir hast.«

»Selbstverständlich.« Nichols zog seine Brieftasche hervor. »Sag mir, wo du dich aufhältst. Ich werde dir mehr Geld geben. Etwas Kleidung. Nenn mir nur die Adresse...«

»Ich werde dich anrufen«, sagte Kimble.

Nichols gab ihm ein dickes Bündel Zwanziger, und Kimble steckte es ein, ohne zu zählen. Nichols schaute ins Gesicht seines Freundes auf und sagte leise: »Ich weiß, warum du zurückgekehrt bist – um ihn zu finden. Wenn ich dir helfen kann...«

Er hielt Kimble die Hand hin. Kimble ergriff sie, überrascht von ihrer Wärme und beschämt, weil seine Hand so kalt war.

»Ruf mich an«, sagte Charlie Nichols weich. »Ruf mich an...«

»Danke, Charlie.«

Nichols griff zum Rücksitz. »Du frierst, nicht wahr? Hier, nimm meinen Mantel...«

Hinter ihm ertönte die Sirene eines Streifenwagens. Kimble geriet in Panik und duckte sich in einen Durchgang. Doch als er dann ängstlich zurückspähte, hörte er den Cop rufen: »Hey, Buddy! Grün! Fahr los...«

An diesem Morgen, an dem sich Newman und Poole auf der Bahnstation umsahen und Biggs und Renfro Obdachlosenheime abklapperten, ging Gerard allein zu Kimbles Haus. Es war eine Gelegenheit, die er selten hatte – ungestört zu sehen, wo sich Kimble aufgehalten hatte, wo er geschlafen und gegessen hatte. Er hoffte dadurch einen Eindruck von dem Mann zu bekommen. Gerard wollte dabei allein sein, weil er insgeheim glaubte, es würde ihm helfen, eine geistige und gefühlsmäßige Verbindung zu dem geflüchteten Verbrecher herzustellen. Gerard hoffte, den geheimnisvollen Teil seines Verstandes zu erschließen, der *wußte*, aber nicht begründen konnte. Er sagte sich, daß Einsamkeit für seine Konzentration nötig war, doch in Wirklichkeit war sie auch nötig, weil er befürchtete, sich lächerlich zu machen.

Die meisten Möbel waren fort; die übriggebliebenen waren mit Plastikplanen verhängt. Schatten an den Wänden verrieten, wo einst Bilder gewesen waren. Der Thermostat war abgestellt, die Zimmer waren kalt und rochen muffig. Alles war mit einer dünnen Staubschicht bedeckt. Eine schöne Standuhr im Wohnzimmer schlug nicht mehr, als wäre die Zeit seit langem stehengeblieben.

Gerard ging über den Parkettboden, der nach Monaten der Vernachlässigung und den Schritten Hunderter von Polizisten, Ermittler und Fotografen stumpf geworden war. Gerard stöberte in Kisten, die mit Kimbles großer Büchersammlung gefüllt waren, und war beeindruckt: Die Auswahl reichte von medizinischen Fachbüchern über Geschichte und Philosophie bis zu Literatur. Gerard nahm einen Band mit Kurzgeschichten in die Hand und schaute auf den Einband. Das Buch öffnete sich wie von selbst in seiner Hand, als wäre eine besondere Seite oftmals aufgeschlagen worden. Der Marshal runzelte die Stirn, als er den Titel las: »Der Tote«.

Und dann ging Gerard die Treppe hinauf zum Tatort. Der mit Kreide markierte Umriß der Leiche war entfernt worden, doch bei dem mit Plastikplanen abgedeckten Bett waren dunkle Flecken von getrocknetem Blut auf dem Teppich.

Gerard spielte im Geiste die Szene nach, wie sie laut Staatsanwaltschaft abgelaufen war: Kimble fällt seine arglose Frau an und würgt sie. Sie zerkratzt ihm Gesicht und Arm, reißt sich los, rennt zum Telefon, und Kimble schießt.

Kimble hielt sie für tot. Er warf Möbelstücke um und arrangierte sorgfältig alles so, daß es nach einem Kampf aussah. Lässig ging er dann nach unten und schaute sich die Briefe an, die mit der Post gekommen waren, nahm die Wäsche aus der Waschmaschine und legte sie in den Trockner, damit man denken konnte, er wäre unerwartet zu Hause eingetroffen. Er brachte sogar eine Flasche Wein und Gläser nach oben, um den Eindruck zu erwecken, er habe einen romantischen Abend mit seiner Frau geplant. Und in dieser kurzen Zeitspanne hatte sie den Notruf 911 gewählt. Das machte Kimbles sorgfältig ausgedachten Plan zunichte. Er hatte mehr Zeit eingeplant, um alles so zu arrangieren, daß der Mord wie die Tat eines Einbrechers wirkte, der überrascht worden war. Dann hatte er selbst 911 anrufen wollen. Jetzt blieb ihm gerade noch genug Zeit, um sich herzurichten, als hätte er gekämpft, und in seiner Panik fiel ihm keine bessere Geschichte ein als die mit dem einarmigen Mann.

Als ihm klar wurde, daß die Polizei jeden Augenblick eintreffen würde, ging er schnell zu der zweiten Phase seinen Plans über: Er spielte die Rolle des kummervollen Ehemanns. Er nahm sein sterbendes Opfer in die Arme und wartete auf das Eintreffen der Cops. Dann folgte sein gewollt rührender Auftritt...

Gerard seufzte. Das Ganze klang irgendwie unglaubwürdig. Er entschloß sich, nur so zum Spaß, die Ereignisse so zu wiederholen, wie Kimble sie geschildert hatte. Er ging um das Bett herum ins Badezimmer, in dem noch Kleidungsstükke eines Mannes und einer Frau hingen. Die Frau...

Gerard schlug den Aktenordner in seinen Händen auf. Helen Kimble.

Helen hatte sich im Badezimmer entkleidet, und Richard war unten im Haus gewesen. Er ging die Treppe hinauf zum Schlafzimmer und sah eine ungeschlachte Gestalt, die sich hinter der Tür versteckte. Sie kämpften, Kimble riß dem Mann eine Armprothese ab, doch der Mann brachte sie wieder an sich und flüchtete.

Kimble wollte ihn verfolgen, wurde jedoch vom Stöhnen seiner Frau abgelenkt. Er fand sie tödlich verletzt vor, wußte, daß sie 911 angerufen hatte, versuchte ihr zu helfen, konnte es jedoch nicht und hielt sie in den Armen, als sie starb. Danach blickte er in fassungslosem Schmerz zu den Polizeibeamten auf, mit dem gleichen Ausdruck in den Augen, den Gerard auf dem Foto aus der Verbrecherkartei gesehen hatte.

»*Nein*«, sagte Gerard und schüttelte den Kopf. Er wollte keine Sekunde mehr daran glauben, daß Richard Kimbles angebliche Hölle tatsächlich existierte, er wollte nichts von der Tiefe dieses Schmerzes wissen. Kimble war schuldig, schuldig. Schließlich gab es die Aufzeichnung des Telefonats.

Er blätterte in der Akte.

Habe ich Sie richtig verstanden? Der Angreifer ist noch im Haus, Ma'am?

Er will mich töten...

Wiederholen Sie das bitte?

Richard... Er will mich töten... mein Kopf...

Völlig vernichtend. Und doch... Gerard wünschte in diesem Augenblick, die Aufzeichnung des Telefonats zu hören. Die Stimme der Frau klang vermutlich leise, kaum hörbar; es würde extrem schwierig sein, eine Tonveränderung zu erkennen.

War dies der Augenblick, in dem Kimble das Schlafzimmer betreten hatte? Galten Helens Worte ihrem Mann, *nicht* dem Polizeibeamten – wie Kimble im Prozeß behauptet hatte?

Gerard klappte den Aktenordner zu und ging nach unten.

Er setzte sich im Wohnzimmer auf die mit Plastikplanen abgedeckte Couch vor dem kalten Kamin, starrte auf die leeren Wände und versuchte sich vorzustellen, wie dieses Zimmer gewesen war, als ein Feuer im Kamin gebrannt hatte, Kinderspielsachen auf dem Boden verstreut gewesen waren und eine Frau mit weicher Stimme gesprochen hatte...

»*Nein*«, sagte Gerard und erhob sich. Er war plötzlich ärgerlich auf sich selbst. Es war eine miserable Idee gewesen, allein Kimbles Haus aufzusuchen und auch nur einen Augenblick lang an Kimbles Unschuld zu glauben. Wenn man die Distanz und das sachliche Denken des Profis verlor, vermasselte man den Fall, und Leute starben.

Ich habe meine Frau nicht ermordet.

»*Nicht mein Problem!*« sagte Gerard. Er verließ das Haus und knallte die Tür hinter sich zu.

7

Poole begleitete Gerard zu dem Gespräch mit Kimbles ehemaliger Sekretärin. Er war froh über diese Entscheidung. Poole hatte das, was Gerard als »Der Blick« bezeichnete: eine intensive Drohung im Blick, kombiniert mit einer Spur tödlicher Entschlossenheit, wie Gerard sie bei Killern gesehen hatte. *Der Blick* konnte den härtesten Verbrechern Furcht einjagen; das sollte er auch. Gerard selbst hatte *Den Blick* gepflegt und so lange angewandt, daß er ihn auch dann nicht mehr loswerden konnte, wenn er es wollte. Poole konnte das, und es überraschte Gerard immer, wie sanft und beruhigend sie wirken konnte, wenn sie das Vertrauen einer Person gewinnen wollte.

Angelica Flynn war solch eine Person. Sie war fünfundvierzig, brünett, untadelig und offenbar fähig. Sie führte Gerard und Poole durch das feudale Wartezimmer in einen der Untersuchungsräume und forderte die Besucher mit einer Geste auf, auf dem Arztstuhl und der Untersuchungsliege Platz zu nehmen. Sie lehnten ab. Das Gespräch fand im Stehen statt.

Flynn wurde sofort sehr kühl, als Gerard seine Dienstmarke zeigte; sie hielt zweifellos immer noch loyal zu Kimble. Deshalb und weil sie offenbar empfindlich war, stellte Gerard sich nur vor, hielt dann den Mund und ließ Poole das Gespräch führen. Poole verzichtete auf *Den Blick*, fand Angelica Flynns Wellenlänge und stellte die Fragen ruhig, sachlich und kompetent, wie es zu Angelica Flynns Art paßte.

Angelica Flynn erwärmte sich sofort für Poole. Ihr sommersprossiges Gesicht nahm einen bekümmerten Ausdruck an, als sie antwortete.

»Ich war zwölf Jahre die Leiterin von Dr. Kimbles Büro. Es dauerte fast ein Jahr, bis ich eine andere Stelle fand.«

Poole nickte mitfühlend. »Würden Sie sagen, daß Sie Dr. Kimble gut kannten?«

»Selbstverständlich.« Angelica Flynn wirkte peinlich berührt. »Man kann nicht zwölf Jahre lang für jemanden arbeiten, ohne *etwas* über seinen Charakter zu erfahren.«

»Wie würden Sie seinen Charakter beschreiben?«

Angelica Flynns Lächeln hatte einen Anflug von Traurigkeit. »Ein nachdenklicher, rücksichtsvoller Mensch. Er war wirklich um seine Patienten bemüht, und das merkte man.«

»Haben Sie jemals etwas aufgeschnappt, das auf ein gespanntes Verhältnis zwischen ihm und seiner Frau hinwies? Hat er jemals über sie gesprochen?« Poole fragte es vorsichtig, aber es war unmöglich, die Frage zu beschönigen, und Angelica Flynn wurde wieder kühl.

»*Natürlich* sprach er über sie. Sehr oft. Er war begeistert von ihr. Und nach Josh' Tod...«

»Josh?«

»Ihr Sohn. Als Josh starb, hatten sie nur noch sich. Sie liebten sich abgöttisch. Dr. Kimble telefonierte mit ihr in jeder freien Minute...«

»War er eifersüchtig?« fragte Gerard.

Angelica Flynn blickte ihn an und schürzte leicht verächtlich die Lippen. »Genau das sagte der Ankläger. Er versuchte, alles in etwas Häßliches zu verdrehen, suchte etwas, das einfach nicht da war. Dr. Kimble *liebte* seine Frau. Und sie liebte ihn. Sie waren einander treu, und glauben Sie mir, das ist bemerkenswert nach allem, was ich an Affären von Ehemännern und Frauen in Praxen und Krankenhäusern in dieser Stadt mitbekommen habe...«

»Wir mußten die Frage stellen«, warf Poole sanft ein, und ihr entschuldigender Tonfall besänftigte Angelica Flynn sofort. Sie nickte und blickte auf den pflaumenfarbenen Teppich. Dann verschränkte sie die Arme und sah Poole wieder an. »Ich verstehe das nicht. Warum graben Sie das alles wieder aus? Legt Dr. Kimble Revision ein? Gibt es einen neuen Prozeß?«

»Doktor Kimble ist geflüchtet«, sagte Gerard.

Angelicas Augen spiegelten Hoffnung und Besorgnis und Überraschung wider. Sie hielt kurz die Hand vor den Mund, und dann sagte sie: »Sie werden ihn niemals schnappen.«

»Warum nicht?« fragte Poole.

»Weil er intelligent ist.«

»Wir sind nicht so dumm, wie wir aussehen«, konterte Gerard.

Sie blickte ihn geringschätzig an und wandte sich dann an Poole.

»Er ist auch entschlossen. Wenn er sich etwas in den Kopf gesetzt hat, dann führt er es auch durch.« Sie schwieg kurz und fügte dann leidenschaftlich hinzu: »Ich bin froh, daß er aus dem Gefängnis raus ist. Er verdient es nicht, dort zu sein. Er ist ein guter Mann.«

Eine Spur von *Dem Blick* schimmerte in Pooles Augen. »Miss Flynn, der Mann ist ein verurteilter Mörder.«

Angelica Flynn richtete sich zu ihrer vollen Größe auf. »Ich kann das nicht akzeptieren.«

»Würden Sie ihm helfen, wenn er Sie um Hilfe bittet?« fragte Gerard.

Sie zögerte und wich seinem Blick aus, damit er nicht die Antwort in ihren Augen lesen konnte. Schließlich sagte sie: »Er würde mich nicht um Hilfe bitten.«

Gerard konnte sich einer gewissen Ironie nicht enthalten. »Sie sind sich dessen anscheinend sehr sicher.«

Sie schaute ihm in die Augen, und ihr Blick war so hart und unnachgiebig wie seiner. Gerard war beeindruckt. »Er würde mich oder sonst jemanden nicht in Schwierigkeiten bringen«, sagte Angelica Flynn. »Entweder schafft er es allein oder er scheitert. Das ist einfach seine Art.«

Im Umkleideraum der Chirurgen des Chicago Memorial Hospital, der sich gleich neben dem OP befand, zog Dr. Jacob Roberts seinen hellblauen Kittel aus und setzte sich schwerfällig auf die Polsterbank. Seine massige Brust und der Bauch bildeten drei dicke, blasse Falten.

Gerard und Biggs warteten höflich in einiger Entfernung. Roberts hatte kein enges Verhältnis mit Kimble gehabt – er war kein Freund gewesen. Er hatte jedoch lange genug mit Kimble zusammengearbeitet und konnte vielleicht einige brauchbare Informationen geben. Und Gerard wollte etwas von jemanden hören, der Kimble nicht sofort verteidigte. Laut Angelica Flynn hatte Kimble einst Roberts irgendeine Auszeichnung vor der Nase weggeschnappt, und Roberts hegte immer noch Groll.

Roberts knüllte den Kittel zusammen und warf ihn in den Wäschekorb. »Wieviel ich über Richard Kimble weiß?« Roberts wirkte erschöpft; Gerard nahm an, daß der Arzt die ganze Nacht im OP gewesen war.

»Das ist unsere Frage an Sie, Sir«, erwiderte Gerard. »Wenn Sie etwas wissen, das Ihrer Ansicht nach hilfreich bei unseren Ermittlungen sein kann...«

»Kimble war als junger Kerl bei der Navy«, sagte Roberts und rieb sich übers Gesicht. Die Feststellung endete mit einem Gähnen. »Wußten Sie das?«

»Zwei Jahre war er bei der Navy, und dann machte er sein Medizinstudium«, sagte Biggs.

Roberts lächelte matt. »Ich hörte, daß er am Staudamm ins Wasser sprang. Hätte Ihnen sagen können, daß er nicht tot ist. Er war ein höllisch guter Schwimmer.«

»Im Schwimmteam der Uni«, sagte Biggs.

»Ich lachte mich schief, als ich die Story von seiner Flucht hörte. Das ist typisch Richard...«

Gerard neigte sich plötzlich angespannt vor und sah Roberts in die Augen. »Halten Sie ihn für schuldig?«

Roberts zuckte die Achseln und wich Gerards Blick aus. »Ich weiß es nicht.« Er seufzte. »Aber ich *weiß*, daß Richard Kimble ein gerissener, kalter Hurensohn ist. Wenn er sich entschlossen hatte, sie umzubringen... dann brachte er sie zweifellos um.«

Gerard richtete sich auf. »Danke, Dr. Roberts. Wenn Sie etwas von Doktor Kimble hören...«

Roberts lachte laut. »Oh, ich werde nichts von ihm hören. Keine Sorge. Er ist zu verdammt stur, um *mich* um Hilfe zu bitten...«

»An wen würde er sich wenden?«

»An keinen, wenn er es vermeiden kann.« Roberts lehnte seine Massen gegen die Wand und blickte nachdenklich wie in weite Ferne. »Aber wenn er es nicht allein schafft und unbedingt Hilfe braucht...« Er schaute Gerard an. »An Ihrer Stelle würde ich mit Charlie Nichols reden.«

Trotz seiner verknitterten Kleidung fiel Kimble in der Eingangshalle des Cook County Hospital nicht auf. Er strahlte die Autorität von jemand aus, der es gewohnt ist, über Flure von Krankenhäusern zu gehen. Er prägte sich sorgfältig die Sicherheitsmaßnahmen ein und verweilte gerade lange genug bei der Hinweistafel in der Nähe der Aufzüge, um sich zu vergewissern, daß die Abteilung noch dort war, wo sie vor Jahren gewesen war, als er hier als Assistenzarzt gearbeitet hatte.

Am Beginn des Flurs, den er betrat, verharrte er und schaute auf das Schild an der Wand.

NOTAUFNAHME

ORTHOPÄDISCHE KLINIK

Vor seinem geistigen Auge blitzte ein Bild auf. Er sah sich, wie er entsetzt auf den Arm starrte, der außer Drähten und Elektroden hohl war, und wie er dann aufblickte in das verzerrte Gesicht von Helens Mörder...

Kimble ging den Flur entlang, fand das Wartezimmer und setzte sich hin. Er nahm ein *People Magazine* vom Tisch und spähte darüber hinweg zu seinem Ziel auf der anderen Seite der Glaswand – ein Computerraum und die Aktenzimmer. In Kimbles Nähe saß ein Patient, der eine Armprothese auf dem Schoß liegen hatte. Der Mann lächelte Kimble an.

»Guten Morgen.«

»Guten Morgen«, erwiderte Kimble und tat, als lese er wieder in der Zeitschrift, aber er sah aus dem Augenwinkel, daß der Mann ihn musterte, als versuche er, das Rätsel zu lösen, warum ein körperlich Unversehrter hierhergekommen war.

Kimble legte die Zeitschrift hin und ging.

Er verließ das Krankenhaus nicht, sondern nahm sofort seinen nächsten Schritt in Angriff. Seit seiner Flucht hatte er viel Zeit gehabt, seinen Plan bis ins Detail auszuarbeiten. Nicht alles hatte so gut geklappt, wie er erhofft hatte – Gutherie war eine große Enttäuschung gewesen –, aber Nichols hatte ihm das Geld gegeben, was den Rest des Plans ermöglichte.

Kimble fand den Weg zur Hausverwaltung und zwängte sich an dem Krankenhauspersonal vorbei, das herauskam. Er ging an Spinden, Regalen und gestapelten Kisten mit Reinigungsmitteln vorbei und blieb vor dem Schwarzen Brett stehen, auf dem die Arbeitspläne, Urlaubszeiten und Spindnummern standen. Ein Bleistift baumelte an einer schmutzigen Schnur vom Schwarzen Brett. Kimble blickte verstohlen über die Schulter, löschte ein paar Eintragungen und fügte einiges hinzu, was strategisch wichtig war. Er brauchte nur ein paar Tage...

Hinter ihm schlug eine Spindtür zu, Kimble wandte den Kopf und sah, daß einer der Angestellten der Hausverwaltung zu den Duschen davonschlenderte. Sein Spind blieb einen Spalt offen. Der Mann hatte die Tür nicht abgeschlossen, sondern nur zugeworfen. Ein Stück seines Hemdes mit einem angehefteten Ausweis samt Lichtbild lugte hervor.

Diese Gelegenheit konnte er sich nicht entgehen lassen. Mit einem Blick über die Schulter vergewisserte er sich, daß der Raum leer war, und zog das Hemd und den Ausweis aus dem Spind.

Straftat Nummer sechs.

Kimble verließ das Krankenhaus, ging zu einem Secondhandshop der Heilsarmee und kaufte Kleidung, wie er sie bei den Angestellten der Hausverwaltung gesehen hatte: eine grüne Hose, passend zum Hemd, und Arbeitsschuhe. Als er den Laden verließ, bemerkte er einen handgeschriebenen Zettel an einer Wand, auf dem eine Mietwohnung angeboten wurde, und er steckte den Zettel ein.

Als nächstes ging er zu einem Fotoautomaten vor einem Warenhaus. Dann machte er sich auf den Weg zu der Adresse, die auf dem Zettel stand, und gelangte zu einem vierstökkigen Mietshaus in einer Straße, die von Mülltonnen gesäumt war.

Ein Teenager mit Punkfrisur und einem Ring in der Nase öffnete. Beim Anblick von Kimble wandte er sich um und rief nach seiner Großmutter. Es war eine betagte Polin, deren Strümpfe bis zu den Schienbeinen hinuntergerollt waren.

Das Zimmer im Souterrain war kalt und schmuddelig, aber billig, und die alte Hauswirtin steckte Kimbles Geld ein, ohne Fragen zu stellen. Er setzte sich aufs Bett, schnitt mit der gestohlenen Schere sein Foto aus und schob es anstelle des anderen Lichtbilds in die Plastikhülle des Ausweises, den er im Krankenhaus gestohlen hatte.

Und dann erlaubte er sich ein Nickerchen, um sich nach der langen Flucht und einer schlaflosen Nacht im Zug zu erholen. Er träumte wieder von jenem schockierenden Augenblick, in dem er plötzlich den Arm des Mörders in der Hand gehalten hatte.

Kimble warf die Prothese beiseite und griff wieder nach dem schwer zu fassenden Mörder. Der Mann drehte sich, und diesmal riß der andere Arm ab und war so hohl wie der erste... und dann riß Kimble ein Bein ab und den Kopf des Mannes... bis er schließlich vor einem Haufen leerer Körperteile stand.

Und der abgerissene Kopf des Mörders begann zu lachen...

Kimble erwachte mit einem Schaudern und erhob sich, obwohl er nur ein paar Minuten geschlafen hatte.

Gerard fuhr mit Biggs zum Chicago Memorial Hospital, wo sie auf den Verwaltungschef der Pathologie, Dr. Charles Nichols, warteten. Laut Angelica Flynn und Jacob Roberts sollte Nichols einer von Kimbles engsten Freunden sein. Das war er wohl tatsächlich, denn als er am Schreibtisch seiner Sekretärin vorbei zu seinem Büro schritt und die beiden im Vorzimmer wartenden Männer sah, musterte er sie mit der gleichen Abneigung, die Gerard bei Angelica Flynn gespürt hatte.

Er führte sie in sein Büro.

»Nehmen Sie Platz«, sagte Nichols, als Gerard und Biggs sich vorgestellt hatten, und wies auf zwei Sessel. Er reichte den Beamten nicht die Hand, sondern schloß die Tür hinter ihnen, entledigte sich des weißen Laborkittels und zog das schwarze Jackett an, das an der Garderobe neben der Tür hing. Nichols wirkte ärgerlich, aber überhaupt nicht nervös.

Die beiden Marshals setzten sich nicht. Nichols wiederholte sein Angebot nicht, sondern ging hinter seinen glänzend polierten, übergroßen Schreibtisch und musterte die beiden Besucher mit leicht zusammengekniffenen Augen. Alles an Nichols wirkte ein wenig übertrieben; er war einfach ein bißchen zu schön, zu gut gekleidet, zu protzig mit seiner diamantbesetzten Rolex und dem goldenen Siegelring. Seine Zähne waren zu weiß, und seine Haut war zu gebräunt, besonders für diese Jahreszeit. Gerard mochte ihn überhaupt nicht.

Es überraschte ihn, daß Richard Kimble so unsympathische Freunde hatte.

Biggs wollte etwas sagen, doch Nichols ließ ihn nicht zu Wort kommen.

»Ich nehme an, dies hat etwas mit Richard Kimble zu tun.«

»Wie kommen Sie darauf?« fragte Gerard.

»Weil ich ihn vor zwei Tagen sah.«

Biggs starrte ihn überrascht an, als hätte Nichols ihn soeben gebissen. Gerard neigte sich langsam vor, kaum wahrnehmbar, und taxierte Nichols wie ein Löwe sein Opfer. Nichols log natürlich – vor zwei Tagen hatte Kimble noch Fußfesseln getragen –, und er tat es so gelassen und dreist, daß Gerard ihn noch unsympathischer fand.

»Er stoppte meinen Wagen. Ich gab Richard Kimble etwas Geld – was ich bei mir hatte«, sagte Nichols ruhig, »und ich sprach nur kurz mit ihm.«

»Wo war das?« fragte Gerard.

»Bei unserem Squash...«, Nichols korrigierte sich, » – *meinem* Squashklub. Ich erinnere mich nicht an die genaue Adresse, aber meine Sekretärin kann sie Ihnen aufschreiben.«

»Hat Kimble Sie um Hilfe gebeten?« Gerard begann unruhig im Büro auf und ab zu gehen. Er nahm die Besonderheiten in sich auf. Es gab nur wenige. Das Büro war zu steril, wie aus einer Anzeige in einem Magazin für Innenausstattung. Zu schön, wie Nichols. Gerard blickte auf das silbern gerahmte Foto auf Nichols' Schreibtisch. Er sah eine Blondine, Typ Model, schlank und schön – passend zu Nichols. Passend zu diesem Büro.

»*Ich* bot ihm Hilfe an«, sagte Nichols ziemlich selbstgerecht. »Er hätte nicht darum gebeten.«

Gerard und Biggs tauschten einen Blick; diese Äußerung klang wahr, weil sie Miss Flynns Worte bestätigte. Gerard bezweifelte, daß Nichols' andere Äußerungen der Wahrheit entsprachen. »Was hat Kimble Ihrer Ansicht nach bewogen, nach Chicago zurückzukehren?«

»Er hat es mir nicht gesagt.«

Biggs und Gerard schauten sich kurz mit schlecht verborgenem Ärger an. »Das habe ich Sie nicht gefragt«, sagte Gerard. Er wandte sich von einem gerahmten, vergilbten Foto an der Wand ab, das Richard Kimble und Charles Nichols in viel jüngeren Jahren zeigte. Unter dem Foto stand: Cook County Medical, Assistenzärzte, 1975. »Ich bin sicher, er wollte nicht, daß Sie für ihn lügen müssen. Wenn Sie wirklich sein Freund sind, werden Sie uns helfen, ihn unversehrt festzunehmen.«

Gerard schlenderte zu einem Bücherregal und betrachtete eine Gruppe gerahmter Fotos, und sein Blick verharrte auf einer jüngeren Aufnahme, die Nichols zeigte, der stolz neben einem glänzenden Ferrari stand.

»Warum?« fragte Nichols spöttisch. »Damit er ins Gefängnis zurückkehren kann? Wenn Sie Hilfe wünschen, Gentlemen, sind Sie bei mir an der falschen Adresse.«

Gerard fixierte Nichols mit *Dem Blick* und sagte in trügerisch sanftem, höflichem Ton: »Doktor... Im vergangenen Jahr führte das Büro des Marshal elftausenddrei Haftbefehle durch. Zehntausendeinhundertzweiundsiebzig Personen wurden festgenommen. Achtundzwanzig andere jedoch *dachten*, sie wären schlauer als wir. Sie sind jetzt tot.« Er legte eine Pause ein, um die Worte wirken zu lassen. Dann nickte er Richtung Foto und fügte hinzu: »Schöner Wagen.«

Er ging mit Biggs fort und wußte, daß seine Worte nicht das geringste ändern würden. Kimble würde wieder Kontakt mit Nichols aufnehmen, und Nichols würde ihm helfen.

Was die Marshals geradewegs zu Kimble führen würde, ob Nichols das wußte oder nicht.

Auf dem Flur wandte sich Gerard an Biggs. »Beschatten.«

Kimble trat den Dienst im Krankenhaus genau zu der Zeit an, die er auf den Arbeitsplan der Hausverwaltung geschrieben hatte: zur Abendschicht. Er fühlte sich in der Nacht irgendwie sicherer, weil weniger Personal im Krankenhaus war. Er fand Schrubber, Putzlappen und Eimer und machte sich daran, auf dem Flur aufzuwischen, der vor einer Tür mit der Aufschrift »Orthopädische Klinik« endete.

Er arbeitete sich auf die Tür zu und hielt wachsam nach Betrieb Ausschau. Alles totenstill...

... bis er Schritte hinter sich hörte. Er wandte den Kopf und sah eine Ärztin in weißem Kittel, die auf dem nassen Boden ausrutschte, das Gleichgewicht wiederfand und ihn verwundert und mißbilligend anschaute.

»Wo ist Rudy?«

Kimble senkte den Kopf. »Es hieß, er ist krank.«

Die junge Ärztin mit dem kastanienbraunen Haar schaute über den Gang und blickte immer noch tadelnd. »Hat man Ihnen nicht gesagt, daß Sie das Schild aufstellen müssen?«

»Äh...« Kimble schüttelte den Kopf und versuchte weiterhin, sein Gesicht von ihr abgewandt zu halten. »Nein. Das hat man mir nicht gesagt.«

Sie bedachte ihn mit einem finsteren Blick und ging weiter. »Stellen Sie das Schild auf, bevor jemand auf dem nassen Boden zu Schaden kommt.« Dann öffnete sie einen Aktenordner, und war sofort vertieft in das, was sie las.

»Arschloch«, murmelte Kimble. Und er bereute es sofort. Die Frau war nicht so unverschämt gewesen, aber seine Nerven waren angespannt, und die Beschimpfung half ihm, etwas von der aufgestauten Spannung loszuwerden.

Sie blieb abrupt stehen, versteifte sich, blickte über die Schulter und sah ihn pikiert an. »*Was* haben Sie gesagt?«

»Nichts.« Kimble begann heftig zu schrubben.

Sie starrte ihn noch einen Augenblick lang an, bevor sie sich abwandte und davonschritt.

Kimble wartete, bis sie außer Sicht war. Dann stellte er den Schrubber an die Wand und betrat das Labor. Armprothesen, Handprothesen und Beinprothesen hingen von der Decke in dem schwach beleuchteten Raum. Auf den Arbeitstischen lagen Drähte, Material und elektronische Ausrüstung. Kimble ging durch das Labor in einen Bürotrakt, passierte einen Computerraum und gelangte zu den Räumen, in denen die Akten lagerten. Er wollte gerade die Tür zu den Aktenräumen öffnen, als eine Frauenstimme hinter ihm ertönte. »Hey, Ricky... Warst du nicht gerade schon mal hier?«

Kimble wandte sich um und versuchte, nicht nervös zu wirken. Er sah eine der Technikerinnen, eine große Frau mit Brille, die eine halbfertige Armprothese in der Hand hielt.

Die Frau sah ihn überrascht an: »Verzeihung. Ich hielt Sie für Ricky.«

»Ich muß die Rollos im Büro säubern. Soll ich warten, bis Sie fertig sind?«

»Nicht nötig...« Sie wies auf den künstlichen Arm. »Ein Patient kommt in ein paar Tagen zum Anpassen, und ich muß fertig werden. Ich bin die ganze Nacht hier. Sie werden mich nicht stören.«

Sie kehrte zu ihrem Arbeitsplatz zurück, setzte einen Kopfhörer auf, nickte zu dem Beat, der daraus ertönte, und summte leise, während sie einen Teil der Armprothese anstrich.

Kimble behielt die Technikerin im Auge und tat so, als ob er die Rollos putzte. Er arbeitete sich absichtlich auf die Aktenzimmer zu, und nachdem er sich vergewissert hatte, daß die Frau noch in ihre Arbeit vertieft war, schlüpfte er in den Trakt, in dem die Akten aufbewahrt wurden.

Er öffnete leise die Schubladen von Aktenschränken, bis er in einer Schublade fand, was er brauchte: Fotos von Krankheitsfällen mit dem jeweiligen Datum. Er nahm keine Krankenberichte; davon gab es Hunderte, und es würde Wochen dauern, bis er darin den Mann finden würde, den er suchte. Kimble wollte etwas anderes haben – etwas, das er nur erkennen würde, wenn er es fand.

Auf dem Regal über den Aktenschränken sah er ein Handbuch über die Arbeiten der orthopädischen Klinik. Er legte es mitsamt den Akten in einen Papierkorb.

Plötzlich hatte Kimble das unheimliche Gefühl, daß er beobachtet wurde. Sein Puls beschleunigte sich. Er neigte sich über den Papierkorb und tat so, als suche er etwas.

»Haben Sie was verloren?«

Er wandte sich um und sah die Technikerin. »Ja. Ich habe meinen Putzlappen fallen lassen.« Er wühlte noch ein wenig in dem Papierkorb herum und tat so, als entdecke er den Lappen, der dort lag, wo er ihn fallen gelassen hatte – neben dem Papierkorb. »Hier ist er.« Er richtete sich auf, zeigte der Technikerin den Putzlappen und hoffte, daß seine Hand nicht zitterte.

Sie bemerkte seine Nervosität anscheinend nicht. »Mögen Sie Chili? Ich habe drüben einen Topf Chili. Wirklich scharfen.«

Kimble entspannte sich. »Danke, aber ich möchte keinen...«

Sie zuckte mit den Schultern. »Nun, bedienen Sie sich, wenn Sie Hunger bekommen.«

Auf dem Flur nahm Kimble die Akten und das Handbuch aus dem Papierkorb, schob sie unter den Hosenbund und zog das Jackett darüber. Er trug Schrubber, Eimer und Putzlappen zurück zu dem Schrank, aus dem er sie genommen hatte, und eilte zu den Aufzügen. Während er wartete, rückte er die Akten zurecht, die sich unter seinem Jackett verschoben hatten.

Als sich die Aufzugtür öffnete, spürte er jemanden hinter sich. Er wandte den Kopf und sah die junge Ärztin, die zuvor auf dem nassen Boden ausgerutscht war. Als sie zusammen den Lift betraten, erhaschte Kimble einen Blick auf den Namen, der auf dem Schildchen stand, das an ihren Kittel geheftet war: Anne Eastman.

Kimble schob sich auf die andere Seite der Kabine und hoffte, daß Anne Eastman zu sehr in Gedanken war, um Notiz von ihm zu nehmen. Es war schlimm genug, daß sie einmal mit ihm gesprochen hatte. Nach einer zweiten Unterhaltung würde sie sich bestimmt gut genug an ihn erinnern und ihn beschreiben können.

Ein paar Sekunden herrschte Schweigen. Dann wurde Kimbles Hoffnung zunichte gemacht, denn Anne Eastman sagte: »Hey, wie geht es Ihnen?« Ihr Tonfall war freundlich, sogar herzlich, ganz anders als zuvor. Kimble verstand. Er hatte sie zur Notaufnahme gehen sehen, wo sie vermutlich arbeitete – kein leichter Schichtdienst. Der Versuch, Leben zu retten – was manchmal nicht gelang –, strapazierte die Nerven. Sie hatte vielleicht erkannt, daß sie ihn angeschnauzt hatte, und bemühte sich jetzt, nett zu ihm zu sein, um es wiedergutzumachen.

Er konnte sich ihre Freundlichkeit, ihre Freundschaft nicht erlauben, obwohl ihm bei ihren Worten klar wurde, wie verzweifelt einsam er war. Eine Unterhaltung war für sie beide riskant; Anne Eastman konnte in seine Schwierigkeiten hineingezogen werden. So wich er ihrem Blick aus, starrte auf die Anzeigetafel und sagte kurz angebunden: »Gut.«

»Haben Sie das Schild gefunden?« Ihr Tonfall war scherzhaft; sie tadelte ihn nicht, sondern erinnerte ihn nur.

Kimble mußte unwillkürlich lächeln. Er schaute sie kurz an. »Ja, das habe ich.«

Sie schürzte die Lippen. »Sie haben mich als Arschloch bezeichnet.«

Kimble stieg das Blut in die Wangen. »Verzeihung: Ich hatte eine schlechte Schicht.«

»Da waren Sie nicht der einzige«, sagte Anne Eastman und lachte leise. Kimble lächelte. Er bedauerte, daß er es sich nicht leisten konnte, diese Frau näher kennenzulernen. Etwas an ihrer Art erinnerte ihn an Kathy Wahlund – und an ihn selbst, wie er überrascht erkannte.

Der Lift hielt und öffnete sich im Erdgeschoß. Kimble verließ die Kabine, und Anne Eastman ging mit ihm.

»Sie haben auch in anderen Krankenhäusern gearbeitet?« fragte sie.

Er fühlte sich hin und her gerissen; er wollte mit ihr reden, wünschte sich das Vergnügen einer Unterhaltung mit ihr, aber er wußte, daß er nie wieder mit ihr sprechen und sie nie wiedersehen durfte. Er mußte das Gespräch so schnell wie möglich beenden. »In vielen, im Laufe der Jahre«, antwortete er. »Hier war ich vor langer Zeit. Hat sich nicht viel verändert.«

Kimble bog in einen anderen Flur ein und gab ihr damit zu verstehen, daß ihre Unterhaltung beendet war. Anne Eastman wirkte ein wenig enttäuscht. Sie schaute ihm nach. »Kann man wohl sagen. Bis dann!«

Als Kimble das Krankenhaus verließ, drückte ihm jemand einen Zettel in die Hand und murmelte etwas von Gesundheitsseminaren des Krankenhauses. Er dachte sich nichts dabei, faltete den Reklamezettel, steckte ihn in die Jackentasche und ging einsam in die Dunkelheit hinaus.

Kimble kehrte in sein Zimmer im Kellergeschoß des Mietshauses zurück. Die nächsten Stunden verbrachte er mit dem Sichten der Fotos von Prothesen. Er machte sich Notizen über das Zubehör, über Verbindungsstücke, Elektronik und über alle Details, die ihn zu Helens Mörder führen würden. Er wußte, daß er nicht jede einzelne Akte durchgehen konnte, die seit der Eröffnung der orthopädischen Klinik angelegt worden war – das waren zu viele. Er wollte sich mit der Terminologie vertraut machen, herausfinden, wie die Klinik ihre Daten zusammenstellte, und dann den besten Weg finden, wie er die Suche eingrenzen konnte. Wenn er an den Computer herankam, blieb ihm nicht viel Zeit. Er mußte vorher genau wissen, wonach er suchte.

Sein Gefühl sagte ihm, daß in diesen Fotos ein Schlüssel verborgen war – etwas, das halb vergessen tief in seiner Erinnerung ruhte und ihm helfen würde, den Mörder zu entdecken; ein Schlüssel, der irgendwo in den hunderten Fotos zu finden war.

Er vertiefte sich bis zum späten Nachmittag in die Fotos.

Dann war er erschöpft, und seine Augen waren überanstrengt.

Er erhob sich, achtete darauf, daß er die Fotos nicht verschob, die er auf dem Boden und dem Bett ausgelegt hatte, und ging zum Waschbecken, um einen Waschlappen mit kaltem Wasser zu tränken. Dann kehrte er zum Bett zurück, legte sich inmitten der Fotos hin und hielt sich den kalten, nassen Waschlappen aufs Gesicht.

Er hatte immer noch das Gefühl, daß ihm irgend etwas entging, das in seiner Erinnerung verborgen war. Aber es fiel ihm nicht ein, so sehr er auch grübelte. Schließlich gab er auf und ließ sich treiben.

In der kalten, feuchten Dunkelheit entschwand die Gegenwart, und er war wieder in seinem Haus und packte etwas, das zu kalt und zu unnachgiebig für einen menschlichen Arm war...

Sein Puls raste, als er nach der flüchtenden Gestalt griff. Er packte den Arm. Riß daran. Verdrehte ihn in wildem Zorn und so kräftig, daß ein Menschenarm vielleicht gebrochen wäre. Plötzlich spürte er keinen Widerstand mehr. Der Arm löste sich aus dem Ärmel des Mannes. Im Halbdunkel verzerrte sich das Gesicht des Mannes vor Schmerz.

Kimble starrte wie betäubt auf den Arm in seinen Händen...

Er atmete schneller unter dem feuchten Lappen.

Kimble hatte sich zuvor nicht erinnert, daß der Mann Schmerzen gehabt hatte; er war zu benommen gewesen, um es zu bemerken. Vielleicht gab es andere Dinge, die ihm einfielen und bei der Suche halfen, wenn er sie sich nur in Erinnerung rufen konnte...

Noch einmal.

Die Berührung des kalten, falschen Arms. Kimble zerrte daran. Härter. Verdrehte ihn ruckartig. Spürte, daß etwas riß, sich löste. Hielt den Arm in der Hand. Der Mann reagierte mit Schmerz. Starrte Kimble entsetzt an und rannte zur Treppe.

Dann ertönte Helens Stimme, stoppte Kimble, aber er zwang sich jetzt, nicht an den Klang ihrer Stimme zu denken, um sich an die Schritte des einarmigen Mannes zu erinnern, der die Treppe hinunterflüchtete, unten die Tür aufriß und dann zuknallte...

Kimble setzte sich auf und nahm den feuchten Waschlappen vom Gesicht.

Draußen vor dem Mietshaus war eine Wagentür zugeschlagen. Auf dem Bürgersteig näherten sich schnelle Schritte. Kimble eilte zum Fenster des Souterrainzimmers.

Als erstes nahm er in Augenhöhe die Autoreifen wahr. Er hob den Blick und sah, daß sie zu einem Streifenwagen gehörten, der mit offenen Türen und laufendem Motor vor dem Mietshaus parkte.

Kimble sackte zusammen, als hätte er einen Tritt gegen die Brust bekommen, und prallte zurück. Instinktiv warf er sich herum und hetzte zur Hintertür. Er hätte sie fast aufgerissen, doch er sah gerade noch durch die schmutzige Scheibe die Cops, die auf dem Hinterhof warteten.

Er rannte zum vorderen Fenster und sah die Polizisten, die sich auf dem Bürgersteig sammelten, um das Haus zu stürmen. Er ging hilflos im Zimmer herum, immer im Kreis, und seine Brust hob und senkte sich unter keuchenden Atemzügen. Diesmal gab es kein Gitter, keine Kanäle, die in die Freiheit führten. Alle Ausgänge führten zur Polizei.

Es blieb ihm nichts anderes übrig, als zu warten. In seiner Panik und Benommenheit fragte sich Kimble, ob sie ihn erschießen würden. Er war unbewaffnet, aber das konnte die Polizei nicht wissen. Vielleicht würden sie nicht schießen, wenn er sich nicht bewegte.

Und dann kam ihm in den Sinn, daß er sich vielleicht bewegen *sollte*. Wenn sie ihn ins Gefängnis zurückbrachten, würde er nie in der Lage sein, den einarmigen Mann zu finden. Und er war jetzt so nahe dran...

Kimble wußte nicht, was er tun sollte. Kalter Schweiß brach ihm aus, während er beobachtete, wie die Polizisten ins Haus stürmten.

Aber die Cops kamen nicht die Kellertreppe herab, um die Tür seines Zimmers einzutreten, sondern ihre Schritte hämmerten die Treppe hinauf zu einer oberen Wohnung.

Kimble lachte auf, ein schrecklicher, gequälter Laut ohne jegliche Freude. Die Cops irrten sich in der Wohnung. Vielleicht konnte er sich an ihnen vorbeimogeln...

Er hörte sie oben rufen.

Sie hämmerten gegen die Tür der oberen Wohnung. Jemand öffnete.

Kimble nahm aus dem Augenwinkel Bewegung jenseits der Hintertür wahr. Er sah, daß der Enkel der Hauswirtin auf den Hinterhof hinausstürzte – und zurückprallte, als er die Cops sah, sich herumwarf und auf die Tür von Kimbles Souterrainzimmer zuhetzte.

Kimble wich zurück, als der Teenager die Tür erreichte, doch der Junge wurde von einem Cop gepackt und zurückgerissen.

Kimble zog sich ungesehen zurück und lauschte auf die Geräusche. Ein Handgemenge und die schrille, weinerlich klingende Stimme des jungen Mannes. Kimble folgte den Geräuschen bis zum vorderen Fenster und sah, daß die Polizisten, gefolgt von der weinenden Hauswirtin, den Punk aus dem Haus führten und in einen Streifenwagen schoben.

Kimble lehnte sich zitternd gegen die kalte, feuchte Wand und schloß die Augen.

8

»Erzählen Sie mir von dem einarmigen Mann«, sagte Gerard. Er saß in seinem Büro und betrachtete die Detectives Kelly und Rosetti, die beiden Männer, die Richard Kimble in der Nacht der Ermordung seiner Frau verhört hatten. Renfro und Biggs standen dabei und hörten zu. Bislang war die Befragung in freundschaftlichem Ton verlaufen. Gerard hatte das Fragenstellen hauptsächliche seinen Deputies überlassen, damit Rosetti und Kelly sich nicht unter Druck gesetzt fühlten.

Renfro: *Hat es bei ihren ursprünglichen Ermittlungen etwas gegeben, das Sie auf den Gedanken brachte, Kimble würde wieder nach Chicago zurückkehren?*

Rosetti: *Auf jeden Fall hat der Mann Freunde hier.*

Gerard hatte zugehört und beobachtet. Kellys nach hinten gekämmtes Haar war etwas wirr. Im Neonlicht glänzten auf seiner geröteten Wange einige Bartstoppeln, die er beim morgendlichen Rasieren übersehen hatte. Sein Hemdkragen war offen, und er hatte seine Krawatte gelockert. Gerard fragte sich, ob der Mann seine Arbeit ebenso nachlässig verrichtete. Rosetti sah ordentlicher aus, aber er wirkte gleichgültig und nichtssagend; wahrscheinlich ließ er sich leicht von Kelly beeinflussen.

Biggs: *Wie sieht es mit Freundinnen aus?*

Kelly: *Davon ist uns nichts bekannt.*

Schließlich hatte Gerard es nicht länger ausgehalten und die Bombe platzen lassen: Was war mit dem einarmigen Mann? Kelly und Rosetti warfen sich einen Blick zu. Rosetti gluckste.

»Na schön. Haben Sie schon mal vor einem Schlachthof gestanden, wenn der Wind in ihre Richtung bläst?« fragte Kelly mit einem selbstgefälligen Grinsen, das Gerard überhaupt nicht gefiel. »Dort waren wir nämlich, als Richard Kimble uns diese Geschichte erzählt hat.«

»In Ihren Unterlagen findet sich keinerlei Hinweis auf Ermittlungen in dieser Richtung«, konterte Gerard ungerührt. Jetzt erst erwähnte er den wahren Grund des Gespräches.

Kellys unbekümmerte Miene verfinsterte sich leicht. »Es gab keine Fakten, die dafür gesprochen hätten. Seine Verteidiger haben angeblich mit über zweihundert Amputierten Kontakt aufgenommen. Sie haben niemanden gefunden.«

Gerard beugte sich etwas nach vorne und sah Kelly ins Gesicht. »Wollen Sie damit sagen, daß es Ihnen selbst nie in den Sinn gekommen ist, die Geschichte zu überprüfen?

Der Detective rutschte auf seinem Stuhl hin und her. Seine Stimme klang plötzlich abwehrend. »Nein, denn es gab nicht den geringsten Beweis, der die Theorie mit dem einarmigen Mann gestützt hätte. Alles deutete auf Kimble hin.«

»Ich danke Ihnen beiden«, sagte Gerard mit einer betonten Höflichkeit, die seinen Ärger kaum verbarg. »Wir lassen Sie rufen, falls wir weitere Informationen benötigen.«

Kimble wußte, daß es keinen Sinn hatte, die Patientenakten nacheinander durchzugehen – er mußte unbedingt an die im Computer gespeicherten Unterlagen der orthopädischen Klinik herankommen. Zunächst jedoch wollte er sich mit Abbildungen von Prothesen beschäftigen, in der Hoffnung, seine Suche dadurch einschränken zu können. Intuitiv spürte er, daß hier der Schlüssel zu allem lag. Aber mittlerweile ging die Sonne unter, und die Zeit lief ihm davon. Er stand auf und zog seine Hausmeisterkleidung an.

Erneut ertappte er sich bei dem Wunsch, noch einmal mit Anne Eastman zu sprechen. Aber es war zu riskant; er mußte ihr aus dem Weg gehen.

Kurz vor Beginn der Nachtschicht traf er im Krankenhaus ein, holte seinen Handwagen aus der Hausmeisterkammer und schob ihn den Flur hinunter zur Orthopädie-Abteilung. Vor dem Eingang standen zwei uniformierte Polizisten und unterhielten sich. Kimble machte eine 180-Grad-Drehung und ging in die entgegengesetzte Richtung, zur Notaufnahme.

Dort herrschte höchste Aufregung. Ärzte, Pfleger und Schwestern eilten herbei. Kimble warf einen Blick durch die offene Doppeltür in das Wartezimmer und sah, wie eilige Sanitäter Bahren mit Verletzten hineinschoben.

Über ihm plärrte es aus einem Lautsprecher: »Dr. Clepper-Faith, bitte sofort zur Notaufnahme. Dr. Clepper-Fait... Dr. Choojitarom, bitte sofort zur Notaufnahme... Dr. Moroz, bitte sofort...«

Wenn die Polizisten erst einmal fort waren, ergäbe sich in dem allgemeinen Durcheinander die perfekte Gelegenheit, unbeachtet in die Orthopädie zu gelangen. Aber in diesem Augenblick konnte auch Kimble das Drama, das sich vor seinen Augen abspielte, nicht ignorieren. Er stellte den Karren an der Wand ab, um niemandem den Weg zu verstellen, und ging auf die Notaufnahme zu.

Anne Eastman war soeben eingetroffen. Sie bemerkte Kimble nicht. Gewandt wich sie einem Sanitäter aus, der eine Bahre vorbeischob, auf der ein Junge lag, kaum älter, als Josh damals gewesen war. Seine Augen waren vor Schmerz und Furcht glasig. Eastman lächelte ihm zu, nahm beruhigend seine Hand und befragte den Sanitäter.

»Was ist passiert?«

»Ein Bus ist von einer Brücke gestürzt«, antwortete der Mann atemlos. »Es kommen mindestens noch zwanzig rein.«

»Was ist mit diesem hier?« Sie deutete auf den Jungen.

»Bruch des Brustbeins. Die Röntgenaufnahmen sind unterwegs.«

Eastman nahm das Krankenblatt, das am Fußende der Bahre befestigt war, und studierte es sorgfältig. Dann hängte sie es wieder zurück und befahl mit klarer Stimme: »Also, wir brauchen hier mal etwas Platz, Leute.«

Die Sanitäter schoben die leichter verletzten Patienten aus der Eingangshalle. Die Türen der Notaufnahme flogen auf und zu. Noch mehr Bahren wurden hereingerollt, immer mehr Menschen in Weiß eilten herbei. Der Flur wurde von Stöhnen und Schreien erfüllt, während die Szene immer chaotischer wurde. Eastman versuchte, alles so gut wie möglich zu koordinieren, und eilte zwischen den blutenden Opfern umher. Schließlich fiel ihr Blick auf Kimble, der erfolglos versuchte, sich unsichtbar zu machen.

»He! Bringen Sie den hier hinauf auf die Intensivstation.«

Kimble nickte und schob die Bahre den Flur hinunter. Der Junge, der darauf lag – er war vielleicht fünf oder sechs – stöhnte leise und griff sich an die Brust. Sein Gesicht war schmerzverzerrt. Eine Krankenschwester legte im Vorbeilaufen eine Reihe von Röntgenaufnahmen auf die Bahre. Kimble verdrehte den Hals, um sie genauer zu betrachten; was er sah, erschreckte ihn zutiefst.

Der Junge stöhnte erneut auf. Kimble lächelte ihm zu, fast wie von selbst schlüpfte er wieder in die Rolle des Arztes am Bett des Patienten. »Wie geht's uns denn, Champ? Wo tut's weh?«

Der Junge sah ihn mit weit aufgerissenen Augen an. »Meine Brust. Meine Brust tut weh.«

Kimble sah sich kurz um und fühlte dann mit den präzisen Bewegungen eines erfahrenen Chirurgen das Brustbein und die Rippen ab. »Hier?«

Der Junge verzog das Gesicht und nickte. Kimble warf erneut einen besorgten Blick auf die Röntgenaufnahme. Das Brustbein war gebrochen und übte Druck auf die Herzgegend aus.

Er schob den Jungen in einen leeren Fahrstuhl und ließ seine Finger über die Knöpfe gleiten, vorbei an dem für den dritten Stock, wo sich die Intensivstation befand.

Statt dessen drückte er den Knopf mit der Ziffer 4 – vierter Stock, Chirurgie.

Als die Türen sich schlossen, nahm Kimble das Krankenblatt vom Ende der Bahre und schrieb einige Anweisungen nieder.

Völlig verblüfft beobachtete Anne Eastman vom Flur aus, wie dieser neue Hausmeister die Röntgenaufnahmen des Patienten betrachtete.

Er hatte sie vom ersten Augenblick an interessiert, als sie wie ein Clown auf dem nassen Boden ausgerutscht war und aufblickend in sein besorgtes Gesicht geschaut hatte. Er hatte etwas Geheimnisvolles an sich, eine gewisse Schüchternheit und eine seltsame Würde, so als hätte er sein ganzes Leben in einem Krankenhaus gearbeitet und wäre doch gleichzeitig am falschen Ort. Eastman spürte, daß hier etwas nicht stimmen konnte. Für einen einfachen Hausmeister sprach der Mann viel zu gebildet; hinter all dem schien irgendein unausgesprochener Schmerz zu stecken.

Sie fand diesen Mann attraktiv und mitleiderregend zugleich. In den ruhigen Momenten zwischen den Notfällen wanderten ihre Gedanken immer wieder zu ihm.

Aber dann lieferte man die Unfallopfer ein, und zum Nachdenken war keine Zeit mehr geblieben. Eastman sah, wie der Hausmeister die Röntgenaufnahme stirnrunzelnd studierte und dann sachte die Verletzungen des Kindes ertastete, mit all dem Können und der Leichtigkeit eines Arztes.

Zwischen neuen Patienten und Sanitätern hindurch versuchte sie genauer hinzusehen, aber der Hausmeister war plötzlich verschwunden. Ein Sanitäter bat sie um Hilfe, und sie widmete sich wieder ihrer Arbeit. An den Hausmeister dachte sie nicht mehr.

»Halt dich gut fest«, sagte Kimble aufmunternd, während er die Bahre mit dem Jungen so schnell wie möglich aus dem Fahrstuhl rollte – nicht mehr gehend, noch nicht laufend. »Wir unternehmen bloß eine kleine Reise.« Das Gesicht des Jungen war starr vor Schmerz, aber er konnte seine Umgebung noch wahrnehmen, betrachtete mit großen Augen die Lampen an der Decke und verfolgte die schnelle Abfolge von Türen mit einem stummen Vergnügen, das besagte, daß er dieses Abenteuer sogar genossen hätte, wenn da diese Schmerzen nicht gewesen wären.

Kimble wußte, daß er im Grunde eine Dummheit beging. Er riskierte alles. Wenn jemand herausbekam, wer die Anweisung geschrieben hatte...

Aber das würde man nicht. Er wußte, wie ein Krankenhaus funktionierte. Die Krisensituation in der Notaufnahme würde alle viel zu sehr in Anspruch nehmen, als daß jemandem eine unbekannte Handschrift auffallen würde. Jetzt kam es nur darauf an, Leben zu retten.

Es war das Risiko wert, wenn er damit einem Vater oder einer Mutter die schrecklichen Worte ersparen konnte, die er vor fast vier Jahren selbst gehört hatte: *Es tut uns so leid. Es geschah alles so schnell. Als wir eintrafen, war es schon zu spät...* Wenn er einer Mutter das ersparen konnte, was Helen hatte durchmachen müssen, in jenem grauenhaften Augenblick auf dem Flur vor der Notaufnahme, da sie in Kimbles traurigen Augen gesehen hatte, daß ihr Sohn tot war.

Dieser Junge sollte es schaffen, und wenn Kimble dafür seine wahre Identität über die Lautsprecher des Krankenhauses verkünden mußte.

Als sie schließlich vor dem OP eintrafen, mußte er sich daran erinnern, daß er hier keinen Zugang mehr hatte.

Ein Chirurg in Operationskleidung und heruntergeschobener Maske kam durch die Tür. Kimble sprach ihn sofort an. Er deutete auf die Bahre. »Sie haben ihn gerade hinaufgeschickt.«

Der Chirurg warf einen argwöhnischen Blick auf Kimbles Hausmeisterkittel und zog eine Augenbraue hoch. »Sieht so aus, als würden sie heute wirklich jeden einspannen.« Er betrachtete die Röntgenaufnahme und das Krankenblatt und seine Miene verfinsterte sich augenblicklich. Kimble atmete innerlich auf. Der Mann war kompetent; er besaß genügend Erfahrung und hatte verstanden, wie ernst die Lage war. Der Junge war bei ihm in guten Händen.

»Bob!« rief der Chirurg einen Pfleger herbei. »Bringen Sie den Jungen in Raum vier!«

Als er wieder aufsah, war der Hausmeister verschwunden.

Kimble eilte in den ersten Stock zurück, fand seinen Karren und schob ihn zur Orthopädie-Abteilung. Die freundliche medizinische Assistentin vom Vorabend war wieder da, samt ihrem Walkman. Sie winkte, als Kimble mit seinem Karren an ihr vorbeiging. Er winkte zurück, schob das Gefährt in den Computerraum mit seinen jalousiebedeckten Glaswänden und machte hinter sich die Tür zu. Kimble schloß die Lamellen, so als beabsichtige er, sie zu reinigen. Dann ging er zum Computer und schaltete ihn an.

Er war kein Programmierer, aber er besaß genügend Grundkenntnisse, um im Verzeichnis nach Programmdateien zu suchen. Die meisten der Dateinamen blieben rätselhaft. Die erste Datei, die Kimble lud, zeigte nicht das, wonach er suchte. Er stieg aus dem Programm aus und suchte weiter die Verzeichnisse ab.

Und dann entdeckte er die Datei, nach der er suchte – ein Programm namens demops.exe. Kimble gab demops ein. Eine Sekunde lang erlosch der Bildschirm, bevor die ersten Buchstaben auftauchten:

DEMOGRAPHISCHE PATIENTENSUCHE NACH:

ALTER, GESCHLECHT, HAUTFARBE, KÖRPERTEIL, SONSTIGES.

»Ja!« stieß Kimble erregt aus und begann zu tippen:

GESCHLECHT: MÄNNLICH

ALTER. 35–40 JAHRE

HAUTFARBE: WEISS

KÖRPERTEIL: RECHTER ARM

SONSTIGES: ORT DER ERSETZUNG: MITTLERER OBERARM

GRIFFSPANNE:

Er schloß die Augen und versuchte, sich die Worte des Gerichtssachverständigen während des Prozesses ins Gedächtnis zu rufen:

... die Spanne der Würgemale am Hals der Toten war 230 Millimeter breit – das entspricht exakt der Spanne von Dr. Kimbles eigener Hand...

Kimble öffnete die Augen und gab 225–235 ein. Eine »BITTE WARTEN«-Nachricht flimmerte über den Bildschirm; während der Computer summend arbeitete, flackerte die Laufwerk-Kontrollampe. Als ein neues Bild erschien, beugte er sich vor.

ANZAHL MÖGLICHER KANDIDATEN: 75. WÜNSCHEN SIE EINE UNTERTEILUNG?

»75?« flüsterte er. Offenbar war der Computer an eine nationale Datenbank angeschlossen. »Verdammt, die wünsche ich.«

Er dachte einen Augenblick lang nach und fügte dann ein weiteres Merkmal hinzu – WOHNORT: STAAT ILLINOIS.–

Wieder flackerte das grüne Licht über dem Laufwerk. Kimble stand auf und bewegte die Lamellen, damit es den Anschein hatte, als wäre er bei der Arbeit. Die nächste Nachricht auf dem Monitor erschien.

ANZAHL DER MÖGLICHEN KANDIDATEN: 21.

Kimble runzelte die Stirn. 21 waren immer noch zu viele. Er hatte einfach nicht genug Zeit, um Nachforschungen über so viele Personen anzustellen. Gerard war ihm sicherlich schon auf den Fersen. Müde rieb er mit der Hand über seine Augen und versuchte sich zu konzentrieren.

Es mußt einen schnelleren Weg geben.

Er schloß die Augen und dachte daran, wie sich die Prothese an der Mitte des Oberarms gelöst hatte und wie er den künstlichen Arm plötzlich in der Hand gehalten hatte. Der Mann hatte ihn fassungslos angestarrt, hatte Kimble dann aber die Prothese wieder entrissen und war davongerannt...

Er fühlte, daß hier die Lösung liegen mußte. Es mußte so sein. Er spürte, daß er zum Verzweifeln nahe an der Wahrheit war, daß ihm jedoch noch ein winziges Stück zur Antwort fehlte. Aber er glaubte zu wissen, wo er es finden würde.

Kimble schob zwei Lamellen auseinander und spähte auf den leeren Flur hinaus.

Die Krise in der Notaufnahme war bewältigt. Die Patienten waren untersucht und versorgt worden, einige hatte man entlassen können, andere waren auf die Chirurgie, die Intensivstation oder in ein normales Krankenzimmer gebracht worden. Anne Eastman schlich müde über die Flure und sah nach den Patienten. Jetzt, wo der Adrenalinschub der Aufregung verebbt war, fühlte sie sich ausgelaugt. Sie ging durch die Intensivstation und flüsterte den Patienten aufmunternde Worte zu, auch denen, die sie nicht verstehen konnten. Beim Hinausgehen blieb sie plötzlich stehen; irgend etwas war nicht in Ordnung. Stirnrunzelnd durchforstete sie ihr erschöpftes Gedächtnis, bis es ihr wieder einfiel: Der Junge mit dem gebrochenen Brustbein war verschwunden. Sie spürte das deprimierende Gefühl, das jedesmal eintrat, wenn ein Patient starb; ein so kleiner Junge dazu. Sie haßte es.

Die Stationsschwester, Gladys O'Malley, kam vorbei. Eastman legte ihr die Hand auf die Schulter und fragte sie in jenem gedämpften Tonfall, den die Stille auf der Intensivstation hervorrief: »Gladys, wo ist der Junge, den ich mit dem Hausmeister hierhergeschickt habe?«

Sie hatte erwartet, daß Gladys' blaue Augen sich bei dieser Frage verdunkeln würden, und machte sich auf eine schlechte Nachricht gefaßt. Aber die Schwester sah sie nur verständnislos an. »Was für ein Junge?«

»Der Junge mit dem gebrochenen Brustbein.«

Der Blick der Schwester wanderte über die Reihen der stumm daliegenden Patienten. Als sie die Ärztin wieder ansah, schüttelte sie ratlos den Kopf. »Der ist nie hier gewesen.«

Eastman fröstelte es mit einem Mal. Der Hausmeister hatte so intelligent und ehrlich gewirkt, daß sie ihm vertraut hatte. War er in Wirklichkeit, so der furchtbare Gedanke, ein Psychopath, der den Jungen entführt hatte?

Nein, einfach unmöglich. Dazu schien der Mann einfach nicht fähig. Vielleicht hatte er sie in der Aufregung mißverstanden, vielleicht war sie selbst so abgelenkt gewesen, daß sie ihm eine falsche Anweisung gegeben hatte – aber das war unwahrscheinlich. Aber wenn der Junge nicht auf der Intensivstation war, wo zum Teufel steckte er dann?

Auf Verdacht eilte sie die Treppen hinauf zur Chirurgie. Als sie den vierten Stock erreicht hatte, ging ihr Atem schwer. David Jensen, einer der Stationsärzte, stand am OP-Eingang und betrachtete nachdenklich ein Krankenblatt.

»Dave«, japste Eastman. »Haben Sie vielleicht vorhin einen Hausmeister hier gesehen?«

Der Arzt sah auf. Er wirkte noch immer abwesend und schien sie kaum wahrzunehmen. »Ja, er hat den Jungen hergebracht.« Er reichte ihr das Blatt. »Haben Sie das geschrieben, Anne? Ich konnte die Unterschrift nicht entziffern...«

Eastman las verwundert, was dort in perfekter medizinischer Terminologie stand. Sie zweifelte nicht im geringsten daran, daß ein Arzt diese Anweisungen geschrieben hatte.

»Nein«, sagte sie und hielt Jensen das Blatt hin, der es jedoch nicht entgegennahm. »Ich habe gesehen ...«

Jensen unterbrach sie. »Wer immer es gewesen ist, er wußte verdammt genau, was er tat. Der Junge ist um Haaresbreite an einem Aortenriß vorbeigekommen.«

Er ging wieder in den OP zurück. Eastman starrte ihm hinterher und warf dann einen zweiten, ungläubigen Blick auf die Anweisungen.

Kimble schlich sich in den Lagerraum für die Prothesen, wo er die künstlichen Gliedmaßen betrachtete, die von der Decke hingen. Er fand eine Prothese, die über den mittleren Oberarm hinausging, und nahm sie herunter.

Dann begann er am Ellbogengelenk zu arbeiten.

(Das Gefühl der kühlen, leblosen Haut unter seinen Fingern, der Widerstand, als er zog und dann drehte ...)

Er bog den Unterarm zur Seite, hart, noch heftiger, so daß er in einem seltsamen Winkel verrenkt wurde – dem gleichen seltsamen Winkel wie in der Nacht vom 20. Januar.

(Noch härter. Er hatte in jener Nacht noch härter daran gezerrt, hatte gesehen, wie sich das Gesicht des Mannes vor Schmerz verzog. Er hatte weitergezerrt, mit einer Kraft, die von Angst, Wut und Verzweiflung genährt wurde, und plötzlich hatte sich der Arm gelöst ...)

Kimble presste die Lippen zusammen und bog den Arm so weit wie möglich zur Seite, in die gleiche unnatürliche Position, an die er sich erinnerte. Die inneren Gelenke verzogen sich und rissen schließlich. Der Unterarm sackte haltlos herab.

Kimble verzog seine Lippen zu einem bitteren Lächeln des Triumphes. Also war das künstliche Gelenk des Mannes in jener Nacht gebrochen.

Er hängte den Arm an die Decke zurück und eilte so leise wie möglich in den Computerraum zurück. Dieses Mal verlangte er die Reparaturliste für den Zeitraum zwischen dem 21. Januar und dem 1. Februar.

Bingo! Fünf Namen. Kimble schaltete den Drucker ein und gab den Druckbefehl. Er stand auf und sah zwischen den Lamellen hindurch nach draußen. Die Assistentin mit den Kopfhörern zeigte keine Reaktion.

Der Drucker spuckte in Sekunden die Namen aus. Kimble riß das Blatt ab und steckte es in seine Tasche, bevor er wieder auf den Flur trat. Er machte sich nicht die Mühe, seinen Karren mitzunehmen.

Anne Eastman kam ihm entgegen. Kimble nickte ihr kurz zu und wollte an ihr vorübergehen, aber sie stellte sich ihm in den Weg, die Hände in die Hüften gestemmt.

»Wie kommt's, daß Sie sich so für die Röntgenaufnahmen unserer Patienten interessieren?« fragte sie mit einer Mischung aus Neugier und Entrüstung.

Kimble spürte ein leichtes Kribbeln im Bauch, aber er hatte nicht vor, etwas zu verraten. »Was meinen Sie?«

Eastman verzog ungläubig die Lippen und trat einen Schritt näher. Wie ein Spiegelbild trat Kimble instinktiv einen Schritt zurück. »Hören Sie auf. Ich habe gesehen, wie sie die Aufnahmen von der Brust des Jungen studiert haben.«

Kimble fiel keine gute Ausrede ein. »Das ist nur ein Hobby«, antwortete er lahm und schielte zum Ausgang.

Sie lächelte ihn ironisch an. »Was für Hobbys haben Sie denn sonst noch? Gehirnchirurgie?«

Wieder ging sie einen Schritt vor, er einen zurück. »Was wollen Sie von mir?« fragte er.

Sie reckte ihr Kinn hoch und sah ihm ins Gesicht. »Ich will wissen, wieso der Junge in der Chirurgie gelandet ist.«

»Ich bin nur der Hausmeister«, verteidigte sich Kimble. »Ich mache, was man mir sagt.«

»Quatsch. Wer hat die Anweisungen geändert?«

Kimble starrte sie wortlos an, aber er sah, wie sich der Ausdruck in ihrem Gesicht änderte, – von Verwirrung zu Mißtrauen –, während sie erkannte, daß sein Schweigen ein Eingeständnis darstellte.

Sie riß ihm das Namensschild vom Kragen. »Sie bleiben hier. Ich rufe die Sicherheitsbeamten.«

Er rannte sofort auf den Ausgang zu und blickte sich nicht

um, bis er die Doppeltüren erreicht hatte, die zur Notaufnahme führten. Erst als er sich noch einmal umblickte, sah er, daß sie ihm nicht nachgelaufen war, sondern ihm nur fassungslos hinterherstarrte.

In dieser Nacht lag Gerard noch lange wach und starrte auf das geistige Bild des Plans, den er auf die Decke seines Schlafzimmers projiziert hatte. Rote Pfeile zeigten an, wo Richard Kimble überall aufgetaucht war. Augenblicklich gab es nur zwei – einen am Bahnhof, den anderen an Dr. Nichols' Fitneßklub in der Nähe des Loop.

Das war noch zu wenig. Aber Gerard hatte eine Ahnung, und seine Ahnungen erwiesen sich meistens als richtig. Es hatte damit zu tun, daß Richard Kimble nach Chicago zurückgekehrt war – eigentlich das Dümmste, was er tun konnte. Ein entflohener Mörder sollte eigentlich so viel Raum wie möglich zwischen sich und seine alten Jagdgründe bringen wollen, wo man ihn am schnellsten erkennen würde.

Also war er entweder wahnsinnig, oder er hatte einen Grund. Gerard hatte dem Mann tief in die Augen gesehen. Er war verzweifelt, aber gewiß nicht verrückt. Nein, es gab einem bestimmten Grund für die Rückkehr nach Chicago, und Gerard glaubte, diesen Grund zu kennen: Kimble wollte den einarmigen Mann finden.

Die nächste Frage, die man sich stellen mußte, lautete: Warum? Es gab zwei Antworten auf diese Frage, und Gerard wußte noch nicht, welche er glauben sollte. Die erste lautete: Richard Kimble war unschuldig und wollte den wahren Täter überführen.

Die zweite Antwort klang düsterer: Kimble war schuldig; er hatte den einarmigen Mann angeheuert, um seine Frau umzubringen. Aber er konnte den Gedanken nicht ertragen, daß der Killer frei herumlief, während er in den Knast gewandert war – also war er geflohen und nach Chicago gekommen, um es ihm irgendwie heimzuzahlen.

Gerard neigte eher zur zweiten Antwort, weil es diejenige war, die ihn nicht wie einen Dummkopf dastehen ließ. Aber er mußte sich dabei alle Mühe geben, den Ausdruck in Kimbles Augen zu vergessen.

Er nahm sich vor, Poole zu sagen, daß sie mit Biggs, Newman und Renfro alle Unterlagen der örtlichen Krankenhäuser und Arztpraxen überprüfen solle. Wenn der Mann eine Prothese trug, war sie irgendwo für ihn angefertigt worden. Es mußte Krankenhausunterlagen geben.

Vorausgesetzt, daß er die Prothese in Chicago bekommen hatte. Gerard seufzte und rieb mit einer Hand über die brennenden Augen. Er hatte es hier mit der sprichwörtlichen Nadel im Heuhaufen zu tun. Kein Wunder, daß Kimbles Anwälte nicht in der Lage waren, den einarmigen Mörder zu finden. Die Informationen waren einfach zu spärlich. Männlich. Weiß. 35 bis 45 Jahre alt. Laut Kimbles Geschichte war die Prothese kurz über dem Ellenbogen abgebrochen.

Wenn man die Suche nicht irgendwie einengen konnte, würde es ewig dauern, Kimble auf diesem Weg aufzuspüren. Bis sie ihn finden würden, hätte Kimble den Einarmigen schon längst getötet und wäre in einem anderen Land oder Kontinent untergetaucht.

So ging es nicht.

Gerard seufzte erneut und schlief ein.

Kurz nach Mitternacht klingelte das Telefon im Schlafzimmer. Er nahm den Hörer ab, krächzte: »Gerard« und räusperte sich.

Renfros Stimme klang geradezu unerlaubt fröhlich. »Schon mal was vom Indole Circle Nr. 32 gehört?«

Gerard rollte sich auf den Rücken und rieb sich mit geschlossenen Augen die Nase. »Klar, feine Adresse. War letzte Woche dort zum Tee.« Er machte eine Pause und klang plötzlich ernst. »Wehe, es ist nichts Wichtiges.«

»Richard Kimble wohnt dort.«

Gerard richtete sich auf.

»Es war ein unglaublicher Zufall«, fuhr Renfro fort. »Der Enkel von Kimbles Vermieterin wurde verhaftet, weil er mit Acid gedealt hat. Sie brachten den Jungen auf die Wache. Als er Kimbles Fahndungsplakat an der Wand sah, hat er sich fast in die Hosen gemacht...«

Aber Gerard hörte schon nicht mehr zu. Er hatte bereits die Laken zurückgeschlagen und war dabei sich anzuziehen.

Kurze Zeit später stieg er die Stufen zu dem Kellerapartment hinab, wo Renfro ihn erwartete. Newman war auch da und warf einen Blick auf die Fotos und die Aktenordner, die auf einer ungemachten, schmalen Liege verstreut waren. Ein weiterer Beamter untersuchte sie auf Fingerabdrücke.

Renfro strahlte. »Ich kann Ihnen sagen, wessen Abdrücke wir da finden werden. Ich habe mit der Vermieterin gesprochen, und sie hat ihn eindeutig identifiziert. Sie sagte, es war Kimble, kein Zweifel. Das wären dann zwei Augenzeugen.«

Gerard ließ seinen Blick durch das schäbige Zimmer streifen. Viel zu sehen gab es nicht. Die Einrichtung bestand aus einem rostigen Waschbecken und einer Toilette in einem schrankgroßen Badezimmer, einem wackeligen Tisch, der gleichzeitig als Nachttisch diente, und der kleinen, muffigen Liege. Er ging hinüber, um sich die Bilder und die Akten anzusehen. Newman trat beiseite.

Gerard nickte dem jüngeren Mann zu. »Was macht das Ohr?«

Es schien ihm, als könne er sehen, wie sich Newmans Pupillen bei seinem Anblick erweiterten. »Alles in Ordnung«, meinte Newman und bedachte seinen Chef mit einem flüchtigen Blick von der Seite. Unsichtbare Wände bauten sich um ihn herum auf – Gerard war es nur recht. Newman brauchte diese Mauern, wenn er in ihrem Geschäft überleben wollte. Die kleinen Schikanen sollten genau das bewirken. Als Gerard vor über zwanzig Jahren angefangen hatte, waren seine Vorgesetzten nicht anders mit ihm umgesprungen.

Er beugte sich über die Dokumente. Sämtliche Fotos zeigten Armprothesen, die meisten solche, die kurz über dem Ellbogengelenk begannen. Gerard fühlte so etwas wie Befriedigung. Er hatte recht gehabt. Kimble war zurückgekommen, um den einarmigen Mann zu finden. Und seine Suche würde die Polizei zu ihm führen.

Er griff nach einem der Ordner, zögerte jedoch und sah zu

dem Spurensicherer, der gerade mit der Liege fertig war und sich erhob.

Der Mann nickte. »Machen Sie nur, aber achten Sie darauf, daß Sie nichts durcheinanderbringen.«

Gerard nahm den Ordner an den Ecken vom Bett und schlug ihn auf. Er enthielt das Foto einer Prothese, zusammen mit den medizinischen Bemerkungen über die Anpassung.

Neben ihm sagte Newman: »Die meisten haben wir uns schon kurz angesehen. Keines enthält den Namen des Krankenhauses oder der Klinik.«

Enttäuscht blätterte Gerard den Ordner durch. Es handelte sich nicht einmal um eine Patientenakte, sondern lediglich um Unterlagen für die Herstellung und das Anpassen von Prothesen. Keine Patientendaten, Adressen, keine Anmerkungen über spätere Kontrollen. Die einzigen Informationen von Bedeutung waren die Nachnamen der Patienten auf den Rückseiten der Fotos.

Er fragte sich, ob Kimble diese Akten, aus Angst erwischt zu werden, in aller Eile entwendet hatte und selbst von ihrem Inhalt enttäuscht war, oder ob er nach etwas ganz anderem als einem Namen suchte.

»Dann gehen wir eben alles noch mal durch«, sagte Gerard. Er versuchte seine Wut darüber zu verbergen, daß man Kimble so nahe gekommen war, ohne etwas Genaues in der Hand zu haben. »Unser Ausgangspunkt sind die Namen.«

Er schloß den Ordner und legte ihn behutsam an seinen Platz zurück.

Währenddessen hatte Newman einen weiteren Stoß Akten durchgesehen. Sie alle enthielten die gleichen Informationen. Gerard richtete sich auf und sah, daß Newman unter dem Stapel ein zusammengefaltetes Blatt Papier hervorzog.

»Haben Sie das schon untersucht?« fragte Newman den Spurensicherer, der gerade gehen wollte, aber Gerard hatte das Blatt schon in der Hand, faltete es auseinander und las:

COOK COUNTY HOSPITAL
GESUNDHEITSSEMINARE

Im Januar finden wieder Vorsorgeuntersuchungen für Frauen statt!

Nachdem er aus dem Krankenhaus geflüchtet war, nahm Kimble zunächst die Bahn und ging die restlichen Häuserblocks bis zu seinem Apartment zu Fuß. Er überlegte, was er nun tun sollte. Es war zu gefährlich, wieder ins Cook County Hospital zurückzugehen – Anne Eastman hatte ihn mit Sicherheit gemeldet. Eigentlich hatte er die Ordner wieder zurückbringen wollen – Ärzte und Patienten benötigten die Informationen –, aber das konnte er nun nicht mehr riskieren. Vielleicht konnte er sie mit der Post schicken, wenn ihm genug Zeit blieb.

Kimble schlug den Mantelkragen hoch, um sich vor Wind und Kälte zu schützen und bog nach links in den Indole Circle ein. Vorsichtig bewegte er sich über den vereisten Bürgersteig. Doch als er sich seinem Apartment näherte, ließ ihn eine plötzliche Vorahnung zögern.

Vor dem Gebäude parkten zwei Sedans, etwas ältere Modelle. Aus seinem Kellerfenster strömte Licht auf die Straße und brach sich glitzernd an den Windschutzscheiben, am Chrom und am Eis.

Kimbles Atem ging schneller. Die Sedans waren Polizeiwagen, und in einem von ihnen war Inspector Gerard gekommen. Aber wie hatten sie ihn aufspüren können? Anne Eastman kannte seine Adresse nicht.

Dann ging ihm ein Licht auf: Es war die Verhaftung des Jungen am Nachmittag. Sie hatten ihn mit auf die Wache genommen, wo man die Wände mit Kimbles Fahndungsfotos tapeziert hatte...

Er drehte sich um und lief in die Nacht.

Am nächsten Morgen ging Gerard durch die Flure des Cook County Medical. Renfro, Biggs und Poole waren bei ihm. Er mußte daran denken, daß es erst zwölf Stunden her war, daß auch Kimble hier gewesen war.

Die drei Deputies standen um einen Pfleger herum, der heftig nickte, als Renfro ihm Kimbles Foto zeigte, während

Gerard die Ärztin befragte, die letzte Nacht die Leitung der Notaufnahme gehabt hatte, Anne Eastman. Eastman war jung, überarbeitet und ließ sich durch den Polizistenblick nicht im mindesten beeindrucken. Gerard mochte sie sofort. Dennoch ließ er sie nicht so leicht davonkommen.

Stirnrunzelnd betrachtete er den Arbeitsausweis. Der Name lautete »Desmondo Jose Ruiz«, aber das Foto zeigte eindeutig Richard Kimble. »Ein Mann, der sich als Hausmeister ausgibt, ordnet eine Notoperation an, und sie nehmen ihm lediglich seinen Ausweis ab?«

Eastman ließ sich nicht einschüchtern. Offenbar betrachtete sie Gerard als Ärgernis, eine Ablenkung von weitaus wichtigerer Arbeit. »Ein kleiner Junge hat überlebt, weil dieser Mann etwas unternommen hat«, sagte sie mit fester Stimme. Noch ein Richard-Kimble-Fan, dachte Gerard.

Er fragte sich, ob sie Kimble näher kennengelernt hatte. Sie war jung und attraktiv, und Kimble war ohne Zweifel ein sehr einsamer Mann. Sie sah ihn offen, aufrichtig und ohne schlechtes Gewissen an. Dennoch achtete er genau auf ihr Gesicht, als er fragte: »Sie wissen also nicht, daß er auf dem Weg ins Menard-Staatsgefängnis geflüchtet ist? Ihn erwartete dort die Todesstrafe.«

Eastman wich etwas zurück: »Weswegen?«

»Weil er seine Frau ermordet hat«, antwortete Gerard lächelnd. Eastman sah ihn verblüfft an. *Sie* werden Kimble sicherlich nicht mehr helfen, schien sein Lächeln zu sagen.

»Danke für Ihre Hilfe, Dr. Eastman«, sagte er höflich und blickte den Flur hinab, dort, wo Kimble letzte Nacht die Bahre des Jungen zum Fahrstuhl geschoben hatte. Er sah ihn vor sich, in seinem Hausmeisterkittel, wie er durch das Chaos um ihn herum ging, ohne daß er jemandem auffiel. Gerard konnte ihn fast wirklich sehen, fast riechen, und er wünschte sich, er könnte durch den Nebel der Zeit greifen und ihn berühren.

Er sah, wie Kimble das Kind betrachtete, das stöhnend vor Schmerzen auf seiner Bahre lag. Ein Junge, der nicht viel älter war als Kimbles eigener Sohn, damals. Oben hatte sich das Gesicht des Chirurgen verfinstert, als er sah, wie ernst...

Gerard schüttelte den Kopf, als könne er so die unerlaubten Gedanken verbannen.

Renfro hatte die Befragung des Pflegers beendet, und die drei Deputies versammelten sich um Gerard.

Renfro blickte ratlos drein. »Eines kann ich nicht verstehen. Wieso geht Kimble ein Risiko erster Güteklasse ein und läuft nach einem schweren Unfall in der Notaufnahme herum. Hier hat es von Polizei nur so gewimmelt.«

»Er ist verrückt nach Gefahr«, schlug Poole verdrossen vor.

Biggs meinte nachdenklich: »Vielleicht ist seine Wunde ernster, als wir dachten. Oder vielleicht hat sie sich entzündet, und er mußte sich Medikamente besorgen...«

»Das erklärt immer noch nicht, warum er sich die Zeit genommen hat, dem Jungen zu helfen«, meinte Renfro.

Gerard hörte plötzlich nicht mehr zu. Er sah einem Mann mittleren Alters nach, der gerade vorbeigegangen war. Irgend etwas am Gang des Mannes, an seiner Haltung, schien seltsam. Gerard folgte ihm den Flur hinunter.

Es war der Arm – der linke Arm, vom Ellbogen abwärts. Er hing in einem ungewöhnlichen Winkel herab. Als Gerard etwas näher kam, fiel ihm auf, daß die Hautfarbe der Hand nicht ganz zum Rest der Haut paßte.

Der Mann ging weiter und bog mehrmals ab, bevor er schließlich vor einer Doppeltür aus Glas stand. Er schien zu spüren, daß ihm jemand gefolgt war, und blieb stehen.

Er hielt die Tür auf und wandte sich zu Gerard. »Suchen Sie etwas, Sir? Kann ich Ihnen vielleicht helfen?«

Gerard lächelte. In dem vor ihm liegenden Flur sah er eine weitere Doppeltür mit der Aufschrift »ORTHOPÄDISCHE KLINIK«.

»Vielen Dank, Sir«, sagte er ernst. »Das haben Sie schon.«

Zur gleichen Zeit stellte auch Kimble einige Nachforschungen an. Er hatte die Nacht in einem billigen Hotel verbracht und war dann in der heruntergekommenen Nachbarschaft herumgelaufen, bis er eine Bar gefunden hatte, die für seine Zwecke in Frage kam: Sie war um neun Uhr morgens schon geöffnet, besaß ein Münztelefon und war so gut wie leer. Nur ein einsamer Säufer saß an der Bar aus abgeschabtem Eichenholz und widmete sich mit gewissenhaftem Ernst seinem Hobby. Kimble ging hinein und sah die Rauchschwaden, die sich im durch die Tür strömenden Sonnenlicht wie Schlangen in der Luft wanden. Er bestellte an der Bar ein Bier, ließ es ungetrunken dort stehen und ging in den dunklen, engen Flur, der zu den Toiletten führte und nach Urin und Zigarettenasche stank. Hier hing das Telefon. Dieses Mal schien das Glück auf seiner Seite. Es gab ein Telefonbuch für den Großraum Chicago, und er fand vier Nummern, die vielleicht in Frage kamen. Die fünfte ließ er sich von der Auskunft geben.

Er begann zu telefonieren. Für den ersten Namen auf seiner Liste hatte er drei mögliche Eintragungen gefunden: einen R. A. Johnston, einen R. J. Johnston und einen Ray. Einen Raymond gab es nicht. Er rief alle drei an. R. A. war ein Robert, und R. J. wollte seinen Vornamen nicht nennen, dafür aber allzu gerne wissen, wer zum Teufel dieser Raymond war. Bei der dritten Adresse meldete sich Ray Johnstons Frau. Kimble schlüpfte in seine Rolle:

»Ja... hier ist Dr. Elway vom Cook County Hospital. Ich bin seit kurzem in der Orthopädie für die Betreuung von Prothesenträgern verantwortlich, unter anderem auch für Raymond Johnston. Bin ich da an der richtigen Adresse?«

»Ja, ja«, antwortete die Frau träge. »Ray schläft, er hat die Grippe. Was wollen Sie wissen?«

»Ich wollte ihm nur ein paar Fragen stellen, um sicherzugehen, daß seine Prothese funktioniert.«

»Die funktionieren prima«, sagte die Frau. »Aber manchmal sagt Ray, daß die rechte etwas lockerer sitzt.«

Kimble zögerte. »Die rechte?«

»Ja. Der linke Arm funktioniert gut. Er kommt gut damit zurecht. Vielen Leuten fällt es zuerst gar nicht auf.«

Kimble riet ihr, sich an die Klinik zu wenden, wenn es weitere Probleme mit dem rechten Arm geben sollte, und legte auf.

Fehlanzeige.

Er wählte die Nummer, die er von der Auskunft für den zweiten Namen bekommen hatte. Der Mann hieß Costas Milkis, und bei diesem Namen gab es keinen Irrtum. Milkis, so stellte sich jedoch heraus, litt an einer chronischen Krankheit und war schon seit anderthalb Jahren an den Rollstuhl gefesselt. Fehlanzeige.

Der dritte Mann, Matthew Zelick, war verstorben. Kimble drückte der trauernden Witwe sein Beileid aus, hängte den Hörer ein und strich auch diesen Namen von der Liste. Er starrte auf die beiden verbliebenen Namen: Clive Driscoll und Frederick Sykes. Einer dieser beiden mußte der Mann sein, der Helen ermordet hatte. Kimble las sie immer wieder, als könne er so erkennen, wer der Mörder war.

Er holte tief Atem und wählte Driscolls Nummer. Ein Mann meldete sich. »Hallo«, sagte Kimble und versuchte sich nicht anmerken zu lassen, wie das Adrenalin in seinen Körper strömte. »Ich suche einen Clive Driscoll...«

»Clive ist nicht hier«, entgegnete der Mann argwöhnisch. »Hier ist Jesse, sein Bruder. Mit wem spreche ich?«

Kimble gab seiner Stimme einen herzlichen, aufgekratzten Klang. »Hier ist Ted Riley. Ich bin Mitglied des High School-Komitees, das die Klassentreffen organisiert. Ob Sie es glauben oder nicht, aber bald sind es 25 Jahre her, und Clive steht auf unserer Liste der verlorenen Seelen...«

»Clive sitzt im Knast. Die Cops sagen, er hätte versucht eine Sparkasse zu überfallen.«

Ein Blitz der Erinnerung durchfuhr Kimble: Er sah, wie er die Schlafzimmertür vor dem Eindringling zugeschlagen hatte, wie ein schweres, glänzendes Stück Metall über den Boden gerutscht war. Er hatte versucht, den Revolver zu ergreifen...

Er lachte gezwungen. »Im Ernst? Ein bewaffneter Raubüberfall? Und wo ist er?

»Im Untersuchungsgefängnis. In der Nähe des Bahnhofs. Wissen Sie, wo das ist?«

»O ja«, antwortete Kimble, der sich der Ironie der Situation durchaus bewußt war. »Ja, ich weiß, wo das ist... Vielen Dank.«

Dann wählte er Sykes' Nummer, aber niemand nahm den Hörer ab. Wahrscheinlich war der Mann in der Arbeit.

Kimble hängte ein und starrte mit wachsendem Schrecken auf die Liste, die er in den Händen hielt.

Driscoll war der Killer. Er mußte es sein, auch wenn Kimble es noch nicht wahrhaben wollte. Denn wenn Driscoll wirklich sein Mann war, dann gab es nur einen Weg, an ihn heranzukommen, und dieser Weg war nicht zu nehmen, ohne das Kimble selbst gefaßt oder getötet werden würde.

Aber er wußte, daß er keine Wahl hatte. Deprimiert steckte er die Liste in seine Jackentasche und ging hinaus. Blinzelnd trat er in das grelle Sonnenlicht.

9

Gerard stand neben dem Computer in der orthopädischen Klinik, während Renfro und Poole fasziniert beobachteten, wie ein medizinisch-technischer Assistent eine spezielle Demonstrationsprothese an Biggs befestigte. Die Klinik war ein faszinierender Ort, aber Gerard schenkte dem Personal, das damit beschäftigt war, Prothesen anzupassen und zu testen, nur wenig Beachtung. Biggs bewegte gerade einen Schultermuskel und beobachtete erfreut, wie sich die künstliche Hand postwendend zusammenzog.

Gerard hatte anderes im Kopf, als die Wunder der Wissenschaft zu bestaunen. Sein Verdacht hatte sich bestätigt. Der Einarmige existierte, und Kimble war hinter ihm her. Das hieß, daß Gerards Theorien noch Gültigkeit besaßen: Entweder war Kimble das rachedurstige Opfer eines schlauen Profikillers – oder er war unschuldig.

Wie dem auch war, Gerard wollte auf jeden Fall vor Kimble am Ziel sein.

Trotzdem beschäftigte ihn der Gedanke, daß der einarmige Mann doch nicht der Phantasie eines verzweifelten Mörders entsprungen war. Kimble hatte die Wahrheit gesagt – zumindest was die Existenz dieses Mannes betraf.

Die Leiterin der Klinik stand neben ihnen und beobachtete mit Stolz, wie Biggs die künstliche Hand zusammenzog. Sie sah aus wie fast alle, die hier arbeiteten – blaß, bebrillt, mit einer rundlichen, weichen Figur und der Aura einer tiefen Zufriedenheit, die Menschen auszeichnet, welche einer Arbeit nachgehen, die sie ganz und gar erfüllt. Sie schien lieber eine Führung durch ihre Abteilung machen zu wollen, als Gerards Fragen zu beantworten.

»Erzählen Sie mir noch mal, wie wir eine Gruppe von Verdächtigen näher eingrenzen können«, wiederholte Gerard.

Die Ärztin wandte sich um und blinzelte ihn durch ihre

dicken Brillengläser an. »Oh«, hauchte sie und machte so deutlich, daß sie ganz vergessen hatte, worüber sie eben noch gesprochen hatte. Sie blickte auf den Computer, vor dem ein weißbekittelter Assistent saß und auf Anweisungen wartete. »Es ist im Grunde ganz einfach, wenn man gewisse Parameter der in Frage kommenden Person eingibt.«

Gerard blickte auf den Bildschirm. Ganz einfach schien ihm nichts von dem zu sein, was der dort sah.

Der Computerspezialist warf ihm einen Blick zu, der besagte, daß die Klinikchefin in mancher Hinsicht nicht ganz ernst zu nehmen war. Der Direktorin entging dieser Blick natürlich vollkommen.

Dann eilten die Finger des Assistenten mit erstaunlicher Geschwindigkeit über das Keyboard, und die ersten Resultate erschienen auf dem Bildschirm. »Zunächst einmal handelt es sich um eine Gruppe von 325 Weißen männlichen Geschlechts.«

Gerard sah zu Poole hinüber, die mit der Hand über die Demonstrationsprothese fuhr und etwas von »täuschend echt« murmelte. »Poole«, sagte er heftiger als beabsichtigt, und die Polizistin fuhr zusammen. »Ich brauche Kimbles Aussagen von der Mordnacht.«

Poole zog die Akte aus ihrer Schultertasche und schlug sie auf.

»Der einarmige Mann«, begann Gerard. »Fehlte ihm der rechte oder der linke Arm?«

Poole überflog die Angaben und antwortete ohne aufzusehen: »Der rechte.«

Der Assistent gab die Information ein. Der Bildschirm flackerte kurz auf, und eine neue Zahl erschien: 250.

»Alter 35 bis 45«, las Poole ungefragt vor.

Die Finger des Assistenten spielten auf dem Keyboard wie auf einem Klavier. Der Bildschirm leuchtete auf, und die Zahl sank auf 117.

»Im Großraum Chicago«, fügte Gerard hinzu.

35. Gerard blickte nachdenklich auf die Zahl.

Der Assistent schaute zu ihm hoch. »Wissen Sie, an welcher Stelle die Prothese angepaßt wurde?«

»Über dem Musikantenknochen«, antwortete Gerard.

Als der Mann ihn fragend ansah, übersetzte Poole: »Mitte Oberarm.«

20.

»Es kann eine ganze Woche dauern, bis wir jeden einzelnen Namen überprüft haben«, beschwerte sich Renfro, um sich gleich darauf unter Gerards Blick zu ducken, der besagte, daß er nicht hören wollte, was er selbst wußte.

Ohne zu fragen, griff Gerard nach dem nächsten Telefon und wählte eine Nummer außerhalb der Klinik. Nachdem sich jemand gemeldet hatte, sagte er: »Stevens, ich habe hier eine Liste von Namen, die auf Vorstrafen überprüft werden müssen.«

Kimble stand auf dem Bürgersteig und starrte auf den furchteinflößenden grauen Steinblock auf der anderen Seite der lauten, dicht befahrenen Straße. Der bloße Anblick ließ sein Herz schneller schlagen und verursachte fast Übelkeit; er mußte sich bemühen, ruhiger zu atmen.

Auf dem Weg zum Gefängnis hatte er zweimal versucht, Sykes, den fünften Mann auf seiner Liste, von einer Telefonzelle aus zu erreichen, aber niemand hatte den Hörer abgenommen. Jetzt gab es kein Zögern mehr. Gerard konnte ihm dicht auf den Fersen sein. Er mußte alles riskieren und Clive Driscoll jetzt entgegentreten.

Als die Ampel auf Grün umschaltete, holte Kimble tief Luft und überquerte die Straße. Während er durch die Drehtür ging, die in die Eingangshalle des Untersuchungsgefängnisses führte, schwor er sich: Wenn sie ihn erkannten, bevor er Driscoll gesehen hatte, würde er davonrennen, selbst wenn sie ihm dann in den Rücken schossen. Das wäre zumindest schneller und sauberer als das, was ihn erwartete, wenn sie ihn ins Gefängnis zurückbrachten.

Und wenn er Driscoll nun wiedererkannte?

Der Gedanke daran, dem Mörder seiner Frau in die Augen sehen zu müssen, steigerte Kimbles Furcht. Er war sich keineswegs sicher, was er tun, was er sagen würde. Vielleicht würde er sich in sinnloser Wut gegen die Gitterstäbe werfen.

Aber er mußte sich zurückhalten. Noch hatte er keine Beweise gegen den Mann; noch nicht. Er mußte irgend etwas in der Hand haben, bevor er zur Polizei gehen konnte.

Kimble blieb in der Eingangshalle stehen und versuchte, möglichst unauffällig und entspannt zu wirken. Er las das Stockwerkverzeichnis neben den Aufzügen und drückte schließlich den Aufwärtsknopf.

Einer der Lifte öffnete sich fast umgehend. Kimble sah in die Gesichter von sechs Polizisten, die aus dem unterirdischen Parkhaus kamen. Fast wäre er davongerannt; so blieb er wie angewurzelt stehen und starrte die Beamten an, ohne entscheiden zu können, ob er sich verdächtig machte, wenn er auf den nächsten Fahrstuhl warten würde.

Wahrscheinlich schon. Zwei oder drei Leute hätten in der Kabine noch Platz gefunden. Die Tür ging zu, aber einer der Polizisten hielt sie für Kimble auf.

»Wollen Sie nun mit oder nicht?«

Kimble zwang sich, den Fahrstuhl zu betreten. Drinnen drehte er sich sofort um und starrte auf den Türspalt. Er versuchte, den Atem der sechs Cops in seinem Nacken zu ignorieren, und hielt den Blick nach oben auf die Stockwerkanzeige gerichtet, während der alte Lift rumpelnd den Aufstieg begann. Der Polizist neben ihm sah ihn prüfend an und wandte sich dann gähnend ab.

Der Fahrstuhl bewegte sich zum Verzweifeln langsam nach oben. Kimble zählte die Stockwerke mit, bis der Lift endlich...

Kurz vor dem fünften Stock blieb der Aufzug plötzlich stehen. Die Deckenlampen flackerten. Kimble senkte den Kopf und hoffte nur, daß niemand sah, wie er zitterte.

»O Mist«, stöhnte einer der Polizisten hinter ihm. »Nicht gerade jetzt...«

»Hat jemand ein Kartenspiel dabei?« scherzte ein anderer.

Aber in diesem Moment setzte sich der Fahrstuhl mit einem plötzlichen Ruck wieder in Bewegung. Eine dumpfe Glocke klingelte, als er im fünften Stock hielt. Die Türen öffneten sich, und Kimble trat in den Besucherbereich hinaus, wo er den Geruch einatmete, den er so zu hassen gelernt hatte: Schweiß, Metall und Verzweiflung, vermischt mit dem Aroma von beim Bügeln angesengter Baumwolle aus der Gefängniswäscherei und dem der Dosentomaten aus der Küche.

Er trat hinter eine andere Besucherin, eine verweinte junge Frau, die vor dem Sicherheitsbeamten stand und ein zerknülltes Taschentuch in der Hand hielt. »Kabine drei«, sagte der Mann zutiefst gelangweilt und ausdruckslos, so als habe er die Worte auswendig gelernt, ohne im entferntesten zu wissen, was sie bedeuteten. »Das Berühren der Glaswand ist verboten. Fünf Minuten, mehr nicht. Ich mache Sie darauf aufmerksam, daß Ihr Gespräch laut Gerichtsbeschluß aufgezeichnet werden darf. Der nächste.«

Er leierte die letzten Worte so übergangslos herunter, daß die in Tränen aufgelöste Frau einen Moment zögerte, als wüßte sie nicht genau, ob sie entlassen war. Dann wandte sie sich nach rechts und ging auf die Kabinen zu, über denen Zahlen angebracht waren.

Kimble trat sofort an den Tisch heran.

Der Beamte betrachtete eingehend eine Warze auf seinem Finger, während er Kimble nach dem Namen des Häftlings fragte. Es klang eher wie eine Feststellung als eine Frage, aber daran war Kimble gewöhnt. Er antwortete umgehend.

»Clive Driscoll.«

Ohne ihn eines Blickes zu würdigen, klappte der Beamte eine Seite seines Clipboards hoch. »Hier unterschreiben, darunter in Druckschrift Ihren Namen, Adresse und Beziehung zum Häftling.« Er beugte sich vor und sagte in exakt dem gleichen Tonfall: »Zwei-Null-Zehn. Driscoll, Clive R.«

Kimble trug in die Namensspalte mit sorgfältiger Schrift »Jesse Pulver« ein, daneben die Adresse aus dem Telefonbuch. Unter »Beziehung« trug er »Freund« ein und reichte das Klemmbrett dem Polizisten zurück.

Der Beamte warf einen flüchtigen Blick auf die Angaben und widmete sich dann wieder seiner Warze. »Es dauert ungefähr fünf Minuten. Sie können auf dem Flur warten.«

Er nickte zu einer Reihe von Stühlen hinüber, die an der anderen Seite des Raumes standen.

Kimble setzte sich auf einen der abgewetzten Kunstlederstühle, dessen Federn kaputt waren, und senkte jedesmal den Kopf, wenn jemand vorbeikam. Nach nervenaufreibenden sechs Minuten, ein paarmal war er fast soweit gewesen, aufzuspringen und davonzulaufen, beugte sich der Polizist vor und sah zu ihm hierüber.

»Der Besucher für Driscoll...«

Kimble stand rasch auf.

»Kabine sieben. Keine Hände auf das Glas. Ich mache Sie darauf aufmerksam...«

Kimble wartete nicht, bis er seinen Sermon beendet hatte. Er ging an den Stühlen entlang auf Kabine sieben zu. In seinem Kopf brannte das Bild von Helens Mörder – ein Mann mit olivfarbener Haut, mit dunklem, gelocktem Haar, dunklen Augen, dessen grobe, ländliche Gesichtszüge von Überraschung und Angst verzerrt waren, als er nach dem Arm griff, den Kimble ihm abgerissen hatte.

Kurz bevor er die Kabine erreichte, holte Kimble tief Luft. Dann trat er Driscoll entgegen.

Er sackte förmlich zusammen, als er heftig ausatmete. Driscoll war klein und drahtig. Seine hellbraunen Augen huschten unruhig umher. Er saß mit verschränkten Armen – einer davon künstlich – vor seinem Tisch und sah Kimble durch die Glasscheibe überrascht an. »Wer sind Sie denn?«

Der falsche Mann. Kimble begann zu zittern. Es war ein großes Risiko gewesen hierherzukommen – und alles wegen des falschen Mannes. Er spürte den verzweifelten, fast wahnsinnigen Wunsch, ganz weit fort zu sein, fort von Driscoll, fort von dem Gefängnis und seinem Geruch.

»Spielt keine Rolle«, murmelte er. »Ich habe mich vertan.«

Der Argwohn in Driscolls Augen wich einem Ausdruck von Einsamkeit und Hoffnung. »Ach Mist, das macht nichts. Bleiben Sie doch einfach ein paar Minuten und reden Sie über irgend etwas.«

Aber Kimble hatte sich schon umgedreht und ging den langen Flur hinunter.

Driscoll rief ihm etwas nach: »Wir sind hier nicht gerade ans Kabelnetz angeschlossen, verstehen Sie?«

Kimble verließ den Besuchertrakt und ging auf die Fahrstühle zu, vor denen wieder einige Polizisten warteten. Dieses Mal lief er daran vorbei und steuerte auf das Ende des Korridors zu, hin zu der Tür mit der Aufschrift TREPPENHAUS.

Nach ein paar Anrufen war Gerards Liste schnell von zwanzig auf sechs Namen zusammengeschrumpft. Drei gab er Poole und Refro, während er und Biggs die anderen drei übernahmen. Driscoll überprüfte er zuerst. Die Tatsache, daß er wegen bewaffneten Überfalls vor Gericht mußte, machte ihn zum Hauptverdächtigen.

Zusammen mit Biggs ging Gerard durch die Eingangshalle des Untersuchungsgefängnisses und hielt der Pförtnerin seinen Dienstausweis entgegen. »Marshal Gerard. Wir müssen einen Gefangenen sprechen.«

Sie wandte den Kopf zu den Fahrstühlen. »Fünfter Stock.«

Die beiden Männer gingen auf die Aufzüge zu. Die Stockwerkanzeigen schienen in den oberen Regionen festgefroren. Der nächste abwärts fahrende Lift befand sich erst im elften Stock.

»Es ist komisch«, meinte Biggs nachdenklich, während sie die Ziffern anstarrten, von denen nun die Neun aufleuchtete. »Jemand riskiert alles, um einen einarmigen Mann zu finden, von dem die Polizei bei ihren Ermittlungen keine Spur entdecken konnte. An dieser ganzen Sache ist etwas komisch.«

Gerard ignorierte ihn. Er wußte, daß Biggs und die anderen langsam auf die Idee kamen, daß Kimble vielleicht die Wahrheit gesagt hatte. Aber er hatte nicht vor, etwas Derartiges zuzugeben. Wenn er auch nur den Schatten eines Zweifels an Kimbles Schuld einräumen würde, stünde er als sentimentaler Idiot dar, sollte es sich doch erweisen, daß er der Mörder war. Schlimmer noch: Wenn er das tat, würden auch seine Kollegen an Kimbles Unschuld glauben, und sie würden ihrer Arbeit mit weniger Eifer nachgehen, würden schneller etwas übersehen, und Kimble würde entkommen. Und wenn man dann eine einarmige Leiche fände, dann würde Gerard die Mitschuld an diesem Mord tragen.

Dabei hatte Gerard schon genug Blut an seinen Händen

kleben, das Blut dreier Menschen. Er hatte nicht vor, einen vierten hinzuzufügen, auch wenn es möglicherweise das Blut eines Profikillers war.

Komisch.

Gerards Oberlippe zitterte leicht. Langsam drehte er sich zu Biggs. »Ich hasse dieses Wort.«

Biggs sah rasch zu den Stockwerkanzeigen hinauf, aber in seinem Blick lag eine Skepsis, die Gerard irritierte. Er drückte erneut auf den Knopf, hielt ihn eine Weile fest und fluchte dann leise.

»Wo ist das verdammte Treppenhaus?«

Biggs war entgeistert. »Es sind fünf Stockwerke!«

Verächtlich glitt Gerards Blick über die stämmige Figur seines Begleiters. »Dann warten Sie eben.«

Ohne darauf zu achten, ob Biggs ihm folgte, ging er auf die Tür mit der Aufschrift TREPPENHAUS zu und begann den Aufstieg.

Vor Ungeduld rannte er fast. Als er den dritten Stock erreicht hatte, blieb er japsend stehen und warf einen Blick auf die Menschen, die unter ihm die Wendeltreppe hinauf- oder hinuntergingen.

Biggs war nicht dabei; offenbar hatte er es vorgezogen, auf den Fahrstuhl zu warten. Gerard schöpfte Atem und wollte weitereilen, als er auf dem Absatz des dritten Stockwerks mit einem Mann zusammenstieß, der sich auf dem Weg nach unten befand.

Er hatte dunkles Haar und trug unauffällige Straßenkleidung. Gerard hatte sein nach unten gebeugtes Gesicht nicht erkennen können, aber als er keuchend auf dem Absatz des vierten Stocks stand, blieb er plötzlich stehen. Etwas, das er nicht erklären konnte, ließ seine inneren Alarmglocken schrillen. Ein Jäger hätte vielleicht gesagt, daß er seine Beute witterte.

Er beugte sich über das Geländer und sah, wie der dunkelhaarige Mann in der Spirale nach unten eilte. Es hätte irgend jemand sein können, aber Gerard wußte instinktiv, wer es war. Er rief hinunter, und seine Stimme hallte durch das Treppenhaus:

»Kimble!«

Es war ein guter Test, denn alle anderen auf den Stufen schauten überrascht und neugierig nach oben – alle, außer dem dunkelhaarigen Mann. Der zögerte und hätte fast das Gleichgewicht verloren, bevor er sich wieder fing und seinen Weg noch schneller fortsetzte.

Das war der letzte Beweis. Gerard zog seinen Revolver und rannte die Stufen hinab: *»Kimble!«* Der Mann begann zu rennen. Gerard versuchte, auf ihn zu zielen. Als er sah, daß es zu gefährlich war, wirbelte er herum und lief auf die Tür zum Flur zu. Als er kurz davor war, flog sie auf, und er wäre um ein Haar dagegengerannt. So prallte er frontal mit einem Chicagoer Polizisten zusammen.

Gerard packte den Beamten bei den Schultern und schrie ihn an: »Ich bin U.S.-Marshal! Schnappen Sie sich ein Telefon und sagen Sie Ihrem Chef, daß sich einer der meistgesuchten Männer des Landes in diesem Gebäude befindet. Los!«

Er drehte den verwirrten Cop an den Schultern um und schob ihn wieder auf den Flur. Er selbst begann erneut, die Treppen hinunterzuhasten, mehrere Stufen auf einmal überspringend.

Als Kimble die Treppenhaustür aufstieß und die Eingangshalle betrat, ging sein Atem in schnellen, ruckartigen Stößen. Selbst als er in dem verunglückten Bus in der Falle gesessen und die Lichter des herannahenden Zuges gesehen hatte, war seine Angst nicht so groß gewesen wie jetzt, nicht einmal, als er auf die brüllenden Fluten des Barkley-Staudamms hinuntergestarrt hatte, mit dem Wissen, daß Gerards Pistole auf seinen Rücken gerichtet war. Aber er war auch noch nie so nah daran gewesen, Helens Mörder zu finden. Gerard, der seinen Namen rief, hatte mehr Furcht in ihm ausgelöst als das ohrenbetäubende Kreischen der Zugbremsen. Es schien, als sei Gerard so unbeirrbar wie eine Dampfwalze.

Aber er durfte noch nicht sterben, jetzt, wo er seinem Ziel so nahe war.

Als er durch die Eingangshalle lief, blickten die beiden

uniformierten Polizisten, die neben den Eingangstüren standen, zu ihm herüber, zogen ihre Waffen und kamen auf ihn zu.

In einer plötzlichen Eingebung stieß Kimble hervor: »Wachtmeister! Im Treppenhaus ist ein Mann, der mit einer Pistole fuchtelt und herumschreit!«

Die Cops fielen darauf herein, rissen die Türen auf und eilten die Stufen hinauf.

Kimble bemühte sich, langsam zu gehen und doch so schnell wie möglich an den Menschen in der Halle vorbeizukommen. Die gläsernen Drehtüren kamen immer näher. Gerard war zwei Stockwerke über ihm gewesen, und die beiden Polizisten würden ihn hoffentlich auch noch ein paar Sekunden kosten. Wenn er die Straße erreicht hatte, konnte er es schaffen...

Plötzlich heulte eine alles durchdringende Sirene auf. Die Besucher blickten verwirrt um sich und blieben stehen. Die Polizisten zogen sofort ihre Waffen.

Kimble rannte los. Mit Entsetzen sah er, wie sich die Drehtüren am Eingang langsam schlossen. Mit einem letzten verzweifelten Satz gelang es ihm, einen seiner derben Schuhe in den verbleibenden Spalt zu bringen und die Tür aufzudrücken. Er hätte es auch nach draußen geschafft, wenn nicht ein großgewachsener Mann, der gerade das Gebäude betreten wollte, erkannt hätte, daß Kimble sich auf der Flucht befand. Er stemmte sich von außen gegen das Glas. Kimble war in der Drehtür gefangen.

Die anderen Türen schnappten mit einem elektrischen Summen zu.

Kimble richtete sich auf und schob seinen Fuß ganz durch den Spalt. Der große Mann drückte dagegen, aber langsam öffnete sich die Tür. Es gelang Kimble, eine Hand hineinzuzwängen, dann seinen Arm bis zum Ellenbogen, dann sein Bein...

Sein Kopf zuckte zur Seite, als er hinter sich Gerards Stimme hörte, die durch das nervtötende Schrillen der Sirene drang.

»Auf den Boden! Alle auf den Boden!«

Der Mann vor der Tür ließ sich fallen, so daß Kimble nur noch gegen das elektronische Schloß kämpfen mußte. Der Motor stöhnte auf, als die Tür sein Bein einzuquetschen drohte. Er sah, wie sich die Besucher auf den Marmorboden der Eingangshalle warfen. Schließlich bemerkte er voller Entsetzen, daß nur noch ein Mann aufrecht stand.

Verzweifelt versuchte Kimble, seinen Körper durch einen Spalt zu pressen, der zu eng für ihn war. Doch plötzlich rutschte er hindurch. Ein letztes Zerren, und er war frei. Er machte einen Satz nach vorne...

Und stürzte zu Boden. Sein Fuß war im Spalt wie in einer Bärenfalle hängengeblieben. Er kämpfte sich auf einem Bein hoch und versuchte, irgendwie loszukommen. Seine Zähne knirschten vor Schmerz und Anstrengung. Über die Schulter wandte er sich nach seinem Verfolger um.

Gerard stand vor der Glastür und zielte auf ihn, direkt auf seinen Kopf.

Kimble rutschte aus, schob sich vorwärts und grub die Finger in den Asphalt. Er gab seltsame, gedämpfte Töne von sich, wie ein Tier in der Falle, während er auf seinen Fuß in der Tür und auf Gerard starrte.

Hinter dem Glas kniete der Polizist mit der Waffe im Anschlag. Er war nur wenige Schritte von seinem Ziel entfernt, und als sich ihre Blicke trafen, sah Kimble in seinen Augen eine merkwürdige Mischung aus kalter Pflichterfüllung und Mitleid.

Nicht mein Problem.

Der Sirenenton endete abrupt. Kimble drehte sich um und preßte die Hände auf den Boden. Eine blutrote Wolke der Angst hüllte ihn langsam ein, während ein alles überdeckender Schneewirbel auf ihn zukam.

Gerard schoß, insgesamt siebenmal in zwei Sekunden. Noch vor dem ersten Schuß ließ sich Kimble fallen.

Die Besucher schrien auf. Ihre Schreie hallten zusammen mit den Pistolenschüssen durch das Gebäude. Dann senkte sich eine tödliche Stille herab.

Gerard erhob sich und trat dicht an das Glas heran. Auf der anderen Seite rappelte sich Kimble auf und sah ihn fassungslos an. Einen winzigen Augenblick standen sie sich wie Wachsfiguren gegenüber. Dann hob Gerard träumerisch eine Hand und berührte eine der Dellen, die die Kugeln in das Glas getrieben hatten.

Kimble erwachte aus seiner Trance. Mit einer letzten, ungeahnten Anstrengung zerrte er seinen Fuß aus dem Spalt. Ächzend schloß sich die Tür, während Kimble auf die Straße rannte.

Von der anderen Seite der Drehtür aus beobachtete Gerard durch das pockennarbige Glas, wie Kimble unbeschadet die Straße überquerte und in einer Schar von Fußgängern untertauchte. Frustriert schlug er mit der Faust gegen das dicke Glas. »Macht die Türen auf!«

Biggs kam mit einer Waffe in der Hand auf ihn zu. Gerard starrte auf die Straße, dorthin, wo er Kimble aus den Augen verloren hatte. Plötzlich trat er auf etwas Hartes, unregelmäßig Geformtes. Er bückte sich und hob ein zusammengedrücktes Geschoß vom Boden auf. Sechs andere lagen verstreut auf dem glänzenden Marmor.

»Kugelsicheres Glas«, bemerkte Biggs unnötigerweise. Gerard starrte ihn wortlos an.

Mit einem Summen öffneten sich die Türen. Biggs fuhr leicht zusammen. Gerard sah zu, wie sie langsam den Weg auf den belebten Bürgersteig freigaben, doch Kimble war längst verschwunden.

Kimble lief wie aufgeputscht durch die Straßen, hin zu der Adresse, die im Telefonbuch unter Frederick Sykes stand. Er fand das Mietshaus, ein älteres, zweistöckiges Backsteingebäude. Die Wohnungstüren lagen alle zur Straße hin. Kimble betrat ein Pizzarestaurant, das gegenüber dem Haus lag und von wo aus er Sykes' Wohnung beobachten konnte, während er vom Telefon neben der Theke seine Nummer wählte.

Er ließ es zehnmal läuten, bevor er aufhängte und durch das Außenfenster des Restaurants auf die Straße hinaussah.

Niemand war zu sehen, und Kimble war gerade im Begriff, das Restaurant zu verlassen, als er einen Mann bemerkte, der in jeder Hand einen Pappbecher trug und auf einen parkenden Wagen zuging. Eine Frau beugte sich über den Sitz und öffnete ihm die Tür. Der Mann reichte ihr einen Becher, bevor er selbst in das Auto stieg. Doch bevor er das tat, zog er noch etwas an seiner Hüfte gerade.

Eine Pistole. Der Mann stieg ein, schlug die Tür zu und die beiden nippten an ihrem Kaffee, ohne dabei die Eingangstür von Sykes' Wohnung aus den Augen zu lassen.

Kimble drehte sich um und verließ das Lokal durch die Hintertür. In gewisser Hinsicht war der Anblick der Polizisten ermutigend; es bedeutete, daß Sykes verdächtigt wurde. Vielleicht hatte Gerard selbst die Beschattung angeordnet. Dann glaubte er mittlerweile auch an die Existenz des einarmigen Mannes...

Kimble preßte die Lippen zusammen. Der gleiche Mann hatte vor nicht einer Stunde versucht, ihn niederzuschießen. Und doch hatte er so etwas wie Mitleid in Gerards Augen gesehen.

Im Grunde war er Kimbles letzte Chance, auch wenn er ein kalter, abgebrühter Hundesohn war. Gerard gab niemals auf: Wenn er einmal von Kimbles Unschuld überzeugt sein sollte, würde er nicht eher ruhen, bis die Gerechtigkeit gesiegt hatte.

Aber Kimble hatte das Gefühl, daß es verdammt schwer werden würde, ihn zu überzeugen.

Er schlich sich hinter dem Restaurant an den Geschäften entlang und schlug einen großen Bogen. Schließlich näherte er sich dem Mietshaus von der Rückseite. Dort stieg er die Feuerleiter zu Sykes' Wohnung hoch – keine leichte Übung, da die Leiter etwa drei Meter über dem Boden endete. Er mußte auf eine Fensterbank klettern und von dort springen. Mit etwas Glück erwischte er die letzte Sprosse und schwang sich hoch. Dabei mußte er Kräfte freimachen, von denen er nicht geglaubt hatte, daß sie noch vorhanden waren. Die letzten beiden Tage mit ihrem Mangel an Schlaf und den körperlichen Anstrengungen hatten ihn völlig erschöpft, und bei dem Kampf, seinen Fuß aus der Drehtür zu ziehen, schien jeder Muskel in seinem Körper gezerrt worden zu sein.

Aber das Wissen, daß Sykes der letzte Verdächtige auf seiner Liste war, trieb ihn vorwärts.

Wenn Sykes nicht der Richtige war...

Kimble mochte nicht an diese Möglichkeit denken. Als er auf dem eisernen Vorsprung vor Sykes Wohnung stand, hielt er eine Hand über die Augen und spähte durch das Fenster.

Kein Licht, niemand zu Hause. Die Küche war dunkel und leer. In der Spüle stapelte sich schmutziges Geschirr.

Kimble klopfte an die Hintertür und wartete eine halbe Minute. Dann klopfte er ein zweites Mal. Nichts rührte sich. Er trat etwas zurück und überzeugte sich durch einen Blick nach unten, daß niemand ihn beobachtete, bevor er seine Faust mit dem Ärmel seiner Jacke umwickelte und gegen das Fensterglas schlug. Er zersplitterte; einige Scherben fielen durch die Feuerleiter auf die Gasse, andere auf den Küchenboden.

Kimble langte durch das Loch, drehte den Knauf und öffnete die Tür. Er glitt in die Küche und schloß die Tür hinter sich. Verbrechen Nummer zehn: Einbruch.

Die Wohnung war dunkel und still. Er ging ins Wohnzimmer, das, gemessen am Kimbles früheren Verhältnissen, äußerst bescheiden eingerichtet war. Jetzt wirkte es nahezu palastähnlich. Kein Kamin, nur alte, aber gemütliche Möbel: Ein Kamelhaarsofa, über dessen Rückenlehne eine Steppdecke hing, ein Sessel, dessen Polsterung dringend erneuert werden mußte, ein kleiner Fernseher auf einem Preßspanregal.

Kimble blieb neben dem Sessel stehen. Auf einem kleinen Tisch standen einige Fotografien: ein Mädchen in einem Cheerleader-Kostüm, ein grinsender Junge in einer Football-Ausrüstung. Sofort war Kimble davon überzeugt, wieder den falschen Mann erwischt zu haben. Hier wohnte ein Familienvater. Dieser Mann konnte unmöglich...

Sein Blick fiel auf das Foto eines Mannes in den Dreißigern. Er trug die Uniform des Chicago Police Departments. Kimble nahm das Bild in die Hand. Die Haltung des Mannes war steif, er hatte die Arme unbeholfen vor der Brust verschränkt. Aber er lächelte nicht; das Blitzlicht hatte ihn wohl unvorbereitet getroffen. Er blickte mit einem überraschten Ausdruck seiner großen dunklen Augen in die Kamera.

Es war der gleiche Blick, mit dem er Kimble in jener Nacht angestarrt hatte, in Kimbles Haus, als der Doktor ihm seinen künstlichen Arm abgerissen hatte.

10

Mit zitternden Händen und einem Gefühl, in dem sich Triumph und Schrecken mischten, legte Kimble die Fotografie vor sich hin. Der Mann auf dem Foto entsprach seiner Erinnerung: dasselbe Gesicht, dieselbe Statur, dieselben dunklen Augen und dasselbe dunkle, gelockte Haar.

Endlich hatte er also den Mörder seiner Frau gefunden: Frederick Sykes. Was ihm jetzt noch fehlte, war das Beweisstück, das die Verbindung zwischen Sykes und dem Mord an Helen sicherstellte. Er mußte es finden. Aber was? Bis zu diesem Punkt waren seine Überlegungen noch nicht gediehen; vielleicht hatte er insgeheim sogar gehofft, nie über diese Frage nachdenken zu müssen.

Er zögerte, nahm das Foto dann noch einmal in die Hand. Der Mann auf dem Bild – ohne Zweifel Sykes – war kerngesund, er trug keine Prothese. Aber das Foto schien mindestens zehn Jahre alt zu sein. Vielleicht hatte Sykes irgendeinen Unfall erlitten und dabei einen Arm verloren, so daß er den Dienst bei der Polizeitruppe quittieren mußte.

Oder war es möglich, daß er, Kimble, so verzweifelt nach dem Mörder seiner Frau suchte, daß er Sykes' Schuld gar nicht mehr in Zweifel zog? Schließlich hatte er den Mann nur ein paar Sekunden lang gesehen, bei schummeriger Beleuchtung und während eines Kampfes, der sich vor einem Jahr abgespielt hatte...

Ohne genau zu wissen, was er eigentlich suchte, legte Kimble das Foto zurück und ging über den kleinen Flur zu dem einfachen, winzigen Schlafzimmer. Es war spartanisch eingerichtet: ein Tisch, ein schlichter Schrank, ein Doppelbett mit einem einzigen Kissen. Sykes mochte früher eine Familie gehabt haben, jetzt lebte er jedenfalls alleine. Kimble öffnete den Kleiderschrank, durchwühlte die gefalteten Oberhemden und Jeans in der obersten Schublade. Sein Arm streifte etwas Kaltes, aus Plastik...

(... diese leblose Haut unter seinen Händen, und das Gefühl eines Widerstandes, als er daran zerrte, ihn verdrehte...)

Was er hervorzog, war eine Armprothese. Ihre Patina zeigte, daß sie jahrelang getragen worden war. Aber das Ellbogengelenk sah neu aus, wie nach einer Reparatur.

Kimble ließ sich auf den Stuhl vor dem Schreibtisch sinken und weinte lautlos.

Nachdem er sich wieder beruhigt hatte, begann er die Schreibtischschubladen zu durchsuchen. Er stieß auf Kästen mit Büroklammern, Gummiringen, eine Mappe mit Quittungsbelegen und ein Päckchen mit Fotografien, das seine Aufmerksamkeit fesselte. Er holte sie hervor und betrachtete sie der Reihe nach.

Die Bilder zeigten vor allem Kinder – offensichtlich war der Kerl einmal verheiratet gewesen; es gab sogar ein Foto von einem Enkelkind. Die Fotos, die Kimble am meisten interessierten, zeigten Sykes auf einer Art Firmenausflug. Er ging sie einzeln durch. Eines fiel ihm besonders auf, auf dem Sykes zusammen mit einem riesigen Fisch zu sehen war. Er hielt inne, überlegte, knöpfte sich das Foto noch einmal vor.

Auf dem Bild sah man Sykes und einen anderen Mann lächelnd jeweils rechts und links von einem großen Fisch auf dem Kai stehen. Das Gesicht des anderen – jüngeren, besser gekleideten – Mannes hatte Kimble stutzen lassen; irgendwie kam es ihm bekannt vor, und er versuchte eine Minute lang herauszufinden, woher.

Er schloß die Augen, suchte sein Gedächtnis ab und hörte schließlich die Stimme von Charlie Nichols, die sich über den Lärm der Menge erhob: *Richard! Ich habe gerade mit jemandem gesprochen, der dich kennenlernen möchte... Richard Kimble... Alex Lentz. Alex arbeitet bei der RDU90-Studie für Devlin Macgregor mit.*

Genau. Kimble öffnete die Augen, starrte das junge, braungebrannte, lächelnde Gesicht auf dem Foto an und hörte den Besitzer sagen: *Tut mir leid, daß wir während der vergangenen Tage aneinander vorbeitelefoniert haben. Ging es um die Biopsie-Berichte, die Sie von mir bekommen haben?*

Nächstes Bild, ebenfalls von diesem schrecklichen Abend: Chefchirurg Falawis dunkle, erschöpfte Augen über der grünen Maske, der Blick, den er Kimble zuwarf, als sie gemeinsam versuchten, einen Mann vor dem Verbluten zu retten – einen Mann mit einer schwer geschädigten Leber. *Er gehört zu der Drogenstudie. RDU90.*

Der feindselige Blick, mit dem Lentz Kimble durch den Ballsal folgte, während er sich selbst unbeobachtet glaubte...

Ein unbehagliches Gefühl beschlich Kimble; ihm war, als stünde er schwankend vor dem jähen Abgrund einer Offenbarung; dennoch fuhr er mit der Durchsuchung der Schreibtischschubladen fort. Aus einem umfangreichen Ordner voller Quittungen und Empfangsbestätigungen fischte er einen Stapel von Lohnüberweisungsabschnitten heraus, die durch ein Gummiband zusammengehalten wurden. Rechts oben in der Ecke war das Logo des Devlin-Macgregor-Pharmaziekonzerns zu sehen. Neben dem Nettobetrag stand: »Lohnliste Nummer vier: Sicherheitsmaßnahmen.«

Kimble sackte auf seinem Stuhl zusammen, wie vom Blitz einer plötzlichen Einsicht getroffen.

Wenn Helen nun gar nicht zufällig ermordet worden wäre? *Was, wenn Hellen nicht zufällig ermordet worden wäre?* Was, wenn es Sykes' Absicht gewesen wäre, auch ihn zu töten, rechtzeitig, bevor er die RDU90-Sache auffliegen ließ? Nur der Notruf von Tim Price hatte ihm das Leben gerettet, war es nicht so? Was, wenn er nicht in den Operationssaal gerufen worden wäre? Dann wäre ich endlich auch tot, dachte Kimble und schlug die Hände vors Gesicht...

Nein. Er richtete sich auf, ließ die Hände sinken. Nein, es war, trotz allen Schmerzes, schon besser, am Leben geblieben zu sein. So würde Sykes wenigstens vor dem Kadi landen.

Lange ließ Kimble seinen Blick auf den Lohnabschnitten ruhen.

Dann ging er in die Küche, erfragte bei der Auskunft eine Telefonnummer und wählte sie.

Am späten Morgen traf Gerard in seinem Büro ein. In der kleinen Küche am Ende des Flurs schüttete er die sechste Tasse Kaffee in sich hinein und ließ im Geiste noch einmal Revue passieren, was im Gefängnis vorgefallen war.

Driscoll schien ihm immer noch der Hauptverdächtige, vor allem in Anbetracht seiner Liste bewaffneter Raubüberfälle. Kimble hatte ihn im Gefängnis besucht, aber Driscoll behauptete, er habe keinen blassen Schimmer, wieso – und wo Kimble sich jetzt aufhalte. Er schien die Wahrheit zu sagen, aber nach Gerards Erfahrungen waren angeheuerte Killer besonders geschickt darin, einem alles mögliche als Wahrheit zu verkaufen. Dann gab es noch zwei weitere Verdächtige, deren Wohnungen Gerard überwachen ließ. Er wußte nicht genau, was Kimble jetzt tun würde; alles hing davon ab, ob Driscoll der Mann war. Ganz gewiß würde Kimble dem Staatsgefängnis so bald nicht wieder einen Besuch abstatten, auch wenn er noch so sehr hinter Driscolls Haut her war. Vielleicht würde er einfach Reißaus nehmen.

Gerard hätte sich jetzt in den Hintern beißen können, daß er Kimble, als er die Gelegenheit dazu gehabt hatte, nicht einfach ins Bein geschossen hatte.

Über den Flur hörte er Renfro, der in Biggs' Büro saß, sagen: »Ich bin ganz deiner Meinung. Jetzt wird es langsam abartig. Es war doch verrückt von ihm, ins Gefängnis zu kommen, oder? Absolut verrückt...«

Bei dem Wort »abartig« kräuselten sich Gerards Lippen. Er stellte die Kaffeekanne wieder auf die Wärmeplatte und ging in den Flur, drauf und dran, Renfro etwas Vernichtendes zuzurufen. Doch im selben Moment stand Jenna, seine Sekretärin, vor ihm, schreckensbleich im Gesicht.

»Kimble auf Apparat drei«, sagte Jenna.

Für den Bruchteil einer Sekunde wollte Gerard es nicht glauben, dann wandte er sich mit einem Ruck zu Biggs' Büro und bellte: »Renfro! Biggs!«

Die beiden Männer hatten Jennas Ankündigung gehört und waren schon aus der Tür. Sie folgten Gerard, der, den Pappbecher mit schwappendem Kaffee vorsichtig balancierend, zum Media-Raum rannte.

»Er hat sich mit Namen gemeldet?« fragte Renfro mit fassungsloser Stimme.

»Muß völlig übergeschnappt sein«, schnaubte Biggs.

Gerard antwortete nicht. Er hatte auch schon an diese Möglichkeit gedacht; dennoch wollte er sich die Gelegenheit zu einem Gespräch mit Kimble keinesfalls entgehen lassen. Im Media-Raum stellte er den Becher mit Kaffee auf den Tisch neben das Telefon und nickte dem Techniker zu, der schon alle Vorbereitungen getroffen hatte und neben dem Kontrollpult wartete.

Gerard nahm den Hörer ab, und die Jagd konnte beginnen.

»Hier ist Gerard.«

Kimble verschwendete keine Zeit mit Vorreden. »Erinnern Sie sich, was ich im Tunnel zu Ihnen sagte?«

Gerard hatte nach seinem Sprint Mühe, wieder zu Atem zu kommen. Er holte tief Luft und sagte dann ruhig: »Sie haben mir gesagt, daß Sie Ihre Frau nicht umgebracht hätten.«

»Erinnern Sie sich, was Sie mir geantwortet haben?«

Gerard erinnerte sich nur zu gut daran, sagte aber: »Woran ich mich erinnere, ist, daß Sie meine Pistole auf mich gerichtet hatten.«

»Sie sagten: ›Nicht mein Problem.‹«

Renfro hockte sich neben den Techniker, der auf dem Stuhl saß. Gerard, der stand, konnte von seinem Platz aus sehen, wie die Ziffern in rascher Abfolge auf der Digitalanzeige des Suchgerätes wechselten. Eine blieb schließlich stehen, und der Techniker flüsterte Renfro aufgeregt etwas zu. Gerard strengte sich an, zu verstehen, was er sagte – irgend etwas wie ›im Süden‹! Er konnte sich beim besten Willen nicht erklären, warum Kimble angerufen hatte; soviel Dummheit und Unvorsichtigkeit hätte er dem Chirurgen, den er für äußerst durchtrieben und gerissen hielt, niemals zugetraut. Das war die Aktion eines Wahnsinnigen, der ein Publikum brauchte. Vielleicht hatte Renfro doch recht, vielleicht war der Mann wirklich verrückt.

Trotzdem zog Gerard das Spiel durch, sprach langsam,

nahm sich Zeit für die Antworten. Je länger er den Chirurgen in der Leitung halten konnte, desto besser. »Ganz richtig, Kimble... es ist nicht meine Absicht, hier ein Puzzle zusammenzusetzen. Über Ihre Schuld hat jemand anders entschieden. Ich bin nur der kleine Polizist, der dafür bezahlt wird, Sie zur Strecke zu bringen.«

Poole schlich sich in den Raum und stellte sich neben Biggs; ihre Augen hingen an Gerards Lippen. Gerard hielt das Technikerpult im Blick, die zweite Ziffer der Telefonnummer rastete ein.

»Er befindet sich im Pullman-Viertel«, sagte Renfro leise. »In fünfzehn Sekunden haben wir den genauen Standort.«

Kimble schien keine Eile zu haben, das Telefongespräch zu beenden. Seine Stimme klang nicht gehetzt, als unterhielte er sich ganz normal. »Okay, Gerard, aber *ich* versuche das Puzzle zu lösen... und ich habe gerade ein Stück davon gefunden.«

Bei diesem Informationssplitter weiteten sich Gerards Augen. Driscoll, beschloß er blitzschnell. Er mußte der Mann sein. Kimble hatte ihn heute morgen erkannt, aber wenn das so war, wieso hatte er dann nicht einfach eine Pistole gezogen und ihn weggepustet?

Newman betrat den Raum, eine Akte in der Hand, den Mund zum Sprechen geöffnet; die anderen drehten sich um und forderten ihn mit erhobener Hand zum Schweigen auf. Er begriff sofort, was vor sich ging, und lauschte gemeinsam mit den anderen dem weiteren Gespräch.

»Ich hoffe, das bedeutet, daß Sie aufgeben?« fragte Gerard. Kimble zögerte. Einen Moment lang fürchtete Gerard, er würde auflegen. Bestimmt war ihm klar, daß die Polizei der Spur des Anrufs folgte und in wenigen Sekunden seine Nummer herausgefunden haben würde...

»Die Sache scheint doch nicht so einfach zu sein.« Kimbles Stimme klang plötzlich todmüde. »Aber da es nicht Ihr Job ist, sich um dergleichen zu kümmern, möchte ich Sie nicht weiter mit Einzelheiten langweilen. Ich wollte sie nur wissen lassen, daß es noch ein paar Dinge gibt, die ich zu klären habe.«

Das kaufte ihm Gerard nicht eine Sekunde lang ab. Kimble war nicht verrückt, und er war nicht dumm; er veranstaltete all das, weil er noch ein As im Ärmel hatte. Aber seiner Stimme war anzuhören, wie müde er war, todmüde, und wenn er so weitermachte, würde er bald so müde sein, daß er alles vermasselte.

Ruhig und in äußerster Aufrichtigkeit sagte Gerard: »Sie laufen ein Wettrennen gegen die Zeit, Kimble. Je länger Sie sich verstecken, desto gefährlicher wird es für Sie.«

»Vielen Dank, daß Sie sich um mich sorgen«, sagte Kimble matt. »Ich muß sagen, heute morgen hatten Sie eine besonders merkwürdige Art, mir das zu zeigen.«

Peng! Gerard sprang auf, dann begriff er: Das war der Telefonhörer, den Kimble irgendwohin geknallt hatte.

»Sie können diese Sache nicht in die Hand nehmen, Kimble. Kimble?«

Schweigen, aber kein Freizeichen. Das Geräusch sich entfernender Schritte.

Kimble war weggegangen und hatte den Hörer einfach liegenlassen.

Gerard legte eine Hand über die Sprechmuschel und warf einen Blick zu Renfro. »Wo ist er?«

Renfro starrte voller Verblüffung auf die Ziffern im Kontrollpult. »Verdammte Scheiße! Da haben wir gerade einen Wagen hingeschickt!«

Die Glasscheibe der Hintertür zu Sykes' Apartment war zerbrochen; so war Kimble also hineingekommen. Im Wohnzimmer fand Gerard den brummenden Hörer, den Kimble nicht wieder aufgelegt hatte, auf der Anrichte. Kimble mußte geahnt haben, daß die Polizisten, die das Apartment überwachten, durch die Vordertür eindringen würden; er war durch die Hintertür und dann über die Feuerleiter zum Parkweg entwischt.

Poole folgte Gerard in die Wohnung, während sie die Kartei durchblätterte. Hinten in der Küche und an der Eingangstür sicherten Renfro und eine Handvoll technischer Spezialisten die Fingerabdrücke und rekonstruierten den

Einbruch. »Name: Frederick Sykes. Fünfundvierzig. Ex-Polizist.«

Gerard legte den Hörer wieder auf die Gabel. Ein Mann von der Spurensicherung, der zehn Jahre lang Gerards Vorgesetzter gewesen war, näherte sich. »Wir möchten Ihnen gerne etwas zeigen.«

Gerard und Poole folgten ihm zu dem kleinen Schreibtisch. Der Kollege von der Technik setzte sich, zog ein Bündel Überweisungsabschnitte, ein paar Papiere und ein Päckchen Fotos hervor. »Kimbles Fingerabdrücke finden sich überall in der Wohnung, aber sie konzentrieren sich hier«, erklärte er.

Er öffnete das Päckchen, ließ die Fotos herausgleiten und hielt bei einem inne, das er Gerard reichte. »Er hat sie durchgesehen und hier haltgemacht«, sagte er.

Gerard starrte auf das Bild. Er sah zwei Männer und einen Fisch und versuchte herauszufinden, was daran für Richard Kimble von Bedeutung sein könnte. »Zeigen Sie mir auch die Negative«, sagte er mit einem Blick auf den Kollegen von der Technik.

Der Kollege reichte sie ihm. Gerard entrollte den Film, hielt ihn gegen das Licht und betrachtete ihn mit zusammengekniffenen Augen.

»Da fehlt eines«, murmelte er vor sich hin, aber so, daß der Kollege es hören konnte.

Das Funkgerät in seiner Tasche piepte, und Biggs' Stimme drang durch die Hintergrundgeräusche zu ihm. »Er kommt gerade...«

»Wir erwarten ihn«, sagte Gerard. Er gab die Negative an den Techniker zurück, behielt aber das Foto.

Eine Minute später kam Sykes durch die Vordertür herein. Gerard steckte das Foto in die Tasche und wartete, zusammen mit Poole, an der Küchentür.

Sykes war einarmig, das stimmte, aber die Mannschaft in der prothetischen Klinik hatte so gute Arbeit geleistet, daß man es kaum sah, außer wenn man genau darauf achtete. Er war ein großer Kerl mit groben Gesichtszügen, lockigem, dunklem Haar, kräftigem Knochenbau und massiger Statur; dennoch war Biggs, der ihm auf den Fersen folgte, einen halben Kopf größer. Eine Sekunde lang stand Sykes mit offenem Mund im Türrahmen, dann marschierte er hinein, die Empörung und Entrüstung in Person.

»Was zum Teufel geht hier vor? Wer seid ihr?«

Gerard trat auf ihn zu, maß ihn mit *Dem Blick.* »Bei Ihnen ist eingebrochen worden, Mister Sykes.«

Sykes funkelte ihn wütend an, die Hände zu Fäusten geballt, bereit, zuzuschlagen. Diese Art Härte kannte Gerard von so manchem Fahndungsfoto, und der Gedanke, daß Sykes einmal Mitglied der Polizeitruppe Chicagos gewesen war, stimmte ihn plötzlich traurig. »Ach, wirklich?« knurrte Sykes. »Ein Bulle also?«

»Mein Name ist Gerard, Bundespolizei.«

Die Erklärung hatte den gewünschten Effekt. Sykes wurde bleich, wich unsicher einen Schritt zurück, seine Kampfeslust sackte in sich zusammen.

»Heute morgen hat ein flüchtiger Häftling namens Richard Kimble uns von Ihrer Wohnung aus angerufen«, sagte Gerard.

»Richard Kimble?« Sykes blinzelte verständnislos bei der Erwähnung des Namens. »Ich kenne keinen Richard Kimble.«

Überzeugend, wenn auch nicht ganz so gekonnt wie Driscoll. Poole zog eine Fotografie aus ihrer Kartei und warf sie Sykes zu.

Sykes betrachtete das Foto lange. Er biß sich auf die Unterlippe, zog die buschigen Augenbrauen konzentriert zusammen. »Warten Sie... Das ist doch der Arzt, der seine Frau umgebracht hat... Er hat behauptet, der Mörder hätte eine Prothese. Ist er etwa hinter mir her?« Ein ängstliches Glitzern erschien in seinen Augen.

Gerard glaubte ihm kein Wort. Mit der unbeschreiblichen Sicherheit, die aus der Intuition geboren wird, wußte er, daß Sykes schuldig war, mit in der Sache drinhing. Er blickte den Ex-Polizisten an, und sein Haß wurde immer größer, dennoch bewahrte er einen ruhigen, höflichen, undurchdringlichen Tonfall, als er fragte.

»Hätte er denn Grund dazu?«

Sykes streifte ihn mit einem kurzen Blick. »Was soll die Frage, zum Teufel? Nur weil ich das hier habe?« Er hob seine Armprothese in die Höhe. »Hören Sie, als mich vor einem Jahr ein paar Leute besucht haben und mir Fragen zu der Mordnacht stellten, habe ich ihnen dasselbe gesagt, was ich Ihnen jetzt sage.« Wut und Empörung schwangen in seiner Stimme. »Ich war in der besagten Nacht nicht einmal in der Stadt. Ich war auf Geschäftsreise.«

Gerard nickte und ging ins Wohnzimmer, nahm die Fotos von dem kleinen Tisch und betrachtete sie eingehend. Sykes und Poole folgten ihm. Gerard hielt die Abbildung eines unversehrten Sykes in Polizeiuniform in der Hand und drehte sich um. »Und was machen Sie beruflich, Mister Sykes?«

»Sicherheitsdienst.«

»Selbständig?«

Sykes schüttelte den Kopf, während sein Blick jeder Bewegung Gerards folgte. »Nein. Ich arbeite für eine pharmazeutische Firma. Ich bin für die Sicherheit der Firmenleitung zuständig.«

Gerard zog das Foto von Sykes mit dem anderen Mann und der Fischtrophäe aus der Tasche und hielt es Sykes unter die Nase. »Irgendeine Ahnung, warum Kimble sich dafür interessieren könnte?« Dabei beobachtete er aufmerksam die Augen des einarmigen Mannes.

Sykes' Augenlider fingen an zu zucken. Gerard wußte: Nun begann er zu lügen. »Nein. Das sind nur ein paar Ärzte auf einem Betriebsfest.«

Gerard legte die Fotografie auf den Tisch zurück und bemerkte, wie ihm der andere Mann dabei mit den Augen folgte.

»Hören Sie«, sagte Sykes leicht gereizt, »Sie haben doch nichts dagegen, wenn ich Ihre Männer bitte nachzusehen, ob etwas fehlt?«

»Bitte, tun Sie das«, antwortete Gerard mit einer großzügigen Geste.

Während Sykes nach hinten zum Schlafzimmer lief, steckte Gerard das Foto wieder in die Tasche und verließ die Wohnung rasch durch die Vordertür.

Als er die ruhige Straße überquerte, holten Biggs und Renfro ihn ein.

»Er führt uns an der Nase herum, Sam«, sagte Renfro. Die Luft war kalt, und ein weißer Hauch bildete sich bei seinen Worten, als er jetzt neben seinem Chef herlief. »Wenn das der Kerl war, den Kimble gesucht hat, warum ruft er uns dann an?«

Gerard sagte einen Moment lang nichts. Biggs beobachtete ihn scharf, mit einem Ausdruck von Neugier und wachsendem Zweifel, genau demselben Blick, den er auch an jenem Morgen gehabt hatte, als Kimble aus dem Gefängnis geflohen war. An dem Tag, an dem Gerard nicht getan hatte, was er hätte tun sollen.

Die Wintersonne hinter den Bäumen warf scharf umrissene Schatten auf den Asphalt, genau vor ihre Füße. Gerard betrachtete seinen Schatten – war er nicht genauso flüchtig, genauso schwer zu fassen wie Richard Kimble, immer einen halben Schritt voraus?

»Kimble hat gesagt, daß er ein Puzzle zusammensetzen will. Wir müssen das nicht auch noch tun – wir müssen nur zur Stelle sein, wenn er das nächste Stück findet.«

Er blieb stehen und warf einen Blick zurück auf Sykes' Apartment, dann auf seine beiden Mitarbeiter. »Laßt ihn beobachten. Wenn er irgendwohin geht, will ich es wissen.«

Nachdem Kimble Sykes' Apartment verlassen hatte, nahm er die Hochbahn, fuhr eine Zeitlang herum und ließ seinen Blick durch die Gegend schweifen.

Sykes. Lentz. Devlin-Macgregor. RDU90. Sie alle hingen zusammen, sie alle hatten mit Helens Tod zu tun.

Sie hingen zusammen mit diesen verdammten Biopsie-Berichten von Lentz, die vollkommen normale Ergebnisse aufgewiesen hatten, während es sich eigentlich um krankhaft verändertes Lebergewebe gehandelt hatte.

Ging es um die Biospie-Berichte, die Sie von mir bekommen haben? hatte Lentz an diesem Abend gefragt. An diesem Abend des 20. Januar...

Richtig, hörte Kimble sich selbst sagen. *Drei waren es.*

Aber war da nicht noch eine Leber gewesen, später? Erst hatte er vermutet, es handele sich um ein falsch ausgefülltes Formular, aber tatsächlich war in dieser Nacht noch ein weiterer RDU90-Patient mit einem Leberschaden operiert worden – die Blutung, bei der er Tim Price assistiert hatte.

Sie hatten ihn ins Kittchen gebracht, und er hatte *diesen* Biopsie-Bericht nie zu Gesicht bekommen – aber sein Gefühl sagte ihm, daß dieser Biopsie-Bericht wahrscheinlich genauso ausgefallen war wie alle anderen: normale Werte. Und wie viele RDU90-Patienten hatten in den letzten Monaten wohl denselben Leberschaden erlitten? Wie viele von ihnen waren daran gestorben?

Es war offensichtlich, daß Lentz die Berichte fälschte. Aber aus welchem Grund?

Kimble verließ die Bahn an der Haltestelle Chigaco Memorial Hospital und lief über den vertrauten Rasen zur Medizinischen Bibliothek. Es kostete ihn keine halbe Stunde, um im Computer der Bibliothek die Literatur zum Thema, die er suchte, ausfindig zu machen: ein Artikel in einem Periodikum über medizinische Neuerungen mit dem Titel: »Hoffnung auf Erfolg mit Provasic bei Devlin-Macgregor: Der Pharmaziekonzern plant die öffentliche Einführung eines neuen Medikamentes, Provasic (RDU90).«

Kimble blickte von dem Artikel auf, jetzt fest überzeugt, daß der Mord an Helen nicht das Ergebnis eines verpfuschten Einbruchsversuches gewesen war. Irgend jemand hatte *ihn*, Kimble, töten wollen, und Helen war dabei nur im Weg gestanden. Er entdeckte einen Prospekt des Devlin-Macgregor-Konzerns und ließ ihn in seine Jackentasche gleiten.

Dann ging er hinaus und fand eine geschlossene Telefonzelle. Er war erstaunt, daß er die Nummer, die er wählte, immer noch auswendig kannte. Er hinterließ die Telefonnummer des Münzfernsprechers auf Nichols' Anrufbeantworter, hängte ein und wartete.

Es dauerte keine Minute, bis es klingelte. Er hob den Hörer sofort ab und sagte: »Kannst du sprechen?«

»Richard?« sagte Charlie Nichols. Kimble hielt sich mit dem Finger das freie Ohr zu. Die Verbindung war schlecht, im Hintergrund hörte man ein Gewirr von Geräuschen; es hörte sich an, als befände sich Nichols mitten in einer Menschenmenge. »Ja«, sagte Nichols, fast so leise, daß er kaum zu verstehen war. »Ich spreche vom Hotel aus. Was ist los?«

Die Antwort kam wie aus der Pistole geschossen. »Ich habe ihn gefunden, Charlie. Ich habe den Kerl gefunden, der Helen umgebracht hat.«

»Was...?« flüsterte Nichols, dann war er sprachlos.

»Das Ganze dreht sich um ein Medikament, Charlie. Eigentlich wollten sie *mich* umbringen, wegen eines Medikaments.«

»Und wer?«

»Devlin-Mcgregor und Lentz. Lentz hatte die Oberaufsicht über die RDU90-Studie. Er wußte, ich hatte herausgefunden, daß das Medikament nicht unproblematisch ist. Lentz steckt dahinter.«

Wieder schwieg Nichols, diesmal so lange, daß Kimble plötzlich Angst bekam. Vielleicht glaubte Nichols ihm nicht, hielt die Beschuldigung für verrückt. Vielleicht waren Lentz und Nichols in den letzten Monaten Freunde geworden, und er konnte die Vorstellung, daß Lentz schuldig war, nicht ertragen.

Vor lauter Panik war Kimble schon drauf und dran einzuhängen, als Nichols endlich antwortete. Seine Stimme klang schleppend, widerwillig, geschockt.

»Richard... Lentz ist tot. Er ist letzten Sommer bei einem Autounfall ums Leben gekommen.«

Kimble legte seine Stirn gegen das kalte Metall des Münzapparates und überließ sich dem Sog der Verzweiflung, der ihn abwärts zog. Lentz konnte nicht tot sein. Es war *unmöglich.* Wie sollte er sonst Sykes' Schuld belegen, ihn mit Helens Tod in Zusammenhang bringen...?

Doch dann, als er die Szene wieder vor sich sah, hob er den Kopf: Er sah sich neben dem blutenden Patienten von Tim Price stehen und hörte sich zur Operationsschwester sagen: *Sorge dafür, daß Kath eine Probe bekommt...*

»Kannst du die Sache mit dem Medikament beweisen?« fragte Nichols.

»Ich brauche deine Hilfe«, sagte Kimble mit fester Stimme. »Ruf Mister Roosevelt an und sag ihm, daß ich vorbeikomme.«

Im Konferenzraum des Bundespolizeigebäudes traf sich die Gruppe der »Furchtlosen Vier« – Biggs, Poole, Renfro und Newman saßen um den Tisch mit dem Lageplan versammelt. Gerard stand mit überkreuzten Armen, das Kinn auf eine Hand gestützt, am Kopfende des Tisches, wie ein nachdenklicher Lehrer, der seine Klasse vor die Lösung einer schwierigen mathematischen Aufgabe gestellt hat.

Durch das wiederholte Zusammentreffen mit Kimble hatte sich bei Gerard das Gefühl, ein Versager zu sein, messerscharf zugespitzt – einmal im Krankenhaus, wo sie nicht weniger als einen halben Tag vergeblich hinter ihm hergejagt waren, dann in Sykes' Apartement, wo sie ihn nur um eine knappe Stunde verfehlt hatten. Das schlimmste aber war Kimbles Auftauchen im Gefängnis gewesen, in unmittelbarer Reichweite, wo er nur entwischen konnte, weil Gerard in seinem Job versagt hatte.

Und er war in der Verlegenheit, eine Erklärung dafür finden zu müssen, warum Kimble sie absichtlich in Sykes' Wohnung gelockt hatte. Die anderen standen natürlich vor der gleichen Schwierigkeit, und so hatten sie sich vor dem Lageplan zum Brainstorming versammelt.

Sobald alle Platz genommen hatten, stellte Renfro die Frage. Er ließ Gerard erst gar keine Chance. »Stell dir vor, du wärest Richard Kimble, auf der Jagd nach einem einarmigen Mann, den du für den Mörder deiner Frau hältst. Du findest ihn, läßt ihn laufen und rufst die Polizei an. Warum würdest du das tun?«

An den nachdenklich gerunzelten Gesichtern der anderen konnte man ablesen, daß es die Frage war, die sie am meisten beschäftigte. Die Stille, die den einzelnen Antworten vorausging, war bedrückend.

Poole meldete sich als erste zu Wort, aber es klang, als sei sie nicht überzeugt von dem, was sie sagte. »Um uns von seiner Spur abzulenken.«

Newman stöhnte leise und schnalzte mit der Zunge, um seinem Zweifel daran Ausdruck zu verleihen. Sie drehte sich zu ihm um, verteidigte ihre Theorie. »Denkt einmal nach. Das Ganze ist ein Trick, um unsere Aufmerksamkeit von dem abzulenken, was Kimble als nächstes im Schilde führt. Er hat sich vorgestellt, wir wären dann so sehr mit Sykes beschäftigt, daß wir etwas anderes übersehen...«

»Außer...« Gerard strich sich übers Kinn, starrte auf die Namensschildchen, die auf dem Lageplan steckten. Sykes. Kimble. »Was macht ein angesehener Chirurg, der seine Frau ermorden will? Wie würdet ihr an seiner Stelle vorgehen?«

In Biggs' Augen erkannte Gerard immer noch den Schatten eines Zweifels, wie er ihn schon früher einmal wahrgenommen hatte, als ihn der Gedanke, Kimble mit einem Schuß zu erledigen, verunsichert hatte. Aber er schien seine Zweifel unter Kontrolle zu haben, und er hatte lange genug mit Gerard zusammengearbeitet, um zu begreifen, daß diese Art Zweifel tödlich sein kann. »Ich würde einen Profi anheuern«, sagte Biggs. »Einen, den ich nicht kenne.«

Gerard lächelte nicht direkt, zog aber voll Befriedigung einen Mundwinkel in die Höhe.

Poole nickte Biggs anerkennend zu. »Und dann das Ganze so aussehen lassen wie einen mißglückten Raubüberfall, nicht wahr?«

Renfro beugte sich plötzlich nach vorne, stützte die Ellenbogen auf die Knie. »Und wie findest du den Profi? Schaust du im Telefonbuch nach?«

»Durch Beziehungen«, schlug Gerard vor, dann schwieg er und hielt sich zurück, um seine Mitarbeiter in Ruhe über die Sache nachdenken zu lassen. Eine plötzliche Woge der Begeisterung erfaßte ihn angesichts seiner Beweisführung. Sie war gut. Und sie war nötig, um in ihnen die letzten Zweifel an Kimbles Schuld zu beseitigen. Sie war nötig, um ihn endlich dingfest zu machen.

»Vielleicht über irgendeine Firma, mit der man beruflich zu tun hat«, sagte Poole schnell.

Biggs nickte. »Zum Beispiel einen Pharmaziekonzern. Jemanden aus dem Sicherheitsdienst...«

Eine leichte Röte übergoß Newmans bleiches Gesicht, als er eifrig hinzufügte: »In der Nacht, als seine Frau ermordet wurde, war Kimble auf einem Wohltätigkeitsfest der Children Research im Krankenhaus, einem Fest, das von Devlin-Macgregor gesponsert wurde – der Firma, für die Sykes arbeitet.«

Gerard bedachte ihn mit einem anerkennenden Blick, während er das Devlin-Macgregor-Schildchen auf den Lageplan steckte; Newman richtete sich, stolz, endlich die Anerkennung seines Chefs erhalten zu haben, in seinem Stuhl auf.

Zwischen Biggs' buschigen Augenbrauen erschien eine schmale Falte. »Sykes hat doch erklärt, er sei nicht in der Stadt gewesen...«

Poole wirbelte in ihrem Stuhl herum und spann, zu Biggs gewandt, den Faden weiter. »Und Firmenberichte belegen, daß er auf Geschäftsreise war...«

»Die sind leicht zu manipulieren«, unterbrach sie Renfro mit erhobener Hand, indem er ihre Zweifel gleichsam wegwischte. »Nehmen wir also einmal an, daß er in der Stadt *war*. Den Job gemacht hat. Alles läuft wie geplant, bis auf eine Schwierigkeit.«

Newman nickte lebhaft, offensichtlich glücklich, endlich als gleichberechtigter Gesprächsteilnehmer anerkannt zu sein. Gerard konnte ein amüsiertes Lächeln nicht unterdrükken. »Es sollte aussehen wie ein schiefgelaufener Raubüberfall, aber am Ende ist Kimble der Verdächtige...«

»... wird vor Gericht gestellt und schuldig gesprochen...« fuhr Biggs fort.

»... und der Berufskiller kommt mit heiler Haut davon«, führte Poole den Gedanken zu Ende, während sie sich zufrieden in ihrem Stuhl zurücklehnte.

»Also kehrt Kimble zurück, um den Killer zu jagen und ausfindig zu machen«, sagte Renfro.

Jetzt ergriff Newman das Wort, aber zögernd, seine Begeisterung schien plötzlich gedämpft. »Und warum? Um die Schuld zu teilen? An seiner Gefängnisstrafe kommt er nicht vorbei. Das macht so keinen Sinn. Wenn es ihm wirklich darum ging, mit Sykes abzurechnen, hätte er auf ihn gewartet und ihn abgeknallt.«

Schweigen.

Wenn Newman in die Verteidigungsposition ging, sprach er etwas höher. »Ich meine, kommt denn kein anderer hier auf den Gedanken, daß er unschuldig sein könnte? *Das* ist die einzig sinnvolle Erklärung.«

Noch längeres Schweigen, dann sagte Poole kühl: »Er wurde vor Gericht gestellt und verurteilt.«

»Sie sind kein Richter«, sagte Renfro, noch bevor Poole zu Ende gesprochen hatte. »Haben Sie die Gerichtsakten gelesen, das Beweismaterial eingesehen?«

Gerard fiel auf, daß Biggs dem Wortwechsel sehr ruhig und mit zweifelnder Miene folgte.

»Nein«, antwortete Newman erregt. »Aber vielleicht sollte ich das. Vielleicht sollten wir alle...«

Gerard unterbrach sie. »Leute, wir sind nicht dazu da, den Fall wieder aufzurollen.« Er blickte Newman an. »Ich möchte Sie daran erinnern, daß es nicht unser Job ist, über die mögliche Schuld oder Unschuld von Doktor Kimble nachzudenken. Unser Job ist es, ihn dingfest zu machen. Ist das klar?«

Er beherrschte sich noch rechtzeitig, um nicht zu sagen: *Es ist nicht unser Problem...*

Newman zog die Augen und seinen Mund zu einem schmalen Schlitz zusammen; seinem Gesicht war abzulesen, daß er keineswegs einverstanden war, aber er antwortete leise: »Ja, Sir.«

»Also dann«, sagte Gerard freundlich, »zurück zur Sache: Warum ist Kimble hinter dem Killer her? Möchte er die Schuld teilen, wie Newman es ausgedrückt hat? Würde er tatsächlich wieder im Gefängnis landen?« Er wandte sich an Newman, der ihn ausdruckslos anblickte. »Sie unterschätzen den Einfluß, den der gute Doktor hat. Seine Aussage gegen die von... Sykes. Wem würden Sie glauben?«

Newman seufzte, sein Körper entspannte sich leicht, als gebe er nach.

»Was wird Kimble also als nächstes tun?« fragte Biggs.

»Sich Hilfe suchen«, schlug Renfro vor.

Gerard steckte ein weiteres Schild auf den Lageplan und warf Renfro einen raschen Blick zu. Auf dem Schild stand NICHOLS.

Renfro antwortete mit einem Kopfnicken, das sich in Wellen fortsetzte, bis schließlich alle vier, einschließlich Newman, zustimmend nickten.

»Newman«, sagte Gerard, »Sie überprüften alle Telefonanrufe.« Während er zur Tür ging, drückte er Biggs das Foto in die Hand, auf dem Sykes mit dem Fisch und dem anderen Mann zu sehen war, und sagte: »Sie finden heraus, wer der Kerl ist.«

Dann war er aus der Tür. Kaum war er draußen, warf Biggs das Foto Newman zu.

Newman starrte mürrisch auf das Foto, dann auf Biggs, der ersichtlich froh darüber war, den zeitaufwendigen, unangenehmen Auftrag los zu sein. »Warum kriege ich bloß immer die besten Jobs?«

Das Telefon in Frederick Sykes' Wohnzimmer klingelte einmal. Sykes reagierte nicht, bewegte sich nicht einmal in Richtung Telefon. Er wartete einfach, und als es dann – dreißig Sekunden später – noch einmal klingelte, ging er zum Fenster, zog den Vorhang zurück und spähte auf die Straße, wo er in einem geparkten Wagen ein paar Polizisten ohne Uniform entdeckte.

Sykes kam keineswegs auf die Idee, er könne an Verfolgungswahn leiden, und er zweifelte nicht daran, daß die Kerle Bullen waren; während seiner Dienstzeit als Polizist hatte er oft genug Einsätze ohne Uniform durchgezogen, um den zivilen Wagen samt seinen Überwachern beim ersten Blick zu erkennen. Er war sechs Jahre lang Bulle gewesen. In dieser Zeit hatte er zum ersten Mal jemanden getötet – ein Kind, die Taschen voll mit Zigarettenpackungen, die es in einem Supermarkt geklaut hatte. Ein Kind, das einfach weitergelaufen war, obwohl er es brüllend aufgefordert hatte stehenzubleiben.

Sykes jagte ihm eine Kugel in den Rücken und entdeckte,

daß er sich hinterher angenehm erleichtert fühlte – es war eine Erleichterung, welche er derjenigen, die er beim Sex empfand, bei weitem vorzog. Er entdeckte außerdem, daß er ein Talent zum Töten hatte, und er machte sich dieses Talent auch noch zunutze, nachdem er die Polizeitruppe verlassen hatte. Töten war schließlich Töten, egal auf welcher Seite des Gesetzes man stand; der Unterschied bestand nur darin, wer jeweils die Regeln des Spiels bestimmte.

Sykes war stolz auf seine Professionalität. Er hatte noch nie einen Auftrag verpfuscht, war nicht einmal nervös dabei – außer bei Lentz, vielleicht. Aber das war auch ein hartes Stück Arbeit gewesen, zumal er sich kurz zuvor mit Lentz angefreundet hatte. Trotzdem, er hatte seinen Job erledigt, schnell und wirkungsvoll.

Tatsächlich hatte er noch nie mit irgendeinem Job Probleme gehabt, bis auf diese Kimble-Geschichte, ein Ding, in dem von Anfang an der Wurm drin gewesen war. In erster Linie, weil Kimble gar nicht zu Hause gewesen, und dann, weil er in letzter Minute doch noch aufgetaucht war und ihn, Sykes, völlig aus der Fassung gebracht hatte. Zum ersten Mal in seiner Killerlaufbahn war er in Panik geraten, und Kimble, dieser verdammte Hurensohn, mußte endlich erledigt werden. Ihm hatte er es zu verdanken, daß er um ein Haar geschnappt worden wäre – und das machte ihm Angst. Er wollte mit Kimble nichts mehr zu tun haben, nie mehr.

Aber die Schwierigkeiten hatten sich von allein gelöst. Kimble war des Mordes an seiner Frau angeklagt worden, und Sykes hatte bezahlten Urlaub in der Karibik gemacht; als er ein paar Wochen später zurückkehrte, war alles wieder beim alten.

Jetzt, fast ein Jahr später, tauchte Kimble wieder auf, und Sykes geriet erneut in Panik. Er fühlte sich nicht einmal mehr in seiner eigenen Wohnung sicher – und es war klar, daß Kimble keine Ruhe geben würde, bis die Bullen ihn, Sykes, eingebuchtet hatten.

Er wollte weg. Weit, weit weg. Aber da unten, vor seiner Wohnung, warteten die idiotischen Bullen auf ihn. Und jetzt mußte er dringend zu einer Telefonzelle, aber dort würden sie ihn auch beschatten. Er mußte sich etwas einfallen lassen, und zwar schnell...

Sykes ließ den Vorhang wieder fallen und schnappte sich das Glas Gin von dem kleinen Tisch. Mit zitternden Händen hob er es an die Lippen. Die Flüssigkeit schwappte über den Rand des Glases und ergoß sich über Sykes' Hemd. Der Duft von Wacholder zog durch das Zimmer. Er fluchte, dann nahm er einen kräftigen Schluck, setzte das Glas wieder auf dem Tisch ab, griff mit seiner gesunden Hand nach dem Telefon und klemmte den Hörer zwischen Ohr und Schulter.

Er wählte 911. Nach dem zweiten Klingeln meldete sich eine Stimme.

»Notrufzentrale.«

Den Hörer immer noch zwischen Ohr und Schulter eingeklemmt, ging Sykes zum Couchtisch, wo seine automatische Pistole lag. Er nahm sie mit seiner Linken und schob sie in seine rechte Hand, dann befestigte er den Schalldämpfer. »Ich möchte einen Brandfall melden«, sagte er seelenruhig. »Nein, nicht in meiner Wohnung, sondern ein paar Türen weiter. Wabash Avenue, Nummer 323. Ja, richtig... Besten Dank.«

Er steckte den Revolver in seinen Hosenbund, legte den Hörer auf die Gabel, nahm noch einen Schluck Gin, ging dann zum Fenster und wartete.

Nach fünf Minuten hörte er das Heulen der Sirenen. Sekunden später bogen zwei Löschwagen in die Straße ein und hielten vor dem Haus, gegenüber dem zivilen Streifenwagen.

Sykes lächelte, schnappte sich sein Jacket und schlüpfte hinein. Als er nach unten ging, sah es auf der Straße aus wie auf einem Schlachtfeld: Feuerwehrleute, Streifenwagen, Menschen, die in Scharen aus den umliegenden Häusern strömten. Die beiden großen Löschwagen verdeckten perfekt die Sicht auf das Haus für die Leute, die ihn von der anderen Straßenseite aus beobachteten. Sykes schlenderte pfeifend aus dem Haus und ging in aller Ruhe davon. Niemand bemerkte ihn. Vor sich hatte er den Anruf, der Richard Kimbles Schicksal besiegeln würde.

11

Als Kimble am Chicago Memorial Hospital eintraf, war die Morgensonne hinter schweren, bleigrauen Wolken, in denen der Schnee hing, verschwunden. Er kam ungesehen über das Warenlager in die Klinik und nahm die Hintertreppe zum Leichenschauhaus im Keller. Bevor er eintrat, klopfte er vorsichtig dreimal an die verschlossene Tür.

Die schwere Tür öffnete sich langsam. Dahinter stand Roosevelt mit seinen Silberhaaren, gebeugt, lächelnd. Roosevelt war sehr alt und anscheinend unsterblich; er arbeitete mindestens schon zwei Jahrzehnte länger am CMH, als die Erinnerung irgendeines anderen Mitarbeiters zurückreichte, und war zu einer regelrechten Institution geworden. Niemand wußte so genau, ob Roosevelt sein Vor- oder sein Nachname war. Die Belegschaft nannte ihn einfach den »alten Mr. Roosevelt«.

»Wie schön, Sie wiederzusehen, Dr. Kimble«, sagte der alte Mann mit seiner dünnen, zittrigen Stimme. Ein breites Lächeln, das seine fleckigen, gelbbraunen Zähne freilegte, zog über sein Gesicht.

»Mir geht es genauso, Roosevelt. War ja auch lang genug her.« Kimble erwiderte das Lächeln, überwältigt von derselben Dankbarkeit, die er empfunden hatte, als Charlie Nichols eines Tages zu ihm gesagt hatte: *Ich werde dir mehr Geld geben... Etwas Kleidung... Hier, nimm meinen Mantel...*

Roosevelt war in dem einen Jahr seit Kimbles Ausscheiden nicht ein bißchen gealtert, sah noch genauso aus, wie Kimble ihn vom ersten Tag seiner Beschäftigung im Chicago Memorial an in Erinnerung hatte. Umgekehrt wußte er, daß Roosevelt jetzt in das Gesicht eines viel, viel älteren Mannes blickte.

Mit einer Hand hielt Roosevelt die Tür offen, mit der anderen winkte er Kimble, schnell hereinzukommen. Kimble schlüpfte durch die Tür, während der alte Mann durch die Gläser seiner Nickelbrille in den Flur spähte, um sicherzugehen, daß niemand sie gesehen hatte, dann fiel die Tür ins Schloß. Das Geräusch hallte wie ein Echo durch den hell erleuchteten, stillen Leichenschauraum.

Roosevelt packte Kimble am Ellenbogen und zog ihn an ein paar Bahren vorbei, auf denen in Tücher eingehüllte Körper lagen, vorbei an glänzenden Autopsietischen aus Stahl, die darauf warteten, benutzt zu werden, in einen zweiten Raum, wo in einem Tresor unter Temperaturkontrolle die Gewebeproben aufbewahrt wurden.

»Roosevelt«, sagte Kimble, »ich weiß gar nicht, wie ich Ihnen danken soll...«

Der alte Mann hob eine Hand und ließ sie wieder sinken, zum Zeichen dafür, daß er diesen Gedanken einfach lächerlich fand. »Ich tue das nicht für Sie, Doktor Kimble. Ich tue das für mich selbst.« Dabei blickte er Kimble von der Seite an und entblößte noch einmal seine gelben Zähne. »Von allen Chirurgen habe ich immer am liebsten mit Ihnen zusammengearbeitet, glauben Sie mir. Manche können ganz schön hochmütig und autoritär sein, aber Sie – Sie waren immer freundlich. Seit Sie fort sind, ist es hier nicht mehr so wie früher.«

Kimble wartete, während der alte Mann im Lagerraum verschwand. Wenig später kehrte Roosevelt mit einem umfangreichen Ordner und einem kleinen Plastikkasten samt Objektträgern wieder. »Das sind die RDU90-Berichte und die Gewebeproben, von denen Dr. Nichols mir gesagt hat, daß Sie sie benötigen. Ich habe sie direkt nach seinem Anruf sichergestellt.«

Kimble nahm die Sachen rasch an sich. »Danke, Roosevelt.« Er sah den alten Mann an, und Schuldgefühle überfluteten ihn. Es machte ihm schon zu schaffen, daß er Charles mit hineingezogen hatte, der darauf gefaßt sein mußte, im Gefängnis zu landen, wenn herauskam, daß er einem flüchtigen Häftling geholfen hatte; den Gedanken, den alten Roosevelt in Schwierigkeiten zu bringen, konnte er kaum ertragen. »Hören Sie, ich möchte, daß Sie mir etwas versprechen...«

»Alles, was Sie wollen, Dr. Kimble.«

»Falls mich jemand sieht... falls irgend etwas dazwischenkommt... Sie dürfen ihnen auf keinen Fall erzählen, daß Dr. Nichols Sie angerufen hat.«

»Natürlich nicht.« Roosevelt schob seine Brille mit Daumen und Zeigefinger über die Nase und sah Kimble fast empört an. Hinter den Bifokalgläsern wirkten seine Augen riesig. »Das versteht sich doch von selbst. Und sie werden nie von mir erfahren, daß Sie bei mir waren, keine Sorge. Wenn ich mit übermüdeten, schlechtgelaunten Ärzten fertig werde, komme ich ganz bestimmt auch mit der Polizei klar...«

»Ich meine etwas anderes. Wenn etwas schiefläuft, und sie dahinterkommen, daß ich hier war, müssen Sie ihnen erzählen, daß ich Sie zur Herausgabe der Gewebeproben gezwungen habe, mit vorgehaltener Pistole, klar?«

Roosevelt verzog den Mund und runzelte die Stirn.

»Versprechen Sie es mir.« Kimble mußte sich zu einem heiteren Tonfall zwingen. »Wie wollen Sie mir denn sonst in Zukunft weiterhelfen, wenn Sie ins Gefängnis müssen? Es ist nämlich strafbar, einem geflüchteten Häftling zu helfen.«

»Das weiß ich«, sagte der alte Mann ernst. »Aber Sie sind kein geflüchteter Häftling. Sie sind der netteste Gefäßchirurg, mit dem ich es jemals zu tun hatte.«

»Versprechen Sie...«

»Oh, schon gut, Dr. Kimble. Ich denke, wir sollten Dr. Nichols wirklich nicht in Schwierigkeiten bringen, auch wenn ich mit ihm längst nicht so gut klarkomme wie mit Ihnen.«

Kimble lachte erleichtert auf. »Nochmals vielen Dank, Roosevelt.« Er drehte sich um und ging langsam zum Ausgang.

»Viel Glück«, rief Roosevelt ihm leise nach.

Ohne stehenzubleiben, rief Kimble ihm über die Schulter zu: »Vergessen Sie Ihr Versprechen nicht.«

»Oh, bestimmt nicht«, sagte Roosevelt und wartete, bis er hörte, wie Kimbles Schritte sich entfernten und die Tür sich hinter ihm schloß. »Von wegen!« sagte er dann.

Sykes erwischte ein Taxi und fuhr bis zur Hochbahnhaltestelle. Von einem verlassenen Telefonhäuschen aus wählte er eine Nummer aus dem Gedächtnis, hinterließ die Nummer des Apparates und einen falschen Namen auf dem Anrufbeantworter, hängte ein und wartete.

Nach zwei Minuten klingelte es. Sykes nahm ab, und bevor er sprechen konnte, sagte die Stimme am anderen Ende der Leitung: »Ich dachte schon, sie hätten dich geschnappt.«

»So ein Kerl wie ich läßt sich immer etwas einfallen«, sagte Sykes. »Ich bin ihnen entwischt. Bei Gelegenheit erzähle ich dir, wie. Erinnere mich dran.«

»Später. Ich weiß, wo er sich aufhält, Freddy.«

Sykes richtete sich auf, plötzlich stocknüchtern. Mit seiner gesunden Hand preßte er den Hörer noch fester ans Ohr. »Wo?«

»In der Klinik. Er war im Leichenschauhaus, aber ich vermute, daß er auf dem Weg zu einem der Labors ist. Also setz deinen Arsch in Bewegung. Er bleibt schließlich nicht ewig da.«

»Der Hurensohn ist in meine Wohnung eingebrochen«, sagte Sykes.

»Die Bullen wissen jetzt, daß er hinter mir her ist. Wird schlecht für mich aussehen, wenn Kimble plötzlich tot ist.«

»Dein Problem. Freddy. Hast du nicht gesagt, dir fällt immer etwas ein? Wenn es ganz dicke kommt, kannst du ja für eine Weile verschwinden. Wie wäre es mit noch einem Urlaub in der Karibik, auf unsere Kosten natürlich.«

»Hawai«, sagte Sykes und hängte auf.

Kimble eilte über den Korridor zu dem kleinen Untersuchungslabor. Alles lief nach Plan, aber er war seine Schuldgefühle darüber, daß er andere – Charles, Roosevelt und jetzt auch noch Kathy – mit hineinzog, immer noch nicht los.

Wenn einem von den dreien etwas passierte...

Als er die gläserne Doppeltür öffnete, die zu Kathys winzigem Labor führte, unterdrückte er den Gedanken. Niemandem würde etwas passieren, einfach deshalb nicht, weil er es nicht gestattete; er würde es nicht aushalten, wenn seine schlimmsten Befürchtungen wahr würden. Zum ersten Mal fühlte er sich wie einer, der langsam aus der Hölle des Vorjahres als Sieger hervorgeht; zum ersten Mal dachte er daran, daß der Sinn seines Lebens nicht nur darin bestand, Frederick Sykes hinter Gitter zu bringen.

Er öffnete die Tür zum Labor und schlüpfte leise hinein, dann zog er die Tür wieder hinter sich zu.

Wahlund war in ihre Arbeit vertieft und hörte ihn nicht. Sie saß mit dem Rücken zu ihm über das Elektronenmikroskop gebeugt. Beim Anblick ihrer abgetragenen, zerkratzten Lederjacke grinste er voll Sympathie. Als sie sich zur Seite drehte, um einen Objektträger von dem Stapel zu nehmen, der neben ihr lag, sah er, daß sie statt des üblichen T-Shirts eine farbige Seidenbluse trug.

Er schlich sich neben Wahlund, die immer noch durch das Mikroskop starrte und sich, ohne aufzublicken, einen weiteren Objektträger vom Stapel nahm.

Aber Kimble war schneller, er legte seine Hand darauf und hielt ihn fest.

Wahlund zog daran, runzelte die Stirn, dann drehte sie sich um, um zu sehen, wer das Ding festhielt. Als sie Kimble entdeckte, fiel ihr die Kinnlade herunter, und sie sprang von ihrem Stuhl auf.

»Mein Gott! Richard!«

Sie schlang ihre Arme um ihn und drückte ihn so fest, daß ihm die Luft wegblieb. Auch er umarmte sie fest und fühlte den Schmerz unterdrückter Tränen. Dieser selbstverständliche und begeisterte Empfang machte ihn für eine Weile sprachlos. Dann schob er sie auf Armlänge von sich, und sie grinsten sich gegenseitig an, während Wahlund, ohne sich dafür zu schämen, ihre Augen mit den Knöcheln trockenwischte.

»Hey, Kath...«, sagte er leise. »Vor einem Jahr habe ich dir etwas geliehen, und jetzt hätte ich es gern zurück...«

In dem winzigen Raum, der sich sein Büro nannte, saß Newman, starrte auf das Bild von Frederick Sykes, dem Fisch und dem unbekannten Mann und betete um eine Eingebung. Nach seiner Demütigung durch Copeland wollte er für die

Polizeibehörde etwas anderes sein als nur eine Last; er wollte seine Nützlichkeit unter Beweis stellen. Er wollte, falls das möglich war, diesen Tag retten.

Aber für den Moment schienen ihn alle guten Einfälle verlassen zu haben. Newman starrte dumpf auf das Foto mit dem beiden Männern. Allem Anschein nach waren sie gemeinsam auf einem Betriebsausflug gewesen; der unbekannte Mann war jünger, viel besser gekleidet als Sykes, eindeutig reicher, nicht der Typ, der sich mit einem Ex-Bullen verbrüdert. Aus Sykes' Wohnung konnte man schließen, daß er gerade so über die Runden kam. Kein Mann, der sich großartige Urlaubsreisen gönnen konnte, obwohl ihm durchaus zuzutrauen war, daß er zu jenen kauzigen Typen gehörte, die Tausende von Dollars in Einkaufstüten versteckt in ihrem Haus aufbewahrten.

Aber Newman bezweifelte das. Sein Instinkt sagte ihm, daß dies ein Ausflug war, den Devlin-Macgregor finanziert hatte; beide Männer trugen Anglerjacken aus Nylon mit dem Firmenlogo darauf. Er konnte natürlich mit dem Foto zu Devlin-Macgregor gehen und die Leute befragen, aber sein Instinkt sagte ihm, daß die Idee nichts taugte. Falls die Firma mit Sykes unter einer Decke steckte, würde er dort sicherlich keine eindeutigen Informationen erhalten. Und Newman wollte sie nicht auch noch warnen.

Er wollte der Sache selber auf die Schliche kommen. Außerdem ahnte er intuitiv, daß es auf dem Foto *etwas* gab, etwas, das den Schlüssel zur Identität dieses Mannes enthielt; etwas, das er unterbewußt schon wahrgenommen, aber mit seinem Verstand noch nicht registriert hatte.

Er öffnete seine Schreibtischschublade, zog eine Lupe heraus und hielt sie über die Abbildung des jungen, gutgekleideten Mannes. Viel war in der Tat nicht zu sehen, außer daß der Mann keinen Ring trug und sein Finger auch nicht die Spuren eines kürzlich entfernten Eherings aufwies. Seine Joggingschuhe waren Hundert-Dollar-Markenmodelle, das Allerneueste auf dem Markt; am Handgelenk trug er eine Rolex.

Newman beugte sich vor, brachte sein Gesicht noch näher

an die Lupe, verzweifelt auf der Suche nach dem einen Hinweis, der seine zerstörte Würde wieder aufrichten könnte.

Der Mann trug seine Anglerjacke weit offen, die Ärmel hochgekrempelt – offensichtlich war es ein warmer Tag. Direkt neben dem Reißverschluß entdeckte Newman auf dem Polohemd des Mannes noch ein Firmenemblem: die Initialen C.M.H.

Newman legte die Lupe auf das Foto und starrte die kahle Wand über seinem Schreibtisch grübelnd an.

C.M.H., C.M.H. Erst vor kurzem waren ihm diese Initialen begegnet, und zwar in Zusammenhang mit Richard Kimble. Das »C« stand offensichtlich für »Chicago«, und das »M«...

»Medical«, fragte Newman laut. »Chicago Medical...«

Dann die Erleuchtung. »H« stand für »Hospital«.

Chicago Memorial – nicht Medical – Hospital, die Klinik, an der Richard Kimble jahrelang als Arzt tätig gewesen war.

Newman stand auf, zog das Foto unter der Lupe hervor und lief auf den Flur. »Inspector Gerard!«

Als er an den Büros seiner Kollegen vorbeilief, rief Biggs ihm zu:

»Sam stattet gerade Nichols einen kleinen Besuch ab.«

Newman drehte sich um, spähte durch die Tür und sah Biggs, der mit gerunzelter Stirn vor seinem eigenen Lageplan saß, die Füße auf dem Schreibtisch. Er schwenkte das Foto in der Luft. »Ich weiß jetzt, wo er arbeitet.«

Biggs sah ihn erstaunt an, nahm die Füße vom Schreibtisch und stand auf. »Na, dann nichts wie los, zum Teufel!«

Gerard beobachtete, wie Charles Nichols den Konferenzraum des Hotels verließ und rasch über den Flur ging. Als er entdeckte, daß Gerard und Renfro auf ihn warteten, blieb er erschrocken stehen, fing sich aber erstaunlich schnell.

Nur eine Schrecksekunde lang sah es aus, als wolle er sich umdrehen und davonrennen, nur für den Bruchteil einer Sekunde sah Gerard so etwas wie Angst über sein Gesicht huschen.

Dann faßte Nichols sich wieder, so rasch, daß Renfro nicht einmal etwas gemerkt zu haben schien. Der Doktor ging mit einem freundlichen Nicken auf die beiden Männer zu.

»Mister Gerard.«

»Doktor«, war alles, was Gerard zur Begrüßung sagte. »Haben Sie eine Minute Zeit für mich?« Dabei wandte er den Kopf zur Tür eines leeren Konferenzraums.

Nichols nickte. Die drei Männer gingen in das Zimmer, und Renfro schloß die Tür. Ruhig und gelassen blickte Nichols Gerard an – zu ruhig, wie Gerard fand.

Er wartete, bis Renfro Nichols das Foto von Sykes, dem Fisch und dem anderen Mann vorlegte. Nichols betrachtete das Foto ohne jede Reaktion.

»Der Mann links ist Frederick Sykes«, erklärte Renfro, der sich den Hals verrenkte, um über Nichols' Schulter blicken zu können. »Er arbeitet für den Devlin-Macgregor-Pharmaziekonzern, als Sicherheitsspezialist. Kimble ist in seine Wohnung eingebrochen.«

Nichols schüttelte den Kopf. »Ich kenne den Mann nicht.« Er gab Renfro das Foto zurück und blickte Gerard fest an, während er sagte:

»Sie sind nahezu am Verzweifeln, nicht wahr, Mister Gerard? Aber ich habe Ihnen ja gesagt: Sie finden Richard nicht.«

Gerard schwieg und hielt Nichols' Augen eine Weile mit *Dem Blick* fest. Irgend etwas war faul bei der Sache, etwas, worauf er noch nicht genau den Finger legen konnte. Nichols log, ohne jeden Zweifel, aber er log auf eine kalte, aalglatte Art. Das war nicht die Lüge eines Mannes, der seinen Freund decken will. Die Täuschung mußte einen tieferen Grund haben.

»Doktor Kimble ist nicht zufällig noch einmal vorbeigekommen, um Sie um Hilfe zu bitten?« fragte Gerard.

Nichols blinzelte nicht und schaute nicht zur Seite, er hielt Gerards steinhartem Blick stand. »Nein. Mir scheint, daß wir das Thema nun erschöpft haben. Wenn Sie mich jetzt bitte entschuldigen...« Er ging zur Tür.

»Dr. Nichols«, rief Gerard leise, und Nichols blieb stehen,

allerdings ohne sich umzudrehen. »Kennen Sie den anderen Mann auf dem Bild?« Er hielt das Foto in die Höhe.

Nichols drehte sich langsam um, warf einen Blick auf das Foto in Gerards Hand und schüttelte den Kopf. »Ich habe ihn noch nie gesehen.«

Er ging und zog die Tür hinter sich zu. Gerard starrte ihm eine ganze Weile hinterher.

In einer geschützten Ecke von Kath Wahlunds Labor kauerte Kimble über einer Schublade und blätterte das Verzeichnis der Gewebeproben durch. Das Glück stand ihm noch immer zur Seite: Kath hatte ihm gesagt, daß nur die Befunderhebungen, die schon zwei Jahre zurücklagen, aussortiert und ins Archiv gebracht worden waren.

Dennoch fühlte Kimble, als er sich dem Ende seiner Suche näherte, einen Anflug von Panik. Was, wenn Lentz oder Sykes von den Extraproben, die er vorsichtshalber zu Wahlunds Labor geschickt hatte, erfahren und sie vernichtet hatten?

Nein. Unmöglich. Niemand, der mit der Provasic-Studie oder dem Devlin-Macgregor-Konzern zu tun hatte, wußte von diesen Extraproben. Und niemand hatte Grund, irgendeinen Verdacht zu schöpfen, denn die Proben gehörten nicht zum Standardprogramm. Nicht einmal Kath war diese Merkwürdigkeit aufgefallen, denn sie ertrank in Arbeit. Sie hatte ihn jedenfalls nie darauf angesprochen. Aber als der erste Biospie-Bericht von Lentz so seltsam verdreht zurückkam, hatte Kimble angefangen, Extraproben für Wahlund abzuzweigen, eine Vorsichtsmaßnahme gegen das, was er als schlampige Laborarbeit ansah.

Zum Schluß hatte er Kath bitten wollen, die eigenen Proben mit den Befunden von Lentz zu vergleichen – aber dann wurde sein Leben zerstört, und er kam nicht mehr dazu.

Während er die Namen der Stichproben durchging, hatte Kimble plötzlich das Gefühl, außerhalb der Zeit zu stehen, als sei er ein Beobachter seines eigenen Lebens und sehe noch einmal ablaufen, wie sich sein Schicksal vor einem Jahr plötzlich gewendet hatte.

Helen hätte nicht sterben dürfen. Er hätte ein Jahr früher hierherkommen, die Belege heraussuchen und dann Lentz samt Devlin-Macgregor auffliegen lassen sollen. Dann würde es Helen und ihm jetzt gutgehen, sie wären glücklich und würden daran denken, wieder eine Familie zu gründen.

Statt dessen war er ein entlaufener Häftling, der hier neben Kath Wahlund stand, auf der verzweifelten Suche nach dem Beweis für seine Unschuld. Das Schicksal hatte ihn gleichsam auf einen Weg gezwungen, der nicht sein Weg war, den er freiwillig niemals gegangen wäre.

Er hatte immer gedacht, etwas Schlimmeres als der Verlust seines Sohnes könne ihm nicht passieren; damals hatte er geglaubt, er wisse, was Kummer ist. Wie vielen Menschen hatte er das Leben gerettet – aber ob er in der Lage war, sein eigenes zu retten, wußte er nicht.

Kimple kehrte in die Gegenwart zurück und stellte fest, daß er über einer Gruppe von Objektträgern mit dem Vermerk *R. KIMBLE; U VON C.* saß.

Er packte sie und lief zu Kath, die wieder am Mikroskop arbeitete. Wahlund legte den Objektträger, den sie gerade untersuchte – es war einer aus der Provasic-Studie von Lentz – zur Seite und nahm Kimbles Gewebeproben an sich.

»Okay...« flüsterte sie entschlossen, »dann wollen wir mal sehen.« Sie beugte sich über das Okular, während Kimble die erste Probe unter das Mikroskop schob. »Hmmm...«

Kimble hatte sich über sie gebeugt. »Die meisten Patienten der Studie waren Sozialhilfeempfänger. Keine Anamnesen, keine Nachuntersuchungen. Wer weiß, vielleicht waren ihre Lebern schon zerstört, als sie in die Studie aufgenommen wurden?«

Kath schob unterdessen den Objektträger zur Seite und nahm sich den nächsten. Wortlos wiederholte sie denselben Vorgang dreimal. Dabei vertieften sich die Falten auf ihrer Stirn; sie hatte offensichtlich ihre Zweifel.

Sie schob ihren Stuhl zur Seite und bat Kimble, selbst einen Blick durch das Mikroskop zu werfen. »Rechts liegt eine der Proben, die du mir geschickt hast. Sie zeigt eine fortgeschrittene periportale Entzündung mit Eosinophilie. Nimmt man die Erhöhung des Bilirubins dazu, dann haben wir einen klassischen Fall von…«

»… medikamenteninduzierter Hepatitis«, ergänzte Kimble und stand auf.

Sie nickte. »Ich bin beeindruckt. Und nun, sieh dir das an…« Aus dem Kasten mit den Objektträgern nahm sie eine von Lentz' Proben, brachte sie in Position, überprüfte noch einmal die korrekte Einstellung des Elektronenmikroskops und ließ Kimble dann selbst hindurchschauen. »Wenn man der Studie Glauben schenkt, ist das ein Stück von derselben Leber.«

Kimble spähte durch das Okular. Der Unterschied zwischen den beiden Gewebeproben war nicht zu übersehen. »Schlichtweg gesund«, sagte er und richtete sich auf.

»Mit *Sicherheit* nicht von derselben Leber«, sagte Kath. »Diese Scheißkerle…«

Kimble fuhr sich mit der Hand über das Gesicht. Wie eine Woge stieg die Hoffnungslosigkeit in ihm hoch, und er fühlte die Erschöpfung nach all den nahezu schlaflosen Nächten. »Aber wie können wir beweisen, daß *sie* die Proben manipuliert haben? Genausogut können sie behaupten, ich hätte die Gewebeproben gefälscht, um mir eine weiße Weste zu verschaffen…«

Kath lächelte, ein kleines, sicheres, eiskalt triumphierendes Lächeln. »Allerdings«, sagte sie, als sie das Mikroskop aufs neue Kimble überließ. »Aber siehst du diese kleine Wucherung. Sogenannter Von Meyenberg-Komplex, kommt nur bei zwei Prozent der Gesamtbevölkerung vor. Jedoch in sämtlichen fünf Gewebeproben, die Lentz uns geschickt hat.«

Kimble blickte auf, zu erschöpft, um sofort zu verstehen, was sie meinte. »Das ist statistisch unmöglich«, sagte er.

Kaths Lächeln verwandelte sich in ein breites Grinsen. »Es ist möglich, weil sie alle von derselben Leber stammen.« Sie hob den Arm und legte ihm eine Hand auf die Schulter. »Mein Angebot, zu deinen Gunsten auszusagen, steht immer noch, das weißt du. Du hast sie erwischt, Richard. Du hast sie erwischt…«

Seine Beine wurden weich, und Kimble sackte gegen die Wand. Er hatte das Gefühl, daß sich die beiden Stränge, in die sein Schicksal sich gespalten hatte, von selbst wieder vereinigten, fester als je zuvor, und daß er endlich wieder zum richtigen Zeitpunkt am richtigen Ort war, zusammen mit dem richtigen Menschen.

Zum gleichen Zeitpunkt hatten Newman und Biggs gerade im Büro von Betty Mikopoulos, der Personalchefin des Chicago Memorial Hospital, Platz genommen. Mikopoulos war eine schlanke, agile Person, die vor Energie nur so sprühte. Ihre Rastlosigkeit machte Newman nervös. Durch die riesigen Gläser ihrer Schildpattbrille blickte sie auf das Foto des jungen Mannes mit dem Emblem »CMH« auf dem Polohemd, dann nickte sie den beiden Polizisten zu.

»Ja, das war einer unserer Ärzte.«

Newman strahlte, und für den Bruchteil einer Sekunde gestattete er sich seine Lieblingsphantasie, sah sich auf einer Ehrentribüne, belobigt und befördert, weil er den Fall Kimble neu aufgerollt und die Unschuld des Arztes nachgewiesen hatte, zu Gerards großem Ärger und Kimbles immerwährender Dankbarkeit. Beide saßen im Publikum und applaudierten. »Sie erkennen ihn wieder?« sagte Newman erfreut, und tauchte aus seinem Tagtraum wieder auf. »Haben Sie seine Adresse in der Personalkartei?«

»Der Name ist Lentz«, sagte sie und gab ihm das Foto zurück. »Ein Pathologe. Persönlich habe ich ihn nicht gekannt, und eine Adresse wird Ihnen wohl nicht viel nützen. Ich erinnere mich deshalb so gut an ihn, weil er letzten Sommer gestorben ist.« Newman sank in sich zusammen, als er Biggs' Blick auffing. Sein wunderschöner Tagtraum zerplatzte wie eine Seifenblase. Was konnte ein toter Zeuge für die Untersuchungen noch viel nützen?

Aber Newman gab nicht auf. »Gibt es vielleicht jemanden in der Pathologie, der Näheres über den Mann weiß?«

Mikopoulos zögerte einen Moment und warf einen Blick auf die Wanduhr, die hinter ihnen hing. Newman drehte sich um; es war, wie er sah, zwei Minuten nach sechs.

»Es ist schon spät, ich glaube nicht, daß Sie noch jemanden antreffen werden«, sagte Mikopoulos. »Aber Sie können es im Leichenschauhaus versuchen. Nehmen Sie einfach den Aufzug bis zum Keller, der weitere Weg ist ausgeschildert. Da unten finden Sie einen alten Mann, Mr. Roosevelt. Er arbeitet schon seit Ewigkeiten bei uns und weiß über alle und alles Bescheid.«

»Besten Dank«, sagte Newman höflich. Er und Biggs verließen das Büro und eilten zum Aufzug.

Seit Biggs von Mikopoulos erfahren hatte, daß Lentz tot war, war seine Stimmung merklich gesunken; Newman wollte die ganze Zeit irgend etwas Aufmunterndes sagen, aber ihm fiel nichts ein. Weder im Aufzug noch auf dem Weg durch den spärlich erleuchteten Keller sprachen die beiden ein Wort miteinander.

Vor der Tür zum Leichenschauhaus hielt Biggs einen Moment inne und kräuselte die Lippen. »Genau das, was ich vor dem Abendessen machen wollte.«

»Los, komm«, sagte Newman, der seine Hoffnungen, endlich ein anerkannter Mitarbeiter der Polizeitruppe zu werden, immer mehr dahinschwinden fühlte. Er stieß die schwere Türe auf und hatte alle Mühe, bei dem Anblick, der sich ihm bot, gelassen zu bleiben: Ein alter, gebeugter Mann hob gerade den nackten Körper einer weiblichen Leiche von einer Tragbahre auf einen stählernen Autopsietisch neben ihm. Als er Biggs und Newman hereinkommen sah, blickte er überrascht auf, die Füße der toten Frau in Händen.

»Kann ich Ihnen behilflich sein?« Der alte Mann schob die angewinkelten Beine der Frau auf den Stahltisch, dann packte er den restlichen Körper unter den Armen und schwang den Torso mit einer einzigen Bewegung hinüber.

Newman vermied es, die nackte Frau anzuschauen, nahm keine Notiz von den anderen, in Leintücher eingehüllten Körpern ringsum. »Sind Sie Mr. Roosevelt?« antwortete er.

»Ja.« Roosevelt bedeckte den nackten weiblichen Körper rasch mit einem Laken, als schäme er sich für die Frau, dann blickte er Newman und Biggs mit seinen gelben, wässrigen, durch die dicken Gläser seiner Nickelbrille riesig wirkenden Augen an.

Biggs zog seinen Ausweis hervor. »Bundespolizei. Wir sind auf der Suche nach Informationen über einen Pathologen namens Lentz. Er soll hier gearbeitet haben.«

Die Augen des alten Mannes wurden plötzlich ganz klein, sein Gesichtsausdruck abweisend. »Er ist tot.«

Newman ging einen Schritt auf ihn zu und versuchte es mit jenem nicht unhöflichen, aber ungeheuer furchteinflößenden Blick, den Gerard so meisterlich beherrschte. »Das wissen wir schon. Was uns interessiert, ist, ob es irgendwelche Beziehungen zwischen ihm und Dr. Richard Kimble gab?«

Roosevelt wich einen Schritt zurück, blickte rasch zu Biggs, dann wieder zu Newman. Als er den Mund öffnete, glaubte Newman zu sehen, daß seine Lippen zitterten. »Ich...« Die Stimme versagte ihm. »Ich habe Dr. Kimble nicht gesehen.«

Biggs blickte Newman wie elektrisiert an; beide Männer traten instinktiv noch einen Schritt näher an Roosevelt heran.

»Das war nicht meine Frage, Sir«, sagte Newman, dessen Herz heftig klopfte. »Ich wollte nur wissen, ob Dr. Kimble und Dr. Lentz sich gekannt haben.«

»Das... das weiß ich nicht.« Kein Zweifel, da war dieses Zittern in Roosevelts Stimme, unüberhörbar. »Entschuldigen Sie mich, ich muß an die Arbeit.« Er drehte sich abrupt um, als wollte er davonrennen.

Mit zwei Riesenschritten stand Biggs direkt vor ihm. »Sie lügen uns an, stimmt's?«

Der alte Mann drehte sich, wie vom Schlag getroffen, zu Newman um, der sich ein kleines, selbstzufriedenes Lächeln nicht mehr verkneifen konnte.

Kimble saß in Kathys Labor und las die Biopsie-Berichte von Lentz, während Kath die beiden unterschiedlichen Objektträgersortimente sorgfältig für ihn verpackte. Mit einem Blick, in dem sich Kummer und Wut mischten, sah er von der Akte auf.

»Die hätten freies Spiel gehabt, wenn ich nicht darauf gedrungen hätte, daß sie zu den Leberblutungen, die mir bekannt geworden sind, Stellung nehmen. Und diese Lebern habe ich nur gesehen, weil ich meine Assistenten angewiesen hatte, mich sofort hinzuzuziehen, sobald sie Fälle von ungewöhnlicher Blutung auf dem OP-Tisch haben.«

Er erlaubte sich nicht auszusprechen, was er noch dachte: *Und wenn ich meine Assistenten nicht angewiesen hätte, mich zu rufen, würde Helen jetzt noch leben.*

»Tolle Kerls«, sagte Kath bitter, voll Sarkasmus. »Und dann dieses Arschloch, das ihnen im Weg steht. Kein Problem, seht zu, daß ihr es irgendwie los werdet, und seine Frau auch.« Sie schwieg eine Weile. »Aber warum Lentz? Er hat gar nicht so gewirkt...«

»Warum nicht?« Kimble zog den Devlin-Macgregor-Prospekt aus der Tasche, den er in der Bibliothek aufgetrieben hatte, und schwenkte ihn durch die Luft. »Lentz war einer der Patentinhaber. Meine Gewebeproben vernichten, sie durch gesunde ersetzen, den Befundbericht über die gesunden Proben ausstellen... das ist doch ein Kinderspiel!«

Kathy verschloß den Kasten mit Lentz' Proben, und Kimble wandte sich seufzend wieder den Berichten zu, die er bis zum Ende durchlas. Zu seinem Erstaunen waren alle Berichte von Lentz persönlich unterzeichnet worden. Er blickte Kathy an, die mit dem Kasten zu ihm kam.

»Kath... wann ist Lentz gestorben?«

Achselzuckend überreichte sie ihm den Kasten. »Irgendwann im letzten Sommer, August glaube ich. Warum?«

»Weil gut ein Drittel der Berichte von Lentz unterzeichnet wurden, nachdem er schon tot war.« Er hielt ihr den Aktenordner hin, damit sie sich selber davon überzeugen konnte: Lentz' Unterschrift war auch noch auf den Berichten von Oktober, November und Dezember zu finden. »Jemand hat seine Unterschrift gefälscht.« Kaum hatte er das ausgesprochen, beschlich ihn ein ungutes Gefühl, das sich mehr und mehr steigerte; es war, als stünde er vor einer so schrecklichen Entdeckung, daß sein Bewußtsein sich dagegen wehrte, sie an die Oberfläche steigen zu lassen.

Von einer unheilvollen Ahnung ergriffen, schlug er die erste Seite des Devlin-Macgregor-Prospektes auf – und sah das Foto eines Mannes, der erst kürzlich in den Vorstand des Konzerns berufen worden war: Dr. Charles Nichols.

Schwankend, wie von einem unsichtbaren Blitz geblendet, erhob sich Kimble. Er steckte den Prospekt zusammen mit den Biopsie-Berichten von Lentz und den Gewebeproben in seine Tasche.

Kath, der sein veränderter Gesichtsausdruck aufgefallen war, blickte ihn an. »Wohin gehst du?« fragte sie besorgt.

Irgendwie bewegten sich seine Lippen, irgendwie antwortete er Kath, aber im Geist war er ganz woanders. Das, was Helen vor langer Zeit zu ihm gesagt hatte, ging ihm durch den Sinn: *Ich traue einfach keinem Mann, der solche Minderwertigkeitskomplexe hat, daß er sich ständig beweisen muß. Er braucht das Geld und die Frauen und die Spielzeuge, um sich überhaupt im Spiegel anschauen zu können.*

»Ich gehe einen guten Freund besuchen«, sagte er zu Kath und ließ sie verblüfft zurück.

12

Im Büro des Marshals brannten die Lichter. Gerard saß an seinem Schreibtisch und blickte hoch, als Poole in die Tür trat. »Newman ist am Apparat, auf Leitung zwei.«

In Newmans Stimme schwang soviel Selbstvertrauen, soviel Zufriedenheit mit, daß Gerard sie im ersten Augenblick gar nicht erkannte. »Hier Newman. Sie erinnern sich daran, daß wir Sie im Hilton angerufen haben, um Ihnen zu sagen, daß wir mit dem Foto von Sykes ins CMH gehen wollten...«

»Ja?« Gerard schaltete für Renfro die Mithöranlage ein.

»Offenbar ist Kimble erst vor ein paar Stunden hier gewesen. Wir haben das Foto einwandfrei identifizieren können – der Mann, der neben Sykes steht, ist Dr. Alexander Lentz, ein Pathologe am CMH. Er ist im letzten August gestorben, bis dahin hat er an einer Studie über Medikamente gearbeitet, die unter der Bezeichnung RDU90 läuft, und zwar für eine Gesellschaft, die sich Devlin-Macgregor nennt.« Newman legte eine dramatische Pause ein, um seinen Worten mehr Nachdruck zu verleihen. »In diesem Moment unterhält Biggs sich mit einem gewissen Mr. Roosevelt, der am CMH beschäftigt ist. Roosevelt hat Kimble noch vor einer Stunde gesehen.«

»Wohin ist er gegangen?« fragte Gerard.

»Das weiß der alte Junge nicht. Aber Kimble hat ein paar Gewebeproben mitgenommen.«

»Gewebeproben?«

»Von einer Studie über Medikamente. Abgezeichnet von Dr. Charles Nichols.«

Gerard und Renfro tauschten einen Blick miteinander.

»Nichols kannte Lentz«, fuhr Newman fort.

»Er hat Kimble gedeckt«, sagte Renfro schnell.

Gerard war nicht weiter überrascht. Er dachte an Nichols, seine allzu gleichmäßige Sonnenbräune, den allzu perfekten Sitz seines Haares und seine allzu sichere Haltung, als er den Blick über das Foto von Sykes und Lentz gleiten ließ.

Ich habe ihn noch nie gesehen...

Nichols' Äußeres war so glatt und undurchsichtig gewesen, daß Gerard nicht aus ihm hatte schlau werden können. Wieder spürte er, daß er irgend etwas vermißt, etwas, das mit der kühlen Überheblichkeit in Nichols' Blick zu tun hatte. Diesen Blick hatte Gerard auf Kimbles Foto vergeblich gesucht.

»Gute Arbeit, Newman«, sagte er schroff. Renfro verdrehte die Augen, aber in der Stille am anderen Ende der Leitung konnte Gerard spüren, wie Newman strahlte. »Und wo bleibt die Überprüfung von Telefongesprächen zwischen Sykes und Kimble, um die ich gebeten habe?«

»Ja, natürlich, Sir, ich beschaffe sie Ihnen, sobald ich...« Gerard legte den Hörer auf.

Kimble bahnte sich seinen Weg durch das unterirdische Tunnelsystem, das nur die Veteranen vom Stab des CMH kannten, und kletterte in der Nähe der Haltestelle der Hochbahn wieder an die Oberfläche.

Die Sonne war bereits untergegangen. Trotzdem war der Himmel noch nicht dunkel, sondern hatte wegen der dichten Wolkenschicht eine schiefergraue Farbe angenommen. Noch schneite es nicht richtig, aber gelegentlich fiel schon eine vereinzelte Flocke, kalt und naß, auf sein Gesicht, als er über das Klinikgelände zur Bahnstation ging.

Der Anblick von Charles Nichols' Bild in dem Prospekt von Devlin-Macgregor hatte Schock, Ärger und Kummer in ihm hervorgerufen, die jetzt ein körperliches Schweregefühl auslösten, das sich auf Kimbles Herz konzentrierte.

Er hatte sich geirrt, sich so schrecklich geirrt im Hinblick auf Charlie, und Helen war die ganze Zeit über im Recht gewesen. Wenn er doch nur auf sie gehört hätte...

Kimble versuchte sich zu sammeln, als er den belebten Bahnhof betrat. Es hatte keinen Zweck, sich nachträglich Vorwürfe zu machen. Wahrscheinlich hätte es gar keine Rolle gespielt, ob Nichols ein enger Freund war oder nur ein Bekannter. Das Endresultat wäre das gleiche geblieben.

Aber warum gab Charlie sich jetzt so hilfsbereit – bot ihm

Geld an, Unterstützung und sorgte dafür, daß Kimble diejenigen Proben holen konnte, die Devlin-Macgregor belasteten? Die einzig logische Antwort darauf veranlaßte Kimble, einen Blick über die Schulter zu werfen und seinen Schritt zu beschleunigen. Die Bahn zur City setzte sich gerade in Bewegung. Kimble verfiel in Laufschritt und schaffte es gerade noch, auf den letzten Wagen aufzuspringen.

Es war nicht sehr voll. Kimble setzte sich und versuchte nachzudenken.

Er brauchte Schutz, er sollte zur Polizei gehen. Aber er besaß einfach nicht genügend Beweise, um Sykes den Mord an Helen nachweisen zu können. Alles, was er hatte, waren ein paar Unterlagen, die zeigten, daß die Resultate von Tests an Medikamenten gefälscht worden waren; das reichte nicht aus, ihn vom Mordverdacht zu befreien. Die Polizei würde ihm keinen Glauben schenken.

Nicht mein Problem...

Selbst Walter Gutherie, sein eigener Anwalt, glaubte nicht an seine Unschuld. Wenn er wieder im Gefängnis saß, würde er die Hoffnung aufgeben müssen, irgend jemanden davon überzeugen zu können, daß gegen Sykes, Nichols und Devlin-Macgregor ermittelt werden mußte.

Was er brauchte, war irgendein Beweis dafür, daß Sykes und Nichols zusammengearbeitet hatten. Und wenn ihm das nicht gelang...

Wenn ihm das nicht gelang, würde er auf der Flucht sterben, und zwar bald.

Oder er mußte Charlie Nichols treffen, die Wahrheit aus seinem eigenen Mund hören. Mußte die Befriedigung haben, ihm gegenüberzustehen. Dabei konnte er nur gewinnen.

Und wenn er ein Geständnis bekommen könnte...

Schon seit einiger Zeit hatte Kimble gedankenlos auf die erste Seite der Zeitung vor ihm geschaut; jetzt endlich wurde ihm bewußt, was dort geschrieben stand, in einer kleinen Schlagzeile unten auf der Seite.

KIMBLE IN CHICAGO

Und oberhalb der Schlagzeile starrte sein eigenes Foto ihn an.

Kimble drehte den Kopf beiseite und wollte schon aufstehen, als der Mann die Seite umschlug. Wohin konnte er auch fliehen? Wie viele andere Zeitungen gab es hier im Zug, und woher konnte er wissen, wer sie gelesen hatte und sich an das Foto auf der ersten Seite erinnerte?

Er fröstelte und drohte in Panik zu geraten, als der Mann ihn über den Zeitungsrand hinweg anblickte und dann das Blatt umdrehte, so daß er wieder die erste Seite vor sich hatte.

Alles war in Ordnung, sagte sich Kimble, solange er den Kopf gesenkt hielt und sich nicht auffällig schnell bewegte, würde der Mann keinen Argwohn schöpfen. Auf dem Foto trug er einen Bart und...

Wieder schaute der Mann Kimble an, dann blickte er rasch nach unten.

Er stand auf, faltete die Zeitung zusammen und steckte sie unter den Arm, alles übertrieben beiläufig. Kimble hob die Hand ans Gesicht und drehte sich beiseite, als der Mann eilig in einen der hinteren Wagen ging.

Zweifellos, um einen Polizisten zu finden. Kimble schaute aus dem Fenster. Bis zur nächsten Haltestellte konnte es nur noch eine oder zwei Minuten dauern. Wenn er noch so lange durchhalten würde...

Er stand auf und trat in den mittleren Gang, um in den nächsten Wagen blicken zu können.

Der Mann mit der Zeitung hatte bereits einen Bahnpolizisten gefunden, zeigte ihm Kimbles Foto und wies auf den vorderen Wagen. Der Bulle hob ein Funksprechgerät an die Lippen – und in diesem Augenblick versperrte ihm ein anderer Passagier die Sicht. Er trat auf den Mittelgang hinaus und stellte sich genau vor Kimble.

Kimble runzelte die Stirn und beugte sich zur Seite, um besser sehen zu können. Dann wurde ihm klar, daß der Mann ihm gegenüber eine Waffe in der Hand hielt. Er schaute hoch – genau in das grimmig lächelnde Gesicht von Frederick Sykes.

Gerard blickte von dem Lageplan auf, als Newman in der Tür seines Büros erschien, in der Hand einen Stapel von Papieren.

»Ich bringe Ihnen diese Telefonüberprüfung, Boß.« Newmans Augen waren blutunterlaufen, seine Stimme klang erschöpft, als er näher kam und mit den Papieren wedelte.

Gerard nahm die Anrede mit einem innerlichen Lächeln zur Kenntnis. Newman hatte ihn zuvor nur mit »Sir« angeredet; diese ungewohnte Vertraulichkeit beruhte zweifellos auf seiner neuen Selbstsicherheit und Gerards verhaltenem Lob.

Gleichzeitig entdeckte er eine Spur von Defätismus in Newmans Ton. Er hielt den Blick des jüngeren Mannes fest, bis Newman schließlich nachgab und die unausgesprochene Frage seines Vorgesetzten beantwortete.

»Ich habe überprüft, ob Sykes in den letzten zwei Jahren Kimble angerufen hat, wie Sie es wünschten«, sagte er. »Aber ich habe nichts gefunden.«

»In Ordnung.« Gerard richtete seine Aufmerksamkeit wieder auf den Lageplan. »Es war nur so ein Gedanke.«

Newman ging nicht. Gerard spürte seine Anwesenheit, drehte sich um und hob fragend die dunklen Brauen.

Newman seufzte, offensichtlich todunglücklich über die Information, die er zu übermitteln hatte. »Aber als ich die Gegenprobe bei Kimbles Anrufen machte, bin ich auf einen gestoßen.«

Ein paar Sekunden lang schwiegen sie beide. Dann sagte Gerard leise: »Kimble hat Sykes angerufen.« Er erhob sich halb aus seinem Sessel und rief so laut in den Korridor, daß Newman hochsprang: »Renfro! Laß sofort Sykes herbringen!«

Gerard nahm wieder in seinem Sessel Platz und lehnte sich langsam zurück, weg von seinem Schreibtisch, weg von Newman, weg von dieser unerwünschten Enthüllung. »Wann?« fragte er, mehr einem Reflex folgend als aus wirklichem Interesse.

»In der Nacht, in der seine Frau ermordet wurde. Um sieben Uhr dreißig, von seinem Wagen aus.«

»Ich verstehe«, sagte Gerard langsam. Er lehnte die Ellbogen auf den Schreibtisch, legte die Handflächen gegeneinander und beugte den Kopf, als wollte er versuchen zu beten. Er dachte an Kimbles Foto und den Blick in seinen Augen und hatte das Gefühl, nicht mehr weiterzuwissen, unfähig zu sein, die Sache zu verstehen. Er dachte daran, wie er sich standhaft geweigert hatte, an Kimbles Unschuld zu glauben, und beglückwünschte sich dazu, aber er empfand keine Freude dabei.

Newman beobachtete ihn; er schien seine Zweifel zu spüren und sagte, als wollte er sich verteidigen: »Ich habe die Unterlagen bei mir...«

Gerard fiel gerade etwas anderes ein. Er wandte sich der Tür zu und schrie: »Poole! Bring mir Kimbles Aussage her. Sofort!« Er blickte hoch, sah Newman an, dessen Körperhaltung ausdrückte, daß er sich verteidigen wollte, und sagte: »Nein, Newman. Ich glaube Ihnen.«

Er erwartete, daß der jüngere Mann jetzt gehen würde, aber Newman war immer noch da, als Poole in der Tür auftauchte und Gerard das Protokoll überreichte. Dieser nahm es und legte es auf seinen Schreibtisch, während Poole sich zurückzog und Renfro erschien. Sein Gesicht wirkte angespannt. »Sam...« Seine Stimme klang etwas höher als sonst. »Die Polizei hat gerade Sykes' Apartment durchsucht. Er ist nicht da. Die Fahndung wurde eingeleitet.«

»Zum Teufel«, sagte Gerard. Rasches Handeln war nun erforderlich, aber sie konnten gar nichts unternehmen, bevor sie Sykes gefunden hatten. Er konnte nicht ahnen, wohin Sykes verschwunden sein mochte, aber er vermutete, daß – wo immer er auch war – Richard Kimble nicht weit entfernt sein würde.

Renfro verschwand rasch wieder, und Newman, der alles schweigend beobachtet hatte, wandte sich auch zum Gehen. An der Tür blieb er stehen und drehte sich zu Gerard um. »Ich verstehe es einfach nicht.« Seine Stimme klang, als wollte er ein Bekenntnis ablegen.

Abwartend blickte Gerard auf.

»Ich kann...«

Er stockte und wandte das Gesicht dem Korridor zu, als wäre er plötzlich verlegen worden. »Ich kann einfach nicht...«

Wieder brach er ab und wandte sich abrupt Gerard zu, mit

einem zugleich neugierigen und aufmerksamen Blick. »Haben Sie je eine Vorahnung gehabt, Inspektor? Eine wirklich *starke* Vorahnung, für die Sie bereit gewesen wären, alles aufs Spiel zu setzten?«

Gerard, der wieder die Ellbogen aufgestützt und die Handflächen aneinandergelegt hatte, nickte und vermied es, Newmans Blick direkt zu begegnen. »Ja. Ich habe tatsächlich schon Vorahnungen gehabt.«

»Und sind sie eingetroffen, in der Regel?«

Wieder nickte Gerard langsam.

»Ich verstehe es einfach nicht«, sagte Newman. »Ich war so überzeugt davon, daß er unschuldig ist... Vielleicht bin ich einfach nicht geeignet für diese Arbeit.«

Gerard sagte nichts. Newman drehte sich abrupt um und ging. Gerard starrte ihm eine Zeitlang nach. In diesem Augenblick wäre es leicht gewesen, sich der verdammten Logik der Telefonunterlagen zu beugen, leicht, den Blick in Kimbles Augen abzutun und sich zu sagen, daß alles ein Irrtum gewesen ist. Schließlich hatten sie jetzt alles, was sie brauchten, um sich davon zu überzeugen, daß Kimble schuldig war.

Und trotzdem...

Gerard öffnete den Aktendeckel, der das Protokoll von Kimbles Aussagen enthielt. Er hatte keine Ahnung, wonach er eigentlich suchte, aber er wußte, daß es in dieser Aussage verborgen war – was auch immer es sein mochte. Er hatte eine Vorahnung, wie Newman sagen würde.

»Geh nach hinten«, sagte Sykes und bewegte die Pistole. »Geh zur Tür, Doc.«

Kimble tat, was Sykes ihm befahl, und zog sich langsam zurück, wobei er die Hände hob, um zu zeigen, daß er nicht bewaffnet war. Der Zug mußte in weniger als einer Minute die nächste Haltestelle erreichen, aber die Zeit wurde verdammt knapp jetzt, und außerdem versperrte Sykes ihm den einzigen Fluchtweg. Er warf einen Blick über die Schulter, um zu sehen, ob die Station schon aufgetaucht war.

Sykes fing seinen Blick auf und kam näher. »Das ist meine Station, Doc.«

»Gut«, sagte Kimble. Er empfand keine Furcht, nur absolute, alles andere überschwemmende Wut. »Meine auch.« Er machte noch einen Schritt zurück, in Richtung auf den Seitenausgang.

Die Tür hinter Sykes wurde aufgerissen. Ein uniformierter Bahnpolizist – derjenige, den Kimble im Gespräch mit dem Zeitungsleser gesehen hatte – kam in den Wagen.

»Kimble«, sagte der Polizist leise. Er war jung, schlank und machte große Augen beim Anblick eines entflohenen Gefangenen. Die Waffe in seiner Hand zitterte leicht. »Sir, gehen Sie weg von ihm«, rief er Sykes zu, der ihm den Rücken zuwandte.

Sykes drehte sich um und feuerte vier Kugeln ab, die den jungen Mann in die Brust trafen. Der Polizist fiel nach hinten, gegen eine Reihe von Sitzen.

In dem Augenblick, als Sykes schoß, warf Kimble sich gegen den Ausgang, hielt sich an einem Griff fest und zog die Notbremse über der Tür.

Der Boden unter ihm schlingerte. Kimble hielt sich weiter fest, als die Bremsen mit einem ohrenbetäubenden Kreischen griffen. Im Wagen flogen Taschen, Brieftaschen und Körper durch die Luft. Sykes wurde zurückgeschleudert, auf Kimble zu; die Waffe wurde ihm aus der Hand geschlagen und schlitterte über den Boden. Ein paar Zentimeter vor dem Körper des verwundeten Polizisten blieb sie liegen.

Kimble bückte sich nach ihr. Sykes bäumte sich auf, versetzte ihm einen Schlag in den Magen, der ihn gegen eine Wand warf, aber Kimble fing sich sofort wieder und schleuderte Sykes gegen eine Haltestange. Auf Händen und Füßen kroch er auf die Waffe zu. Es war eine 38er...

Was für eine Waffe hatte er?

Es war...

Eine 38er, glaube ich. Ich habe sie nur ein paar Sekunden lang gesehen...

Er richtete die Waffe auf Sykes, während er die andere Pistole aus der schlaffen Hand des Polizisten zog.

Sykes entblößte seine gelben Zähne. »Komm, komm. Das liegt dir nicht.«

Mit einem kaum wahrnehmbaren Zittern hob Kimble die Waffe. Seine Lippen zuckten, als er erst einen und dann noch einen Schritt auf Sykes zumachte, bis beide Waffen sich direkt auf Sykes' Schädel richteten. Er fixierte das Gesicht von Sykes, aber er sah nur Helens Hand vor sich, blutverschmiert, als er sie sanft von ihrem verwundeten Kopf zog, nur um zerschmetterte Knochen und das verletzte Hirn zu entdecken...

Sykes' Lippen öffneten sich, als die Waffen sich seinem Kopf näherten, er Kimble ins Gesicht starrte und den irren Ausdruck darin bemerkte. Seine dunklen Augen glänzten vor Angst.

Kimbles Finger lag fest auf dem Abzug von Sykes' Waffe. Es paßte. Es paßte ausgezeichnet, ihn mit der Waffe zu töten, mit der Helen getötet worden war...

Fast hätte er geschossen. In der allerletzten Sekunde gewann er wieder die Kontrolle über sich und schlug Sykes mit der Waffe in seiner rechten Hand ins Gesicht. Blut spritzte aus seiner Nase, Kimble bekam ein Paar Tropfen davon ab. Er biß die Zähne zusammen, schnitt mit zurückgezogenen Lippen eine Grimasse, die seine Wut auf Sykes und seinen Abscheu über sich selbst zum Ausdruck brachte, und schlug Sykes mit dem Pistolengriff. Trotz seiner Wut wählte er diejenigen Teile des Kopfes, die wahrscheinlich weder brechen, noch den Tod oder dauerhafte schwere Schäden verursachen würden, und nahm sich in acht, nicht die Schläfen zu treffen.

Sykes winselte und trat einen Schritt zurück; er warf die Hände hoch in einem aussichtlosen Versuch, sich damit zu schützen. Kimble schlug wieder zu.

Noch einmal. Und noch einmal. Er trieb Sykes zurück, den Mittelgang entlang, bis sie am Ende des Wagens angelangt waren, bis Sykes' Knie nachgaben und er bewußtlos auf den Boden fiel.

Kimble steckte Sykes' Waffe in seinen Gürtel und lief augenblicklich zu dem jungen Polizisten hinüber, um seinen Puls zu fühlen. Nichts – genau wie Kimble es geahnt hatte, schon in dem Moment, in dem Sykes geschossen und die vier

Kugeln die Brust des jungen Mannes aufgerissen hatten. Er riß die Handschellen und die Schlüssel vom Gürtel des Polizisten, zerrte Sykes herbei und fesselte ihn an den Toten. Die Schlüssel steckte er in die Tasche.

Dann legte er eine Pause ein, hockte sich vor den bewegungslosen Sykes, hob den Kopf des Bewußtlosen an seinem dunklen, krausen Haar hoch.

»War nicht so einfach wie bei Helen, nicht wahr?« flüsterte Kimble bitter und ließ Sykes' Kopf wieder fallen. »Du hast deine Haltestelle verpaßt...«

Er erhob sich und eilte nach vorn, beide Pistolen in den Händen. Der Zug war ganz kurz vor der Station zum Halten gekommen. Nur die ersten beiden Fenster des Wagens befanden sich bereits über dem Bahnsteig. Kimble trat auf einen der Sitze, stieß das Fenster auf und sprang auf den Bahnsteig.

In seinem hell erleuchteten Büro trank Gerard die zwölfte Tasse Kaffee des Tages, während er auf das Protokoll der Vernehmung von Richard Kimble am 20. Januar durch Kelly und Rosetti starrte. Er fing an, Newmans Verzweiflung nachzuempfinden, zu glauben, daß Kimble doch schuldig war – und dennoch, sein Eigensinn ließ ihm keine Ruhe; er las weiter, suchte weiter nach jenem unbekannten Detail, von dem seine Intuition fest behauptete, daß es hier sein mußte, daß er und jeder andere es beim ersten Durchlesen übersehen hatten.

Gerard hatte das vierzig Seiten umfassende Manuskript schon einmal durchgelesen, schnell und verzweifelt, jetzt hatte er es sich zum zweiten Mal vorgenommen. Nun ließ er sich mehr Zeit beim Lesen und achtete sorgfältig auf jede Formulierung. Er war gerade auf Seite 23 angelangt.

Kelly: Fangen wir noch einmal von vorne an, Dr. Kimble. Sie sind von der Arbeit gekommen, zu der Wohltätigkeitsveranstaltung gefahren, haben dort Ihre Frau getroffen, sie nach Hause gefahren...

Kimble: Warum müssen wir das alles noch einmal wiederholen?

Gerard schloß die Augen und konnte Kimbles klare Stimme hören. Und er sah seinen gramerfüllten Blick vor sich, den zweifellos auch Kelly und Rosetti bemerkt hatten.

Rosetti: Erzählen Sie es uns einfach noch einmal, ja?

Kimble: Ich hab es Ihnen doch schon gesagt... Ich brachte Helen nach Hause, aber gerade, als wir ankamen, erhielt ich einen Anruf. Tim Price brauchte Hilfe bei einer Blutung.

Kelly: Sie meinen, ein anderer Chrirurg brauchte Hilfe bei einer Operation?

Kimble: (Nickt.)

Kelly: Wie spät war es da?

Kimble: Mein Gott... Ich weiß es nicht... (Nicht zu verstehen) Ich kann mich nicht erinnern... Vielleicht – zehn Uhr. Zehn Uhr dreißig. Ich weiß es nicht. Es... es muß nach zehn gewesen sein, weil ich nicht vor acht Uhr dreißig zu der Wohltätigkeitsveranstaltung gekommen bin, und ich weiß, daß wir höchstens eineinhalb Stunden dort waren, allenfalls zwei Stunden.

Mein Gott, Helens Familie weiß es noch gar nicht. Kann ich... Kann ich sie anrufen? Irgend jemand sollte ihnen...

Kelly: Etwas später, Dr. Kimble. Sie erhielten also einen Anruf von Tim Price zwischen zehn Uhr und zehn Uhr dreißig?

Kimble: Ungefähr um die Zeit.

Kelly: Und Sie sind gegen acht Uhr dreißig zu der Wohltätigkeitsveranstaltung gefahren?

Kimble: Ja. Oder besser, nein, ich bin nicht selbst gefahren. Ich habe ein Taxi genommen.

Gerard beugte sich vor und las den Satz noch einmal.

Kelly: Ich dachte, Sie hätten gesagt, daß Sie Helen nach Hause gefahren haben.

Kimble: Das stimmt. Ich habe am Nachmittag einem Freund – Charlie... Charlie Nichols – meinen Wagen geliehen, damit er eine Besorgung erledigen konnte. Nur für ein paar Stunden.

Kelly: Er brachte ihn Ihnen zurück, während der Wohltätigkeitsveranstaltung?

Kimble: Ja. Er war dort. Gab mir meine Schlüssel zurück.

Kelly: Kehren wir zurück zu dem Zeitpunkt, an dem Sie Helen beim Haus abgesetzt haben...

Der Empfänger des Polizeifunks auf dem Regal hinter Gerard stieß einen solchen Lärm aus, daß er Kaffee auf das Manuskript goß. Er fluchte, fand eine Serviette in der obersten Schreibtischschublade und wischte die Flecken damit fort, als die Meldung durchkam, laut genug, daß man sie auf dem ganzen Korridor hörte, laut genug, Renfro und Poole aus ihren benachbarten Büros zu locken.

»... Einheiten in der Nähe der Station Balbo Street. Gefahndet wird nach Dr. Richard Kimble...«

Gerard stand auf, sein Herz klopfte, nicht wegen der Überdosis an Koffein und nicht wegen der Meldung aus dem Funkgerät, sondern wegen der Zeilen, die er gerade gelesen hatte.

»Station Balbo«, sagte Renfro. »Das ist...«

Gerard wußte genau, wo es war, wußte genau, weshalb Kimble dort gewesen war, wußte genau, weshalb Frederick Sykes sich alle Mühe gegeben hatte, der Polizei zu entwischen, und sein Apartment verlassen hatte. Er schnitt Renfro das Wort ab. »Poole! Hol Biggs und Newman.«

Mit Renfro und Poole lief er den Korridor entlang und die Treppe zur Tiefgarage hinunter.

Renfro fuhr, neben ihm saß Poole. Biggs und Newman folgten ihnen in einem zweiten Sedan. Es war eine bitterkalte Nacht, wolkig und ohne Sternenlicht. Gerard saß auf dem Rücksitz und lauschte einem Chor von Stimmen in seinem Kopf: *(Nicht mein Problem...)*

(Erinnern Sie sich, was Sie mir geantwortet haben?

Woran ich mich erinnere, ist, daß Sie meine Pistole auf mich gerichtet hatten.)

Die ersten Flocken eines heraufziehenden Schneesturms fielen, als eine Meldung über Funk kam:

»Alle Einheiten in der Nähe der Station Balbo: Ein Polizist wurde niedergeschossen! Ich wiederhole: Ein Polizist wurde niedergeschossen! Ein Mann, auf den die Beschreibung von Richard Kimble paßt, hat den Schauplatz mit zwei Pistolen in der Hand verlassen...«

(Ich habe meine Frau nicht getötet.)

Auf den Vordersitzen lauschten Renfro und Poole in angespanntem Schweigen. *Polizist niedergeschossen* bedeutete, daß die gesamte Polizei von Chicago die City nach Richard Kimble durchkämmen würde. Es bedeutete, daß sie ihre Fragen später stellen würden und erst schießen.

Schießen, um zu töten.

»Verflucht«, flüsterte Gerard und schloß die Augen. Er dachte nicht mehr an drei Frauen, die vor gut zwanzig Jahren gestorben waren. Er dachte nur noch an Richard Kimble und daran, daß sein Blut, wenn ihm etwas zustoßen sollte, Gerards Hände für eine sehr lange Zeit beflecken würde.

13

Kimble lief unbemerkt durch ein unterirdisches Einkaufszentrum unter dem Hotel. Er machte nur kurz halt, um die Pistolen in einen Briefkasten zu werfen, nahm dann die Treppe nach oben, immer zwei Stufen auf einmal, und betrat die Eingangshalle des Hilton in Chicago.

Auf einem schwarzen Brett an der Wand waren die Redner für die Konferenz von Devlin-Macgregor verzeichnet. Kimble blieb gerade so lange stehen, daß er folgende Ankündigung lesen konnte:

»Fortschritte in der Nuklearmedizin
und der pathologischen Forschung«
Redner: Dr. Charles Nichols
Großer Ballsaal, Dachgeschoß

Kimble nahm den Aufzug und fuhr allein nach oben.

Als Renfro vor dem Hilton hielt, hatte die Polizei die Seitenstraßen bereits abgesperrt. Erstaunlicherweise waren Newman und Biggs schon da und trugen kugelsichere Westen. Mit Biggs im Gefolge lief Newman auf Gerard zu und überreichte auch ihm eine Weste. Er sah niedergeschlagen und zugleich ungeduldig aus.

»Sie haben eben durchgegeben...«

»Ich hab's gehört«, erwiderte Gerard kurz angebunden. »War's Kimble?« Er wollte nicht glauben, daß Kimble zu einer solchen Tat fähig sein könnte, nicht daran denken, daß er dafür verantwortlich war, daß ein Unschuldiger dazu gezwungen wurde zu töten, aber er wußte auch, daß Kimble tatsächlich zu verzweifelten Schritten getrieben worden sein könnte. Newman schaute zur Seite, ohne zu antworten.

»Widersprüchliche Meldungen«, sagte Biggs und stellte sich neben ihn. »Aber die Polizisten halten ihn für den

Schützen.« Gerard starrte auf zwei weitere Polizeiwagen, die im Flockenwirbel auftauchten und vor dem Hotel hielten. Vier schwerbewaffnete Männer kletterten heraus. Gerard wandte sich dem Haupteingang des Hotels zu und blieb direkt vor den auseinandergleitenden Türen stehen, wo Detective Kelly mit einem Polizeicaptain sprach, der eine Schutzweste trug.

»Zeugen berichten, daß er das Hotel vom Untergeschoß her betreten hat«, sagte der Captain gerade.

Mit vor Aufregung glänzenden Augen nickte Kelly kurz. »Okay. Ich will, daß alles rundum abgeriegelt wird. Fangen Sie bei den unteren Stockwerken an.«

Der Captain ging, und Gerard trat auf den Detective zu.

»Das ist mein Mann, Kelly.«

Kelly wandte sich halb um und schaute den Inspektor mit offener Verachtung an. »Nicht mehr, seit er einen von unseren Leuten niedergemacht hat, Gerard. Das ist jetzt eine Sache der Polizei. Halt dich, zum Teufel, heraus.«

Er machte kehrt und ging fort, bevor Gerard auch nur noch ein Wort sagen konnte. Gerard beobachtete, wie der Polizeioffizier in die Eingangshalle des Hotels ging, dann sah er zum Dach hoch.

Newman kam und gab Gerard seinen Gürtel und den Rückenschutz. »Komm mit«, sagte Gerard zu ihm. »Ich weiß, wohin er gegangen ist.«

Newman blinzelte. »Woher?«

»Nenn es eine Vorahnung«, antwortete Gerard und schaute den Jüngeren fest an. »Sie treffen meistens ein.«

Newman neigte den Kopf wie ein verwirrter Terrier. Aber Gerard war bereits in der Eingangshalle, und Newman mußte sich beeilen, um ihn einzuholen.

Kimble stieg im Dachgeschoß aus dem Aufzug und folgte den Hinweisschildern zum Ballsaal. Er bewegte sich mit rücksichtsloser Entschlossenheit. Vor der verschlossenen Doppeltür trat ihm ein Mann entgegen, der ein Jackett mit dem Hotel-Emblem trug.

Der Mann blickte auf Kimbles Brust, wo er ein Namensschildchen aus Plastik suchte, und sagte dann leise, als ob er ihm ein Geheimnis anvertrauen wollte: »Es tut mir leid, mein Herr. Hier haben nur geladene Konferenzgäste Zutritt.«

Kimble hob den Mann unterhalb der Ellbogen leicht an, setzte ihn beiseite und riß die Türen weit auf.

Drinnen stand Dr. Charles Nichols auf einem rot drapierten Podium und sprach zu einem vollen Haus.

»Und ich möchte mich besonders bedanken bei den Forschern, die mir geholfen haben...«

Beim Anblick von Kimble brach Nichols ab und griff mit beiden Händen nach dem Pult, als ob er sich daran festhalten wollte. Die Gäste in den hinteren Reihen des Ballsaals drehten sich um und runzelten die Stirn wegen der Unterbrechung.

»Richard...« flüsterte Nichols.

Kimble schlenderte den mit einem roten Teppich belegten Mittelgang entlang, auf das Podium zu, und zum ersten Mal seit einem Jahr erhob er die Stimme vor einer großen Anzahl von Leuten. Jetzt hatte er keine Angst mehr, entdeckt zu werden. »Was ist los, Charlie? Überrascht?«

Nichols starrte ihn an, voller Angst, unfähig zu antworten. »Sykes hat es vor einem Jahr nicht geschafft, mich umzubringen. Wie bist du auf die Idee gekommen, er würde jetzt Erfolg damit haben?«

Die Menge verstummte, und dann hörte man ein gedämpftes Flüstern im Raum, das von hinten nach vorn zog, als Kimble an vertrauten Gesichtern vorbeikam – Jake Roberts, Tim Price, Moh Falawi.

Er ist es... Richard Kimble...

Kimble schaute sie an, ohne sie zu sehen. Er sah nur Nichols, redete nur zu Nichols, als ob nur sie zwei existierten.

»Nach dem Tod von Lentz«, sagte Kimble mit lauter, klarer Stimme, die das Summen im Hintergrund übertönte, »warst du der einzige, der Zugang hatte zu den Pathologie-Berichten.«

Nichols sammelte sich, hielt sich aber weiterhin am Pult fest, als Kimble sich dem Podium näherte. »Berichte?« Sein

Gesichtsausdruck war verschlossen, nicht zu deuten. »Was willst du...«

»Du hast die Proben ausgetauscht und die Berichte gefälscht, damit RDU90 die Zulassung bekommen konnte.«

Wieder kam eine leichte Unruhe auf.

Nichols lachte ungläubig, aber seine Augen blieben todernst. »Richard...« Er schüttelte den Kopf und brachte ein halbes Grinsen zustande. »Ich weiß wirklich nicht, wovon du redest.«

Kimble blieb im Mittelgang stehen, direkt vor dem Podium, und starrte zu Nichols hoch. Kalte Wut erfüllte ihn. »Ich habe einen Satz der Originalproben.«

Er war ihm jetzt so nahe, daß er in Nichols' Augen lesen konnte, sehen konnte, wie sie schmal wurden, das Flackern der Angst in ihnen entdecken konnte. »Du wärst fast damit durchgekommen, Charlie. Aber jetzt weiß ich alles, und ich habe Beweise.«

Die beiden Männer sahen sich in die Augen, dann wandte Nichols sich dem Publikum zu; mit ausgestreckten Händen bat er um Verständnis. »Ladys und Gentleman. Meinem – Freund geht es offensichtlich nicht gut.« Er trat zurück vom Mikrophon und sagte in dem gleichen väterlichen Ton, den Walter Gutherie benutzt hatte: »Richard, wenn du sprechen möchtest...«

»Ich bin nicht hergekommen, um zu sprechen.«

Nichols zog sich ein wenig zurück, als er den Haß in der Stimme und der Haltung des anderen erkannte; dann fing er an, sich in Bewegung zu setzen, über das Podium zum Seitenausgang. Kimble schlug den gleichen Weg ein, unterhalb des Podiums, vorbei an Tischen, an Gruppen von schokkierten, stummen Zuschauern, und folgte Nichols, als er aus der Tür rannte.

Draußen auf dem Korridor fing Nichols an zu laufen und verschwand in einer Gästesuite. Kimble war nur drei Schritte hinter ihm. Als er in die Suite trat, stolperte er und fiel hin. Nichols hatte einen schweren Stuhl nach ihm geschleudert.

Als er versuchte, auf Knien und Händen wieder hochzukommen, ging Nichols schnell um ihn herum und schloß die

Tür ab, dann zog er ihn am Revers seines Jacketts hoch, bevor Kimble sein Gleichgewicht wiedergewonnen hatte. Einen Augenblick lang begegnete er Charlies Blick und war wie betäubt von der unglaublichen Kälte in seinen Augen, von dem entsetzlichen Ausdruck, der Charlies hübsches Gesicht entstellte.

Ich kenne dich nicht, dachte Kimble. *Ich habe dich nie gekannt...*

Nichols' Gesicht war ganz nah vor seinem. »Deine beste Eigenschaft, Richard, ist die, daß du nicht aufgibst, selbst dann nicht, wenn es in deinem eigenen Interesse liegt...«

Mit Faustschlägen trieb er Kimble rückwärts, durch die Suite in eine als Konferenzraum genutzte Bibliothek. Kimble taumelte, kämpfte darum, seinen Orientierungssinn zurückzugewinnen, aber schon war Nichols wieder über ihm, schlug ihm mit der Faust in den Magen und schleuderte ihn gegen einen Notausgang.

»Ich habe schon immer gewußt, daß ich dich töten muß«, zischte Nichols. »Jetzt muß ich mich bei dir bedanken, daß du mir zweihundert Zeugen gegeben hast, die bestätigen werden, wenn ich behaupte, es war Notwehr.«

Sie rangen miteinander. Der Notausgang hinter Kimble öffnete sich, und er taumelte auf eine Feuerleiter hinaus. Im letzten Augenblick konnte er sich am Geländer festklammern. Er schaute sich um und stellte fest, daß er mehr als zwanzig Stockwerke über der Straße baumelte.

Plötzlich behinderte irgend etwas seine Sicht. Er blickte nach oben und entdeckte, daß Nichols ihm nachsetzte. Er rollte sich herum und schlug nach Charlie, so daß dieser gegen das Geländer auf der anderen Seite prallte. Die Lichter auf dem Dach beleuchteten die Dunkelheit hinter Nichols und enthüllten einen leisen, stetigen Schneeregen.

»Du hast deine Chance verpaßt, Charlie«, stieß Kimble keuchend hervor.

Nichols wollte ihn wieder angreifen. Kimble holte aus und versetzte ihm zwei Schläge, die Nichols einen halben Treppenabsatz nach unten beförderten. Er setzte ihm sofort nach.

Nichols stand taumelnd auf und holte unsicher aus zu

einem neuen Schlag. Kimble traf sein Ziel und rief: »Du hast mir alles genommen – für Geld!«

Wieder fiel Nichols einen halben Treppenabsatz hinunter. Auf allen vieren landete er auf der Plattform. Kimble folgte ihm, zog ihn hoch, bis er auf den Füßen stand, und sagte ihm leise ins Ohr:

»Ich will es wissen, Charlie – war es das wert?«

Nichols' Kopf, der sich wie eine Silhouette von der glitzernden Skyline der City abhob, wackelte hin und her, von seiner aufgeplatzten Lippe tropften Blut und Speichel, aber der Ausdruck seines Gesichtes war unnachgiebig und kalt. »Diese Sache ist größer, Richard, als selbst du es dir vorstellen kannst. Du kannst sie nicht aufhalten.«

Kimble gab einen wütenden Laut von sich und schlug mit verblüffender Kraft zu. Nichols wurde gegen die Brüstung der Plattform geschleudert und drehte den Kopf, um hinunterzustarren. Entsetzt sah er die winzigen Polizeiwagen dort unten, entlang der verschneiten Straße.

Kimble ging auf ihn zu und packte ihn mit einem Triumphgefühl, in das sich keine Freude mischte, am Revers seiner Jacke. Es wäre leicht, ganz leicht, ihm einen weiteren Schlag zu versetzen, der Nichols über die Brüstung schicken würde, und mit Vergnügen zuzuhören, wie er beim Sturz nach unten verzweifelt aufschrie...

Ein rhythmisches Donnern erklang. Kimble blickte nach oben und war geblendet von dem grellweißen Licht über ihm. Er hörte den Hubschrauber mehr, als daß er ihn sah.

»Hier spricht die Polizei. Keine Bewegung...«

Kimble erstarrte. In diesem Augenblick der Unsicherheit erblickte Nichols seine Chance, stieß seinem Gegner das Knie gegen die Brust und floh.

Ein paar Minuten zuvor waren Gerard, Newman und Poole durch die Empfangshalle des Hotels auf die Aufzüge zugegangen. Biggs beeilte sich, sie zu begleiten. »Die Polizei hat alles abgeriegelt«, sagte er und zog seine kugelsichere Weste zurecht. »Der Parkplatz wird von den Sicherheitskräften des Hotels bewacht.«

»Laß sie sich hier unten beschäftigen«, sagte Gerard. Er blieb beim Schwarzen Brett stehen, las die Ankündigung der Rede von Charles Nichols und wandte sich an Newman. »Newman, Sie bleiben hier. Sehen sie, ob Sie Kimble auf den Monitoren orten können. Bleiben Sie in Funkkontakt mit uns.«

Newman nickte und lief rasch fort, seine Bewegungen waren wieder eifrig und wirkten hoffnungsvoll.

Gerard und die anderen gingen zu den hell erleuchteten, gläsernen Aufzügen. Sie nahmen den ersten, der frei war, und als Gerard den Knopf für das Dachgeschoß drückte, schauten Poole und Biggs, der einen Plan des Hotels studierte, ihn fragend an.

Beim vierzehnten Stockwerk, als Gerard gerade nach unten starrte auf die sich bewegenden Gestalten in der Eingangshalle, die jetzt nur noch so groß waren wie Johannisbeeren, meldete sich sein Funkgerät.

»Gerard.«

»Hier Newman. Ich habe Kimble zusammen mit Nichols auf dem Dach geortet. Beim südöstlichen Ausgang.«

»Behalt ihn im Auge«, ordnete Gerard an.

Hinter ihm fragte Poole: »Woher wußten Sie das?«

Gerard gestattete sich ein kleines Lächeln.

»Es gibt vier Ausgänge auf dem Dach«, sagte Biggs und blickte von dem Plan hoch.

»Ich will, daß alle vier besetzt werden.«

Biggs nickte und nahm sein Funkgerät in die Hand.

Als sie das Dachgeschoß erreicht hatten, öffnete sich der Aufzug. Draußen stand eine Gruppe von aufgeregten Konferenzgästen, die ihr Heil in der Flucht suchten. Gerard holte tief Luft und stürzte sich in die Menge. Er entdeckte zwei Sicherheitsbeamten, die den Weg kannten. Sie führten ihn den Korridor entlang zu einer Gästesuite, vor der zwei höchst beunruhigte Konferenzteilnehmer standen und vergeblich versuchten, die verschlossene Tür zu öffnen.

Einer von ihnen schaute zu Gerard auf und warf einen Blick auf die uniformierten Wächter. »Wir glauben, daß Kimble Charles Nichols in diesen Raum gefolgt ist.«

»Öffnet die Tür«, befahl Gerard und wartete ungeduldig, während einer der Wächter einen Schlüssel aus der Tasche fischte und die Tür aufschloß.

In der Suite entdeckten sie die Anzeichen eines Kampfes: zwei umgeworfene Stühle und eine offene Tür, die auf das Dach führte. Gerard lief dorthin, dann blieb er stehen und wandte sich zu den uniformierten Wächtern um. Kimble hatte genug am Hals, auch ohne daß er sich mit zwei Möchtegernhelden herumschlagen mußte. »Bleiben Sie hier an der Tür.«

Sein energischer Ton überzeugte die beiden Wächter. Sie nickten und schauten zu, wie Gerard allein auf das Dach hinausging.

Der Ausgang führte zu einer metallenen Feuertreppe, die, von zwei Absätzen unterteilt, auf eine Plattform hinunterführte. Gerard kniff die Augen zusammen, um sich vor dem Ansturm der vom Wind getriebenen Schneeflocken zu schützen – und vor der überwältigenden Helligkeit der Scheinwerfer des Hubschraubers. Er lief eilig die Stufen hinunter und gab acht, damit er nicht auf dem Schnee ausrutschte, der sich auf den Stufen angehäuft hatte. Er war nicht in der Lage, irgend etwas anderes zu hören als das Heulen des Winterwindes und das Röhren des Polizeihubschraubers.

Gerard wußte, was sich im Innern des Hubschraubers abspielte: Ein Scharfschütze versuchte, Kimble ins Ziel zu bekommen. Er blinzelte in das grelle Licht und sah Nichols, der davonlief, und Kimble, der rasch hinter ihm herging.

Ein leichtes Ziel.

Gerard zog sein Funkgerät heraus. Bevor er es hochheben konnte, spritzten Kugeln auf die Plattform, klatschten mit einem singenden Laut auf den Beton und durchschlugen die Rohre der Klimaanlage an genau der Stelle, wo Kimble vor weniger als einer Sekunde gestanden hatte.

Gerard warf sich auf den Boden und blieb liegen, bis er sicher war, daß das Sperrfeuer beendet war.

»Kimble!«

Er wollte Kimble sagen, daß er bei Nichols bleiben sollte, zu seinem eigenen Schutz, aber der Wind trug seine Stimme zu ihm zurück, und der ohrenbetäubende Lärm des Hubschraubers überdröhnte seine Worte. Er hob das Funkgerät an seine Lippen und brüllte hinein, während er aufstand.

»Hier spricht Marshal Gerard! Zieht sofort diesen Hubschrauber ab!«

Aber Kimbles Silhouette, die ständig in Bewegung war, blieb weiterhin hell erleuchtet wie eine Schießscheibe, umrandet von glitzernden weißen Flocken. Gerard folgte Kimble, als dieser rasend schnell um heiße Ventilatorenabzüge und Rohre herumlief und unerbittlich näher an Nichols heranrückte, der in gekrümmter Haltung vor ihm floh. Wie durch einen Filter hörte er Renfros Stimme in dem Funkgerät, das er wieder in die Tasche gesteckt hatte.

»Marshal Gerard ist draußen! Feuer einstellen!«

Der kreisrunde Lichtschein wurde kleiner, als der Hubschrauber sich zurückzog. Nichols lief auf den Schatten am Rand der Plattform zu, Kimble rannte hinter ihm her und ging zum Angriff über. Plötzlich verloren beide den Boden unter den Füßen und fielen gegen das abschüssige Glasdach über den Aufzugskabinen.

Die Lichter der Aufzüge beleuchteten den Schacht. In ihrem schwachen Schein beobachtete Gerard, wie die beiden schattenhaften Gestalten miteinander rangen, als er näher kam. Oben kreiste der Hubschrauber; seine Scheinwerfer erfaßten die beiden kämpfenden Männer und Gerard, der auf sie zukam.

Kimble warf Nichols auf das Glasdach, das sich unter dem Gewicht des Mannes zu biegen schien, griff nach unten, zog Nichols hoch und schlug ihn wieder nieder.

Und noch einmal.

Und noch einmal.

Mit gezogener Pistole schob Gerard sich vor bis an den Rand des Glasdachs und brüllte mit voller Kraft, wobei er die letzte Luft aus den Lungen preßte: »Kimble!«

Noch einmal.

In einer sprühenden Kaskade, die ebenso schön glitzerte wie der Schnee, gab das Glas nach. Kimble und Nichols stürzten nach unten.

Entsetzt schaute Gerard über den Rand des Glasdachs nach unten. Er konnte nur noch einen ganz flüchtigen Blick auf Kimble werfen, der sich an einem der Aufzüge festklammerte, der in der Dunkelheit verschwand.

Gerard steckte seine Waffe wieder ein und lief quer über die Plattform; er schlitterte auf dem verschneiten Boden. Am Notausgang wartete Renfro auf ihn. Zusammen liefen sie eilig die Hintertreppe hinunter, wobei Gerard in sein Funkgerät rief: »Wo ist der Aufzug stehengeblieben?«

Die Antwort ließ nur eine halbe Sekunde auf sich warten, aber auch das erschien ihm zu lang. Er öffnete gerade den Mund, um seine Frage energisch zu wiederholen, als Newmans Stimme, die vor Aufregung ganz hoch klang, ertönte.

»Fünfter Stock. Wäscherei und Wartung. Keine Gästezimmer.«

Es war ein weiter Weg nach unten. Gerard atmete schwer, während er mit Renfro in den fünften Stock hinunterrannte. Im Treppenhaus zogen beide ihre Waffen – Gerard seine Glock und Renfro seine 38er –, dann blieben sie einen Augenblick lang vor der Feuertür stehen. Gerard nahm sein Funkgerät in die Hand und erklärte;

»Wir gehen jetzt rein. Gebt mir fünf Minuten Zeit. Sagt Biggs, er soll dafür sorgen, daß die Polizei draußen bleibt.«

Er nickte Renfro zu, und sie warfen sich gegen die Tür. Die Tür öffnete sich. Gerard schaute in den schwach erleuchteten, von Dampf erfüllten Waschraum. Große Wäschesäcke aus Leinwand wurden von kreischenden Wagen auf Schienen befördert, die ein metallisches Stöhnen von sich gaben, wenn sie Berge schmutziger Wäsche auf lange Förderbänder kippten, die zu zwei dröhnenden, zehn Meter langen Waschmaschinen führten.

Am Eingang standen zwei Frauen, die Wäsche sortierten. Sie blickten hoch, offensichtlich entsetzt, als Gerard und Renfro mit gezogenen Waffen eindrangen.

»Verlassen Sie den Raum«, sagte Gerard zu ihnen, und die Frauen verschwendeten keine Zeit. Er und Renfro gingen vorsichtig um eine Ecke und stießen auf noch einen Angestellten – diesmal war es ein Mann, der die riesigen Wäschesäcke mit Hilfe eines Hydraulischen Lifts zu einem gelben stählernen Greifhaken beförderte.

Der Mann warf nur einen einzigen Blick auf die Waffen und verschwand, bevor irgend jemand ein Wort sagen konnte. Gerard wandte sich dem Hauptraum der Wäscherei zu und gab Renfro durch ein Zeichen zu verstehen, daß er das andere Ende übernehmen sollte, während er langsam zur Mitte vordrang. Dann erhob er seine Stimme, laut genug, daß sie die Geräusche des kreischenden Metalls und des plätschernden Wassers übertönte: »Kimble! Sie kommen hier nicht mehr heraus. Das Gebäude ist umstellt.«

Er ging weiter, bewegte sich vorsichtig durch ein Gewirr von Hindernissen aus herabhängenden Leinensäcken, Metallwagen, Schienen, Förderbändern und anderem Zubehör. Er konnte Kimbles Anwesenheit spüren, wußte, daß der Mann ihm zuhörte. Mit tiefempfundener Aufrichtigkeit, von der er inständig hoffte, daß sie in seinem Ton zum Ausdruck kommen möge, rief er: »Kimble! Ich weiß Bescheid über Nichols und Sykes...«

Stille herrschte in dem halbdunklen, von Dampf erfüllten Raum. Sie wurde nur von den Geräuschen der Maschinen unterbrochen. Gerard hatte den Eindruck, daß er spüren konnte, wie Kimble zögerte, überlegte.

Nicht mein Problem...

Ich bin nur der kleine Polizist, der dafür bezahlt wird, Sie zur Strecke zu bringen.

Und er wußte, daß das, was er gerade gesagt hatte, noch nicht ausreichte.

Ein Sack glitt plötzlich rasch von dem Förderband auf ihn zu. Gerard sprang zu Seite, wich ihm flink aus und rief dann: »Nichols hat am Tage des Mordes Ihren Wagen ausgeliehen. Wir wissen, daß er von dort aus Sykes angerufen hat...«

Kimble würde ihm jetzt vielleicht glauben, aber auch jeder andere, der möglicherweise zuhörte. Als er in den freien Bereich zwischen den Förderbändern kam, verhielt Gerard sich sehr wachsam, bereit, sofort herumzuwirbeln und auf der Stelle zu schießen, wenn er etwas bemerken sollte. Ihm war klar geworden, daß eine Bedrohung seines Lebens nicht von Richard Kimble zu befürchten war, sondern von dem allzu perfekten Dr. Charles Nichols.

»Deswegen ist niemand gewaltsam in Ihr Haus eingedrungen«, sagte Gerard. »Er hat einfach Ihre Schlüssel benutzt.«

Er tastete sich langsam vor zwischen den beiden gigantischen Waschmaschinen, deren drei Meter hohe Seitenwände eine glänzende stählerne Gasse bildeten, und appellierte noch ein letztes Mal an den Gejagten.

»Kimble! Es ist an der Zeit, aufzuhören mit dem Davonlaufen...«

Kimble war nicht weit von Gerard entfernt. Er hielt sich weiterhin in Deckung und lauschte.

Als er zum ersten Mal begriffen hatte, daß Nichols der Mörder war, war er halb wahnsinnig geworden. Er hatte keinen anderen Wunsch gehabt, als sich an Nichols zu rächen. Jetzt, wo er wieder zu sich kam, wollte er Nichols nur noch in die Hände bekommen, um ihn zu zwingen, ein Geständnis abzulegen. Die gefälschten Berichte, die frisierten Gewebeproben, alles deutete auf Nichols hin. Als Chef der Pathologie hatte er allein die Möglichkeit, diese Täuschungsmanöver durchzuführen.

Aber jeder kleine Beweis, den Kimble besaß, war auf Indizien begründet. Ohne das Geständnis von Nichols und Sykes gab es nichts, was sie konkret mit dem Mord an Helen in Verbindung brachte – nur seine eigene Aussage, die Aussage eines verurteilten Mörders. Der Beweis dafür, daß Nichols in eine Betrugsaffäre verwickelt war, um die Freigabe eines gefährlichen Medikaments durchzusetzen, bewies nicht, daß er Sykes den Auftrag gegeben hatte, Kimble zu ermorden.

Kimble hatte einen Entschluß gefaßt. Entweder würde er das Geständnis aus Nichols herauspressen – oder er würde bei dem Versuch sterben.

Aber auf dem Dach, als er mit Nichols gekämpft hatte, war etwas Merkwürdiges passiert. Er hatte sich schon für einen toten Mann gehalten, als die Kugeln vom Hubschrauber einschlugen, aber der Beschuß hatte aufgehört.

Dann war Gerard erschienen, mit gezogener Waffe, und Kimble hatte wieder gewußt, daß er sterben mußte. Der Marshal hatte mehr als eine Chance gehabt, auf Kimble zu zielen und zu schießen, bevor er mit Nichols durch das Glasdach gefallen war. Erstaunlicherweise hatte Gerard nicht gefeuert. Statt dessen hatte er ihm etwas zugerufen. Und jetzt kauerte Kimble hinter einer glitzernden Stahlmaschine und hörte, wie Gerard ihm wieder etwas zurief.

Ich weiß Bescheid über Nichols und Sykes...

Gerard konnte das leicht sagen. Kimble hatte deutlich genug gezeigt, daß er versuchte, Sykes und Nichols zu belasten. Er kam zu dem Schluß, daß Gerard ihn lediglich beschwichtigen wollte.

Und doch... Ein kleiner Zweifel nistete sich bei ihm ein. Gerard hatte nicht auf ihn geschossen, als er die Möglichkeit dazu hatte.

Trotzdem bewegte Kimble sich vorsichtig weiter, auf der Suche nach Nichols. Wahrscheinlich gab es keinen Fluchtweg mehr aus dem umstellten Gebäude... Vom Dach aus hatte er die Polizeiwagen auf den Straßen gesehen. Aber er wollte Nichols finden, ihn als Schild benutzen, seine Angst vor dem Tode dazu benutzen, um ein öffentliches Geständnis von ihm zu erzwingen. Wenn er Charlie erwischen konnte, gab es eine kleine Chance für ihn, lebend aus der Sache herauszukommen. Wenn nicht, würde er weiter fliehen. Der Tod im Kugelhagel war mit großer Wahrscheinlichkeit schnell, wenn auch nicht besonders sauber.

Und dann hatte Gerard gesagt: *Nichols hat am Tage des Mordes Ihren Wagen ausgeliehen. Wir wissen, daß er von dort aus Sykes angerufen hat.*

Kimble verlangsamte seinen Schritt, zögerte. Wollte es glauben.

Gerard konnte in bezug auf den Anruf von Sykes lügen, aber er log nicht, wenn er sagte, daß Nichols sich den Wagen ausgeliehen hatte. Und um das zu wissen, mußte Gerard das Vernehmungsprotokoll noch einmal gelesen haben.

Gerard hatte seine eigenen Untersuchungen angestellt.

Nicht mein Problem...

Zögernd ging Kimble einen Schritt weiter, immer noch wachsam, immer noch auf der Suche nach Nichols, aber die Tatsache, daß Gerard nachgedacht hatte, Untersuchungen angestellt hatte, traf ihn wie ein Schlag.

Und dann meldete Gerard sich ein drittes Mal.

Deswegen ist niemand gewaltsam in Ihr Haus eingedrungen. Er hat einfach Ihre Schlüssel benutzt.

Kimble trat einen Schritt zurück, sank gegen eine vom Dampf beschlagene Wand und seufzte leise. Er hatte nie begriffen, wie Sykes es fertiggebracht hatte, in sein Haus zu schlüpfen, ohne eine Spur zu hinterlassen. Seine Wut auf Charlie hatte ihn so vollkommen beherrscht, daß er auf diese einfache Erklärung nicht gekommen war. Gerard wäre ebensowenig darauf gekommen, wenn er nicht an Nichols' Schuld glaubte.

Kimble! Es ist an der Zeit, aufzuhören mit dem Davonlaufen...

Er stand auf und fing an, auf den Klang von Gerards Stimme zuzugehen.

In der Zwischenzeit hatte Renfro auf der anderen Seite des Raumes sich vorsichtig seinen Weg durch das Labyrinth von Maschinen gebahnt. Er hatte keine Angst um sein Leben – er war schon zu oft mit Gerard zusammen in ähnlichen Situationen gewesen und in noch weit gefährlicheren –, aber er war spürbar nervös. Sicher, Kimble war im Augenblick nicht bewaffnet, aber er wußte von einer Reihe von Beamten, die getötet worden waren, weil sie sich blindlings darauf verlassen hatten, daß sie im Vorteil waren. Wenn jemand so verzweifelt war wie Kimble, konnte alles mögliche geschehen.

Renfro wirbelte herum, als er ein Geräusch hinter sich hörte. Einer der riesigen Wäschesäcke segelte auf ihn zu. Er hatte genügend Tempo und Gewicht, um einem Mann das Genick zu brechen. Mit der Geschicklichkeit eines Tänzers bog Renfro den Oberkörper blitzschnell zur Seite und konnte so im letzten Augenblick einen Zusammenstoß vermeiden.

Als Gerard anfing, mit Kimble zu sprechen, hörte Renfro aufmerksam zu. Er achtete dabei nicht so sehr auf die Worte seines Bosses als vielmehr darauf, ob Kimble sich vielleicht irgendwo in der Nähe rührte.

Kimble... Ich weiß Bescheid über Nichols und Sykes...

Renfro machte sich keinerlei Gedanken über den Inhalt dieser Botschaft. Wie Gerard es ihm so oft geraten hatte, kümmerte er sich nicht darum, ob das Opfer schuldig oder unschuldig sein mochte, sondern konzentrierte sich allein darauf, Kimble festzunehmen. Er nahm an, daß Gerards Worte nichts anderes waren als ein schlauer Trick, dazu bestimmt, daß Kimble sich selber stellte.

Aber als Gerard sagte: *Nichols hat am Tage des Mordes Ihren Wagen ausgeliehen. Wir wissen, daß er von dort aus Sykes angerufen hat*, stutzte Renfro überrascht.

Er hatte nicht verstanden, weshalb Gerard das Risiko auf sich genommen hatte, aufs Dach zu gehen, weshalb er den Scharfschützen in dem Hubschrauber nicht erlaubt hatte, Kimble zur Strecke zu bringen. Wie Poole hatte er angenommen, daß Kimbles Verfolgung von Sykes nichts anderes war als ein Ablenkungsmanöver, um den Marshal von dem wirklichen Ziel seiner Nachforschungen abzubringen, oder ein Versuch, sich an dem eigentlichen Killer, der ungeschoren davongekommen war, zu rächen.

Die Sache mit Nichols verstand er überhaupt nicht. Und obwohl er ständig in Bewegung blieb, ständig auf der Suche nach Kimble, ließ er seine Gedanken schweifen und überlegte, ob Gerard wohl tatsächlich das gemeint haben könnte, was er gesagt hatte. Immerhin hatte er in dem Vernehmungsprotokoll von Kimble gelesen, als die Durchsage der Polizei kam, und auf der Fahrt zum Hilton war er ihm merkwürdig abwesend vorgekommen.

Deswegen ist niemand gewaltsam in Ihr Haus eingedrungen. Er hat einfach Ihre Schlüssel benutzt.

Diese Sätze irritierten Renfro einen Augenblick lang. Er hörte zum ersten Mal eine andere Erklärung für die Tatsache, daß bei Kimble nicht eingebrochen worden war, als daß sie eben Kimbles Schuld bewies.

Seine Aufmerksamkeit erlahmte nur für den Bruchteil einer Sekunde, und in dieser winzigen Zeitspanne zischte ein anderer Wäschesack auf ihn zu. Renfro duckte sich rasch, der Sack schürfte ihm ein wenig Kopfhaut ab und zerzauste sein Haar, aber er konnte sich unverletzt wieder erheben und seufzte erleichtert auf.

Gleich darauf fuhr er herum, als er hinter sich ein Sirren hörte.

Diesmal hatte er zu spät reagiert, aber in dem winzigen Augenblick, bevor er das Bewußtsein verlor, sah er aus den Augenwinkeln den gelben stählernen Greifhaken auf seinen Kopf zurasen – und dahinter die Gestalt von Charles Nichols.

14

Kimble! Es ist Zeit, aufzuhören mit dem Davonlaufen...

Kimble ging um die Wagen herum, auf die riesigen stählernen Waschmaschinen zu, dem Klang von Gerards Stimme entgegen – und blieb stehen, als er einen bewußtlosen Mann sah, der ausgestreckt auf dem Boden lag.

Er kniete nieder und kroch zu ihm hinüber, wobei er sich ducken mußte, als ein riesengroßer Wäschesack durch die Luft auf ihn zusegelte. Als der Sack vorübergesaust war, zog Kimble den Mann – dem Abzeichen auf seiner Jacke zufolge, handelte es sich um einen Marshal – in Sicherheit. Dann kniete er sich neben ihn, um ihn rasch zu untersuchen.

Außer einer blutenden Platzwunde an der Seite seines Kopfes konnte er keine Verletzungen feststellen. Die Knochen schienen heil geblieben zu sein; Kimble konnte keine Knochensplitter entdecken.

(Denk nicht an Helen. Nicht jetzt... Es ist nicht die richtige Zeit dafür...)

Der Puls war stark und regelmäßig, die Atmung gut. Kimble hob mit der Spitze seines Daumens die Augenlider des Mannes leicht an und beugte sich vor. Beide Pupillen hatten die gleiche Größe, sie waren ein wenig zusammengezogen. Wahrscheinlich handelte es sich nur um eine Gehirnerschütterung, und der Mann würde bald wieder zu sich kommen. Im Krankenhaus würden sie ihn, wenn er aufgewacht war, noch ein paar Stunden zur Beobachtung dabehalten, nur um ganz sicherzugehen.

Viel beunruhigender war der Anblick des leeren Schulterhalfters des Mannes. Kimble schaute hoch, als ihm klar wurde, daß Nichols ganz in der Nähe sein mußte – und daß er die Waffe hatte.

Wieder rief Gerard nach ihm, diesmal war seine Stimme nicht mehr so weit entfernt.

»Kimble! Wenn Sie nicht herauskommen... Sie wissen, daß ich Sie aufhalten werde...«

Geduckt kroch Kimble weiter in die Richtung, aus der die Stimme seines Verfolgers kam, vorüber an einer der endlos langen, stählernen Waschmaschinen, vorüber an Wagen und langen Metallstangen, die dazu benutzt wurden, die nasse Wäsche aus den Waschmaschinen zu holen und auf das Fließband zu befördern. Am Ende der einen Waschmaschine hielt er an, immer im Schatten, immer noch außer Sichtweite. Nur wenige Meter von ihm entfernt bewegte Gerard sich ruhig in dem Flur zwischen den beiden riesigen Waschmaschinen, die Waffe im Anschlag. Der Marshal blieb stehen, warf einen Blick über seine Schulter und wandte den Rücken der hinteren Wand zu, ohne Kimble zu entdecken.

In diesem Augenblick tauchte Charles Nichols lautlos hinter Gerard auf und zielte mit der gestohlenen Waffe auf ihn.

Kimble packte eine der zwanzig Fuß langen Metallstangen und rief, wobei er instinktiv den Spitznamen benutzte, den er Nichols vor langer Zeit gegeben hatte, als sie noch Freunde waren: »Hey, Chuckles!«

Nichols wirbelte herum, bereit zu töten.

Kimble holte aus mit aller Kraft, die sein Zorn und Kummer ihm verliehen. Die Stange traf Nichols seitlich am Hals, brachte ihn aus dem Gleichgewicht und schleuderte ihn mit der Stirn gegen die stählerne Waschmaschine. Bewußtlos sackte er auf dem Boden zusammen, die Waffe fiel ihm aus der Hand und schlitterte über den Fußboden.

In der Sekunde, in der Nichols umkippte, fuhr Gerard mit erhobener Waffe herum. Kimble ging einfach weiter – in die Helligkeit, in die Schußlinie – und stützte sich müde auf die Stange, die er noch in der Hand hielt.

Eine schreckliche Millisekunde lang beobachtete Kimble, wie Gerard von seinem Instinkt überwältigt zu werden drohte, von dem Drang, auf das zu schießen, was die Bedrohung zu sein schien, die ihm am nächsten war – Kimble. In dieser Millisekunde wirkten die Augen des Marshal atembeklemmend kalt, ohne jede Spur von dem Bedauern, das in ihnen gelegen hatte, als er früher auf Kimble geschossen hatte.

Kimble überlegte, ob vielleicht alles, was Gerard über Charlie und die Wagenschlüssel gesagt hatte, eine Lüge gewesen war, dazu bestimmt, ihn in die Falle zu locken. Vielleicht kannte Gerard sogar wirklich die Wahrheit, aber sie war ihm egal.

Nicht mein Problem...

Charlie war ein Lügner und ein Killer, und Kimble war töricht genug gewesen, ihm Vertrauen zu schenken. Vielleicht war er ebenso töricht, wenn er Gerard jetzt vertraute.

Es war nicht mehr wichtig für ihn. Erschöpft lehnte er sich auf die Stange.

All das geschah in weniger als einer Sekunde, dann riß Gerard sich zusammen und erblickte den reglos am Boden liegenden Nichols. Die Kälte wich aus seinem Blick und wurde ersetzt durch tiefe Erleichterung, was Kimble nicht verstehen konnte. Gerard senkte die Waffe, zögernd, noch unsicher.

Kimble rührte sich nicht.

Langsam steckte Gerard die Pistole wieder ins Halfter, langte nach seinem Funkgerät und fing an zu sprechen.

»Öffnet die Tür. Es ist erledigt.«

In Sekundenschnelle füllte sich der Raum mit Polizisten und Sicherheitsleuten des Hotels; alle waren bewaffnet, die meisten trugen kugelsichere Westen.

Kimble versuchte, Gerard im Auge zu behalten, aber der Marshal verschwand plötzlich in der Menge der Polizeibeamten. Kimble verstand, daß sie glaubten, er hätte den Beamten in der Hochbahn getötet. Sie hatten eine Rechnung mit ihm zu begleichen. Vielleicht glaubte Gerard das auch.

Sie richteten ihre Waffen auf Kimble; er mußte die Stange fallen lassen und die Arme hochheben. Sie achteten nicht darauf, daß er ihnen sagte, der verletzte Marshal hätte eine Gehirnerschütterung, sondern befahlen ihm, die Hände auf den Rücken zu legen, und machten die Handschellen fest. Sie stießen ihn herum, gaben ihm Befehle, sorgten dafür, daß er sich in Bewegung setzte – eskortiert von Männern und Frauen mit Waffen und verkniffenen Gesichtern –, zum Aufzug, durch die Eingangshalle, wo er durch die Glastüren beobachtete, wie Charlie Nichols, auf eine Bahre geschnallt, in einen Ambulanzwagen verfrachtet wurde.

Als die Türen sich öffneten, drang bitterkalte Luft herein. Umgeben von einem ganzen Heer Uniformierter, trat Kimble in eine dicht verschneite Nebenstraße hinaus, wo der Wind die letzten Flocken des Schneesturms vor sich hertrieb. Da waren auch die Reporter und Pressewagen. Kameras und TV-Scheinwerfer blitzten auf und blendeten ihn. Das grelle Licht wurde zusätzlich noch reflektiert von der Schneedecke.

Kimble hielt den Kopf gesenkt, den Blick fest auf den Schnee gerichtet. So ging er vorbei an den Leuten, die im hellen Scheinwerferlicht standen, und schnappte Fetzen der Berichte auf, die sie durchgaben.

Der Fall des früher prominenten Chirurgen aus Chicago, Dr. Richard Kimble, dem in Illinois die Flucht geglückt war, nahm heute abend eine seltsame Wendung...

Unbestätigten Polizeiberichten zufolge gibt es neue Beweismittel, die Kimble entlasten könnten, während einer der bekanntesten Pharma-Konzerne in die Sache verwickelt zu sein scheint...

Wußte nicht, was ich tun sollte. Meine Frau hat große Angst ausgestanden. Das nächste, woran ich mich erinnere...

Eine Frau, die ein Mikrophon umklammert hielt, brach durch die Sperre, die von Kimbles grimmig dreinblickenden Bewachern gebildet wurde, und rief: »Dr. Kimble, ist es wahr, daß Sie Ihre Unschuld beweisen können?«

»Haltet sie zurück«, befahl eine vertraute Stimme, und als Kimble hochschaute, erblickte er Gerard an seiner Seite. Die Menge der Uniformierten bildete eine Gasse zu einem wartenden Sedan. Ein hochgewachsener, breitschultriger Marshal öffnete die Hintertür und gab Kimble durch eine einladende Geste zu verstehen, er möge einsteigen.

»Passen Sie auf, daß Sie sich nicht den Kopf stoßen, Dr. Kimble«, sagte er freundlich, und Kimble starrte ihn sprachlos an, verblüfft von der übertriebenen Höflichkeit, von dem tiefen Respekt, den er in dem Blick des Mannes erkannte. Als Kimble ein wenig schwerfällig in den Wagen kletterte – wegen der Handschellen –, nahm der Mann ihn am Ellenbogen und stützte ihn; dann schloß er die Tür hinter ihm.

Ein eifriger, lebhafter junger Mann saß hinter dem Steuerrad und tauschte einen fast komplizenhaft wirkenden Blick mit dem Inspektor, als Gerard sich neben ihn vorn auf den Beifahrersitz setzte. Kimble hatte keine Ahnung, was ihn erwarten mochte. An der versteinerten Miene des Marshal konnte er nicht ablesen, ob Gerard glaubte, daß er den Bahnpolizisten erschossen hatte. Aber er fühlte sich erleichtert, weil er jetzt wenigstens abgeschirmt war von dem Lärm und dem grellen Licht. Erschöpft lehnte er sich in das Polster.

Gerard kurbelte inzwischen das Seitenfenster herunter und rief irgend jemandem in der Menge zu: »Poole! Haben Sie das Zeug bekommen?«

Eine dunkelhäutige Frau trat an das Fenster und überreichte Gerard ein quadratisches blaues Päckchen. Gerard nahm es, kurbelte das Fenster wieder hoch und wandte sich an Kimble.

»Geben Sie mir Ihre Hände.«

Kimble zögerte kurz, dann streckte er ihm seine gefesselten Hände entgegen. Gerard schloß die Handschellen auf, nahm sie ihm ab und legte sie beiseite. Dann drückte er die blaue Packung auf die zerschundenen Hände des Arztes. Kimble stöhnte auf, als er die eisige Kälte auf den Wunden spürte. Er begriff, daß es sich um eine Kältepackung handelte.

Mit unerwartet sanfter Stimme sagte der Inspektor: »Passen Sie gut auf Ihre Hände auf, Doc. Sie werden Sie schon bald wieder brauchen.«

Kimble starrte ihn an, überwältigt von der Erkenntnis, daß Gerard ihm glaubte, daß alles, was er über Nichols gesagt hatte, die Wahrheit gewesen war. Und wenn Gerard ihm glaubte, würde er keine Ruhe geben, bis Nichols verurteilt war – und Kimble in Freiheit.

Er blickte auf die Eispackung und seine übel zugerichteten Hände, dann wieder zu Gerard hoch und sagte ungläubig: »Ich dachte, Sie hätten mir gesagt, dies sei nicht Ihr Problem.« Der junge Fahrer beobachtete sie beide im Rückspiegel. Gerard bemerkte das und brach den Augenkontakt zu Kimble ab. Sein Gesichtsausdruck wurde wieder unverbindlich und verschlossen. »Ja, nun...« Man konnte seiner Stimme anmerken, daß die Sache ihm etwas peinlich war, worüber Kimble beinahe lächeln mußte. »Behalten Sie's für sich.« Wieder schaute er Kimble an. Kimble erwiderte seinen Blick aufmerksam und versuchte in dem Gesicht des anderen zu lesen. Gern hätte er dem Marshal gegenüber seine Dankbarkeit und Erleichterung zum Ausdruck gebracht, gern irgend etwas zu ihm gesagt, aber er mußte feststellen, daß er einfach nicht fähig war zu sprechen.

Gerard schien das zu verstehen; seine Mundwinkel zuckten ein wenig, dann wandte er sich um und machte es sich auf seinem Sitz bequem.

Nun lächelte Kimble, ohne daß es jemand sehen konnte, und lehnte sich erschöpft zurück. Er schaute aus dem Fenster und sah, wie die Straßenlaternen vorüberglitten. Jetzt erst merkte er, daß der Wind und der Schnee sich gelegt hatten. Die Wolken hatten sich verzogen und einem klaren Sternenhimmel Platz gemacht. Die Nacht war vollkommen still und friedlich.